# 幸福的种子

孙全鹏 著

天津出版传媒集团

百花文艺出版社

图书在版编目（CIP）数据

幸福的种子 / 孙全鹏著 . -- 天津：百花文艺出版社 , 2023.12
ISBN 978-7-5306-8704-8

Ⅰ . ①幸… Ⅱ . ①孙… Ⅲ . ①长篇小说－中国－当代 Ⅳ . ① I247.5

中国国家版本馆 CIP 数据核字（2023）第 233243 号

## 幸福的种子
XINGFU DE ZHONGZI

孙全鹏　著

**出 版 人**：薛印胜
**责任编辑**：张　雪
**装帧设计**：吴梦涵
**出版发行**：百花文艺出版社
**地址**：天津市和平区西康路 35 号　　邮编：300051
**电话传真**：+86-22-23332651（发行部）
　　　　　　+86-22-23332656（总编室）
　　　　　　+86-22-23332478（邮购部）

**网址**：http://www.baihuawenyi.com
**印刷**：三河市华东印刷有限公司
**开本**：880 毫米×1230 毫米　1/32
**字数**：180 千字
**印张**：8.25
**版次**：2023 年 12 月第 1 版
**印次**：2023 年 12 月第 1 次印刷
**定价**：58.00 元

如有印装质量问题，请与三河市华东印刷有限公司联系调换
地址：三河市燕郊冶金路口南马起乏村西
电话：19931677990　邮编：065201

# 序一

## 将军寺村的时代叙事

### 胡　平

　　孙全鹏是一位勤奋、热情、有才华的河南青年作家。他由短篇一篇篇写起，结集后，为他实现出版并给予奖励的是中国作协"二十一世纪文学之星"编委会。我长期担任这个编委会的委员，知道多数参选者的竞争不在于出版，而在于何种意义上的第一次出版，以及能否增添事业上的信心，那次他成功了，已望到自己的创作前景。现在我们又看到，经过长达五年的酝酿和书写，他再次面临出版。这一次，披露于世的已是他第一部长篇小说。一个青年作家的道路，就是这样一步步走过来的。

　　相比那部短篇小说集，这部长篇小说仍在两方面保持有一致：其一，仍然在写"将军寺"村的故事；其二，仍以"幸福"为指向，前一部命名《幸福的日子》，后一部命名《幸福的种子》。

　　"将军寺村"是全鹏小说中稳定的地理坐标，几乎所有人物都与这座村庄相关。将军寺也的确是个不同俗响的村名，给人带来不少遐想。此书中写到，村头有处土堆古冢，曾被人盗挖，后证实为汉墓，据说为刘秀纪念保护他的将军所建，被列入市级文物保护单位，这正衬映出中原地区一个普通村落可能埋藏的深厚历史文化底蕴。而文化底蕴又关系到风土人情、世俗变迁，这样，对将军寺村各种景观的临摹和刻画，就可以被赋予民族传统村落的典型意味，生发出许多文学联想。生活中，全鹏的老家，正被唤作将军寺沟，他已离开老家多年，而离开得愈久，积聚的乡情愈重，这终使他一直把书写这座村庄视为圭臬。我想这是值得肯定的，一个作家要有自己的根脉，要有自己区别于其他作家的写作资源，他都切实占有了。

这关系到小说中的大量细节，譬如，翻开书页，我们读到早年河生和珍珍两家人的交往。河生娘常给珍珍家送去有些毛病的鸡蛋，其中有碎了皮的、被鸡啄过的、在鸡笼铁架上碰坏的。有时候还送去死鸡，那鸡一定不是病死的，是下蛋时啄鸡屁股流血死的。送这些东西，出于那时候大家都穷，珍珍家绝不会感到嫌弃，其实正相反，因为双方都不把对方当外人。这些描写很生动，都属于将军寺式的，颇具中原气息和乡村气息，使小说别具韵味。若写不出这些，小说就缺少现在的特色。

"幸福"在全鹏的写作中，常成为关键词之一，从中透视出作者的乐观主义人生观。他并非不写悲伤、挫折与失望，只是，他认为人生自然是一个奋斗过程，幸福是可以通过奋斗换取来的。这种观念无可非议，也形成他创作的一种格调。在《幸福的种子》结尾，将军寺全村迎来欢腾的幸福，道路修通了，天然气马上输进，阿霞为村里黄花菜销售开辟的直播大获成功，将军寺桥成为文物受到重视，小玲和珍珍投资的服装厂要开业了，坐老鲜的渔船也成为旅游活动中的亮点。重要的是，我们在这里能读出作者由衷的喜悦，这就够了。他传达出自己的愿望，发自肺腑，也就能够给人带来感染。

小说着力讲述了村里一批年轻人，包括麦子、河生、珍珍、小铃等的奋斗经历。他们曾经穷困，但赶上了一个充满希望的时代，是改革开放给他们带来了新的生机。他们开始走上与父辈不同的道路，也有着不同的遭遇。麦子考上了大学，毕业后找工作很难，后就职燃气公司，受到重用，以后主动返回村里，成为村第一书记。河生进城打工，后来受伤，又成为售鸡粪的老板，能赚钱但一直没有赚到大钱。珍珍本守在奶奶身边，经过再三犹豫，也终于进城，当过保姆，干过餐馆服务员，以后转向他地创业。小铃很早便奔向南方大城市，回村时带来了当老板的男人，开始为家里盖起楼房，备受人们羡慕，后来被男人所抛弃，一度陷于绝望，又重新爬起。显然，他们各有各其代表性，代表了乡村年轻人的不同选择与经历。最初，他们得到迁徙和见到世面的自由，便竞相离开老家，各谋生路，各闯前途，吃过各种各样的苦，接受过各种各样的教训，逐步成长起来，积累起经济上的基础和人生的经验。而当新农村建设成为社会发展的一项要务、部分社会投资转向乡村，给乡村带来发达的契机时，这批人开始目光回望，重新考虑返乡，为改变家乡面貌做出自己的贡献，这是由于乡情未改。《幸福的种子》真实记录了全过程，这对于新时代的变迁，是具有典型意义的。长篇小说的优势之一，正在于有容量展现历史的宏大进程，全鹏抓住了这个优势，写出了史诗的架构。

小说中的爱情描写别具一格，产生显著效果。河生和麦子为兄弟，很早哥哥先对珍珍表达爱慕之情，而弟弟那时也暗自喜欢上珍珍，这三人关系便成为作品中吸引眼球的一大悬念。但作者并非为写爱情而写爱情，还是想通过爱情写出人生的努力和奋斗。麦子考上大学后，和河生明显拉开差距，在珍珍眼里，两人形象也有了变化。河生自觉已不如人，不敢再一味追求珍珍。珍珍进城后，增加了与麦子接触的机会，又使麦子对她依依不舍。应该说，兄弟情的涉入复杂了这种三角关系，使其间的感情纠葛更加缠绵，体现了全鹏构思上的缜密。有些地方，作者用笔细腻，如通过一副手套传递出微妙的信息。麦子在学校放假时回家，送给珍珍一副手套，珍珍接受了，又赶快织了一副手套送给河生。河生喜欢得不舍得戴，珍珍却又觉得麦子的礼物"比太阳都温暖"。最后，麦子发现珍珍给河生织了手套，不免伤心了一阵子——其间作者在描摹的拿捏上颇为精致，浸透了对人间男女之情的深入体味。不仅如此，我们在这里还看到爱情与亲情的兼容：河生为能见到珍珍，下决心进城打拼，但他见到了弟弟和珍珍一起吃饭，这时既难过，又为他们祝福。而麦子，也曾对自己有所责备，宁愿看到珍珍回到哥哥身边。麦子最后与田慧的结合，应该包含了为哥哥考虑的用意。这些情节有些另类，却能体现出将军寺青年的某种道德理念，也可以被视为将军寺传统文化观念的现代延续。

还应该提到，这部作品在叙事上有打破常规之处，那就是文本中常插入作者的创作自白，悄悄告诉读者，他为什么要这样写和写这些。如作者交代，他曾想把小玲的结局处理为自杀，而"朋友不同意，朋友说，生活中可不是这样，小玲这种人不缺少生活的勇气，相反，珍珍那样的人适应不了社会。我听了朋友的话，感觉他说得有点儿道理，就重新梳理了小玲的命运"——按常理，有时打断读者的注意力，和读者谈起写作构想，是容易出力不讨好的，但再想，如果作者的旁议插得好，能帮助读者换种视角解读作品，也许会带来意外的裨益。不管怎么说，全鹏在这里展露了他不受既定规则约束，勇于探索和创新的精神，还是值得赞赏的。

此后，无论全鹏再回过头去写中短篇，还是去谋划下一部长篇，都会更加怀有自信。愿他不断在小说创作上给人们带来新的惊喜。

# 序二

## 《幸福的种子》序

### 墨 白

2019年11月间，得知全鹏的短篇小说集入选"21世纪文学之星丛书"；2020年9月间，我接到了他寄来的由作家出版社出版的《幸福的日子》一书。

评论家胡平在此书的序言中说："写小说，最好从短篇写起，因为一个短篇足以显示作者在人物刻画、情节设置、语言成色等上的功力，或暴露同样方面的缺陷，而长篇却往往容易藏拙。有些与全鹏同龄一开始就写长篇的人，往往只能将长篇进行到底，若翻回头来写短篇，则很难通过期刊编辑的法眼，因为编辑们可以轻易挑出很多毛病。全鹏将来肯定会发展到写长篇的，但那时的他可以说是已经科班毕业了。"胡平先生论述了一个写作者在初入文学之道时怎样处理短篇与长篇小说创作的关系，同时也预言他将来会写长篇小说。

现在，时间刚过去两年，全鹏就以长篇小说处女作《幸福的种子》将胡平先生的预言变成了现实：孙全鹏已经班科毕业。

小长假我到嵩山小居。一个傍晚，在太室山南麓万岁峰下启母阙后面的山道上，我接到了全鹏打来的电话，这次通话的主要内容就是《幸福的种子》已经进入了出版程序，他希望我能为这部小说写些东西。电话中我欣然答应，这其中的重要原因，就是我们都出生在颍河流域的淮阳。我在颍河岸边生活了 42 年才离开故乡，全鹏文字里浓密的充满豫东泥土的气息勾起了我对童年与故乡的怀想。

在《幸福的种子》里，全鹏全面地继承了他在《幸福的日子》所有的长处。散文化是全鹏短篇小说叙事语言的特征，他的文字以熟知的乡村语言为底色，来彰显朴实，再现他所生长的环境，表达人物的命运与精神面貌；他小说中的情节，是他对现实生活的切肤体验，他小说中的细节，来自他对生活敏锐的感受能力。他散文化的叙事语言"尽量保护了生活的原生态和日常气息，以素朴的基调赢得人们的信赖"。应该说，胡平先生对全鹏小说现实品格的定位，十分准确。问题是，作者在短篇小说中"这种不大设置曲折的情节、不很追求故事性、节奏较为平缓"（胡平语）的散文化写法，怎样来处理长篇小说的结构？

《幸福的种子》主要以河生与麦子兄弟、珍珍、小玲三个家族在现实生活中的人生轨迹为叙事框架，三条叙事线又以河生与麦子兄弟的家庭为主，与另外两条线相互交织；祖孙三代中又以河生、麦子、珍珍、小玲这代人为描述对象，写他们从童年到中年 40 年间的乡村记忆与在城镇生活，写社会底层民众的爱恨情仇，写他们人生中的奋斗与成长的经历，并从中折射出整个将军寺村在时代风云中的变迁与发展。

为了避免散文化叙事带来的结构松散，除了上述三条结构线外，全鹏还运用了作者直接介入的叙事手段：《幸福的种子》共分上、中、下三部 29 节，在其中《听戏》《打工》等 8 节的开头自然段里，作者以将军寺村 40 年变迁的见证者、以小说作者的身份出面与读者来讨论这部小说的叙事风格、人物设置、小说题材、怎样评价小说人物的生活"日常化"、小说的叙事张力与故事的真实性等这些作者在创作上所遇到和思考的问题；作者还一本正经地和你讨论小说要表达的不同主题、人物微妙的情感变化，甚至还和你讨论梳理小说人物的命运走向、讨论人生的价值与意义、讨论小说的结尾，等等。

运用作者直接介入小说来讨论、讲述小说相关的诸多问题的结构方式，作者很巧妙地把将军寺村长达40年的发展历程并置到小说叙事时间中来，让你感觉到他的小说叙事始终都处在"当下"，这不但使得这部小说的结构相当别致，而且很巧妙地避开了长篇小说叙事结构的难度。

这种避开难度的写作，同时也出现在小说人物身上。这部小说的四个主要人物中，虽然作者的重点之重是河生与麦子兄弟，但我更喜欢珍珍这个人物。珍珍从小跟奶奶生活在一起，不知道自己父母的身世与去向，等长大后才知道母亲已经去世，背叛母亲的父亲下落不明，奶奶其实是她外婆。小说对她的生活境遇与精神性情的描述都很准确，可是后来当她的亲生父亲回到将军寺村之后，作者却避开了珍珍与父亲之间的身世与情感交集，而这种情感交集在小说叙事中也是最见写作功力的部分，但遗憾的是作者避开了。避开了写作难度，这就无形中削弱了作品的厚度与小说冲击心灵的力量。

总之，长篇小说《幸福的种子》对豫东乡村生活的表达十分细腻，是一部关注人生命运、关注底层社会的小说，较之入选"21世纪文学之星丛书"的短篇小说集《幸福的日子》而言，更全面地反映了将军寺村和以此为点所折射出的社会历史风貌。

# 目录

CONTENTS

岁月不饶人，我亦未曾饶过岁月。

——木心

上

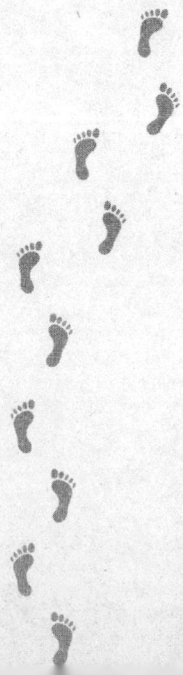

# 一　将军寺村

　　珍珍再次站在将军寺河边，她怎么也想不到，她还是喜欢那翻腾的将军寺河水中漂浮着的小船。那河水清是清，白是白，围绕着整个将军寺村通向远方，黄花菜依旧站在河畔，摇晃着金黄色的花朵。她的眼睛盯着消失又出现的河水，先前的浪花还没有落下，新的浪花又涌过来，她用手触摸着脚下的黄土地、青草和指缝中的阳光，时间一点一点慢了，最终像是停了下来。

　　那将军寺村就在将军寺河的北面，属于豫东南的周川市。村里人喜欢这河水，用三老太爷的话说，这是大地的血液，养育了一代又一代将军寺村人，多少年过去了将军寺的河水不变。河两岸处处长满了草，各种小花也开了，连狗尾巴草也努力伸长了身子。水里一根根蒲子和苇子向着天空方向生长，一只蜻蜓栖在蒲棒上，注视着水中的倒影。那蒲棒有了重量，弯下来，蜻蜓飞走了，那蒲棒弹了一下，又直立起来。半黄的叶子从蒲苇中间断裂，倒立着，一头扎进水中，依然不忍离开枝叶的牵挂。荷叶耷拉在水中，荷花的骨朵儿争着生长开放，含着笑在颤动，微风吹起时荷香在空气中飘动，整个将军寺村浮在荷香中。渔船还未靠岸，人已经从船上跳上岸了，船体突然往水里沉下又瞬间浮上来，水波一圈圈荡漾开。以前这地方是风水宝地，听说达官贵人们经常在这里选择墓地，村头有一个冢子，有好几百年甚至上千年历史了，现在一点点变低，如今只留下一处土堆，上面长满了高高低低的杂草：狗尾巴草、马齿苋、野葵花、喇叭花和马泡秧子，有的草棵子上还留下爬权皮，几棵香姑娘棵子上挂满了绝色的灯笼。那盗洞口变成了一个黑黑的大窟窿，里面不知道有啥，谁也不敢往里走，担心有长虫或未知动物出现。有时会冲出来一只野兔子，蹿出来一只野猫，蹦出来一只野鸡、刺猬或黄鼠狼，到了半夜这里传过来呜呜的声音。尤其是天下大雨的时候，里面经常有咕咚咕咚的声音，像灌一只永不见底的啤酒瓶子。

　　珍珍喜欢看着眼前的这一切，一天天这样，一月月这样，一年年这样，没有一个人来认领，这些美景没有走，只是在这里，没有消失。它们不争也不怒，破土而出，开花结果，枯萎落地，又破土而出。岸边的杂草不高，绿油油的，家里的那群羊喜欢在这里吃草，怎么赶都赶不走。珍珍不喜欢拴着羊，她跟羊可亲了，羊在河堰上跑，后面跟着几个小羊羔，昂着头一蹦一蹦的，她也跟在后面，嘴里喊着："别跑，你，慢点儿。"母羊找到了一片草多的地方，不再往前走了，嘴角不停地嚅动着。如果羊吃得时间长了，珍珍就喊"去去"，羊听懂了就向前走换个地方吃。珍珍撵走羊是怕把草都吃光了，奶奶告诉她，草不怕吃，但怕毁坏草根，这样以后羊就没得吃了，现在不让它吃是为了今后能更好地吃。她记得奶奶的话，就不让羊糟蹋，多数时候羊自己吃着吃着就走了，好像懂她的心思一样，有只顽皮的小羊羔依然不知疲倦地蹦跶，也不怕累。后来，羊吃饱了就躺在地上，身下的草倒了一片，小羊羔跪在地上吮母羊的奶头，头往母羊怀里一拱一拱的。母羊身子躺在地上，伸出舌头，舔羊羔子的毛，一下又一下，后来羊羔子不动了，享受着这一切。珍珍来到羊的身边，俯下身子伸出来手摸羊，羊温暖了她的手心，柔软柔软滑落在她的心里。小羊羔看见珍珍来，没有跑，将头继续往里伸，头一拱一拱，小嘴一张一合。

这时，不知为啥，珍珍也开始想娘了，娘呢？娘去哪里了？

珍珍记事起就没有见过娘，她与奶奶生活在一起，一起下地一起做饭，一起睡觉。奶奶有时候不睡觉，喜欢在灯下做针线活儿，剪布条给珍珍做布鞋，一针接着一针。珍珍劝奶奶白天干活儿，白天才能看得清楚，奶奶的眼睛不好使了。奶奶说："没事儿，习惯了。"有时候奶奶不做活儿，天一落黑儿就瞌睡了，别人抱着妈妈，她只有抱着奶奶，抱着抱着就睡着了，在梦里她开始想妈妈的味道。妈妈的味道是什么呢？她不知道，但肯定与奶奶的味道不一样，尽管奶奶对她也很好。

在将军寺村大家都是有娘的，与珍珍年龄一般大的小玲经常穿得花花绿绿的，头上用两根皮筋扎着小鬏鬏，一边一个，一走一摇，又穿着娘给她买的白裙子，真像个小公主，故意在她身边晃来晃去，神气极了。珍珍想摸那件白裙子，太好看了，她也想穿，小玲退了几步不让她摸："你怎么不让你妈去买呀？"珍珍伸出去的手停在半空，收了回来，感觉手不再属于自己，像是别人的，不知道往哪里放。她的手不住地拽衣角，心里别扭，不争气的泪水想流出来。这时，她又想起了小玲娘唱的歌儿，小玲一边听，一边在旁边咯咯笑。


　　　　　筛罗罗，打面面。
　　　　　谁来了？大姑娘。
　　　　　蒯哩啥？狗尾巴。
　　　　　扑甩扑甩你害怕。


　　"娘！娘，您在哪里呢？"珍珍一次次在心里默喊道。
　　可奶奶不告诉她。问的次数多了，奶奶就指着前方说："在那边儿！"
　　"那边儿是哪里？"珍珍继续问。
　　眼见着奶奶使劲儿往屋里走，珍珍又追着去问："奶奶，远不远？"
　　奶奶有点儿生气了。
　　"你这孩子，不是给你说了吗？长大了，你就知道了。"
　　其实珍珍现在慢慢长大了，她的个头差不多到奶奶脖子了，她感觉应该能了解一些什么事了。过了一会儿，奶奶自言自语："妮儿，你长大了就知道了。"
　　"我现在不就长大了吗？奶奶，我都能洗衣服能做饭了，我想知道……"
　　"对，我家妮儿是长大了，等你再大的时候就说。"奶奶脸上勉强露出笑容，又转身走开了。珍珍拦在奶奶的正前方，挡住还要问，奶奶把珍珍往一边拉，珍珍不肯动，奶奶只好从珍珍另一个方向侧身走了，嘴里还嘟囔了一句："你这死妮子！"
　　珍珍为这事儿缠了奶奶好多年了，就是希望能见娘一面。珍珍想不明白，大人们留下了问题，为何不给她答案。珍珍就坐在河堰上，把脚垂在将军寺的河水中摆动着，水波推着水波向前涌去，好像追着什么似的往前走。她喜欢这种感觉，透心的凉意从脚到头，穿过身子。身边的草地高高低低钻出地面，她仰面向后躺，两只手压在草地上，毛茸茸的，天空一片浅蓝，白云飘来荡去追逐着。太阳光不强，照在岸边的白杨树上，树上挂着个白塑料袋子，树荫斜立在河水中，随河水晃荡。后来，太阳变得红起来，慢慢也有了光彩，不仅是小羊、绿草和黄土地，连珍珍也变成红色了。母羊站起来扑摆着身子上的土，然后踱着步子，羊羔子撅着尾巴一边儿一个，跟着撒欢儿，珍珍羡慕这些小羊，它们也有娘，几个羊羔争着往母亲的怀里蹭，小嘴一吸一吸，还不时头往上一蹿，开始吮吸垂下来的奶头。她做出个大胆的决定，小羊有娘，自己也可以当小羊，她也学着小羊的模样，跪在草地上，后来就干脆趴在草地上，她把嘴伸向母羊的奶子，小羊和她一起挤，不过她用了劲儿还是挤进去了。那奶头含在嘴里软溜溜的，暖暖和和的，她轻轻吸了一口，一股暖流涌了出来，那温暖的感觉肯定就是娘的味道。

"闺女，放羊哩？"老鲜叔远远地站着，双手抱住个竹筐，裤管卷着，他说，"地上不冷？你别睡着了。"

"不要你管！"珍珍站起来，嘟着嘴，手里那个小羊鞭使劲地打着草。

老鲜走近，把筐放下，留下了一条草鱼，草鱼腮里还穿着红绳子哩，他头也不回地走了。

前方树上，麦子在树杈子上坐着，腿耷拉在下面晃，他不喊也不叫，就是喜欢朝远方看。他朝珍珍的方向看过来，后来嘴开始张起来，珍珍听不到麦子在说什么，只看见他的嘴在动着。珍珍以为是麦子发现了她的秘密，脸上感到热乎乎的，不知道往哪里放。她想牵羊回家，使劲儿喊了羊几声："走，走！"

羊像没吃够草似的，没动，只是咩咩地叫着。

麦子从远处追上来，他喘着气说："珍珍，我叫你呢？你咋不吭气。"

珍珍还在生气："上一边子去，你！"

"我给你逮了一只蝉，你看，还是个叫叫，我掐断了翅膀。"麦子把东西递给她，珍珍接住了，却看都没看，扔到远处了。那蝉落地的时候翻了身子，拼命挣扎着，几个爪子舞动着，还是翻不正身子。

麦子屁颠屁颠跑过去，捡起来，又折回来："我以为你喜欢哩！"

"算了，不跟你说了。"

一直以来，麦子最喜欢和珍珍在一起。看见珍珍生气，他心里一下子感到没意思了，空空的。麦子追上来安慰她说："你怎么了？"

"别理我，你走开！"

麦子倒听话，是真走了，不过走了几步又回来，他怕珍珍生气，现在他不知道怎么来哄她，只好远远地走开了，猛一笑，露出了豁牙子，他不明白珍珍为啥发这个无明火。

下午的潮气这时慢慢上来，珍珍裹紧身上的衣服，天有点儿凉了。羊咩咩叫着，摇着小尾巴到了珍珍身边，不住蹭着她的腿，像在找温暖。珍珍现在不回家，还有一个原因就是她要等奶奶。村头的小路上，依然不见奶奶的人影，奶奶什么时候回来呢？奶奶到现在还没回来，去哪里了呢？她想还是先回家把羊安置好，再做饭，这样奶奶一到家就能吃上热乎的饭菜。

珍珍会做饭，她看奶奶做，心里就记着，奶奶咋做她就学着咋做，打稀饭、擀面条、蒸馒头，她样样都会。一般晚饭她们吃得也简单，也就是打稀饭，再弄个野菜。珍珍走进院子里，木门只是用门闩挂着，也没锁，贴的门神早就从门上脱落，它耷拉着。过道里架子车靠着南墙立着，车轱辘也立着，一个轮子悬着一个轮子挨地，扫帚、箩筐挨着架子车。院子南墙边有一棵桐树，北边堂屋处还有一棵楝树。羊和羊羔子早跑回院南边的羊圈里，那羊圈是用秫秸搭起的棚子，靠着墙和桐树。厨房不大，靠东北角是大锅台，往西面是小锅台，最南面是案板，墙上面挂着秫秸棷子做的锅拍，圆的，有大有小。案板和大锅台之间，做了个两层的洞眼子，里面放的有碗、盘子和香油瓶子。大锅台边箩头里堆满了麦秸，还有树枝子、树叶子，几根未烧尽的劈柴插进最下面洞眼里的灰里。北墙上有个窗户，蒙在窗户上的塑料布早已风化，上面大窟窿小眼睛，透风。

珍珍开始做饭。她抓了一把绿豆，用水淘净后倒入大锅里，又从梁头上吊着的馍菜篮子里取出三个馍，馏在篦子上，盖上锅拍，她烧着了火。火光一跳一跳的。想到奶奶今天出远门回来肯定饿，珍珍用面瓢舀起一点儿面，看看有点儿多，又倒回面袋里一点儿，她在碗里搅起面糊子。奶奶喜欢喝稀的，她就没有放太多面。有几个面疙瘩子她用筷子撮碎，又反复地用筷子搅，慢慢水和面成一体了。锅里的蒸汽升腾起来，水滚了，掀开锅盖雾茫茫一团一团的。她舀了一勺子开水倒进面糊子碗，来回倒腾几下，倒进锅里，来回几次，又盖上锅盖。她顺手把面糊碗放进没有倒掉的洗菜盆中，奶奶说，时间忙了先放进水里泡着，这样碗好刷，要不然就难刷了。打好稀饭，她切了两个番茄，又打了个鸡蛋。鸡蛋碎散散的，她用碗盛好后，放在馏馍的篦子上，又拿来两个菜馍，盖上锅盖子，保温。

饭做好了，奶奶还是没有回来。奶奶很少这么晚才回来，今天有什么事吗？羊圈里羊羔子趴在母羊身上，应该早睡了。天黑了，没有一点儿月光，星光洒下来，黑乎乎的夜淹没着大地。天都黑了奶奶怎么还没有回来？

珍珍感觉不到饿，她先是在门口等，过了一会儿，不放心，关上门向前走。在村头等了一会儿了，没等着，她又来到将军寺桥上等。这时，小玲来喊着让珍珍跟她一起去摸爬杈，小玲找了个爬杈多的地方。小的爬杈让它变成蝉玩，大的爬杈可以卖钱，但珍珍不去。站在将军寺桥上，她向远处望去，黑夜的星光在将军寺河水中一闪一闪，像梦中妈妈的眼睛，又像奶奶的眼睛。您在哪里呢？您在哪里呢？奶奶。

奶奶一早起来就挎着竹篮子赶集去了，镇上逢单有集，离将军寺村也不算远，半晌午就到了。她早早地买豆芽子和芹菜，又买了几个烧饼，太阳正当午，到了饭点儿，早上在家吃的那半块馍早消化了，奶奶肚子饿了，她见有家还卖着胡辣汤，每次赶集她都喝上一碗，珍珍不喜欢喝，总说这汤太辣。奶奶就着烧饼喝了一碗。奶奶没忘珍珍爱吃韭菜馅水煮包子，买了六个。

要回来了，可奶奶还有一件事儿没办好。珍珍喜欢紫色，奶奶想给她寻点儿布做件裙子，她在集上来回找了两遍没有找到。她问了卖家，说这种布本就不多，如果真想要，要到家里的仓库里去找，奶奶同意了，就去仓库找，东也找西也找，好在找到了紫色布料。回来时要走二十多里路，奶奶看看太阳偏西了，想着得走快点儿走，要不然到家天就黑了，珍珍该担心了。奶奶年纪大了，走得连呼带喘。她想象着珍珍穿上裙子的样子就笑了，这妮子早就想要条裙子了，天天穿裤子，捂得难受，热。

珍珍到村头的将军寺桥上去等，她喜欢在这里等。将军寺桥是一座石桥，横跨在将军寺河上，两侧石栏杆上还有花纹，只不过时间久了，桥面有几个窟窿。这座桥，古朴、老旧、沧桑，立在杂草中。桥是用大石板搭建的，长有百十米，宽有十来米，下面有十个桥墩子，全部是石块堆砌的，这桥也不知道啥时候建的，也许有上百年了。平时河里水多，经常有渔船通过。桥的东北角还铸造着一头大铁牛，黑乎乎的，有耳朵也有眼睛，跟真的一样，平时铁牛的眼睛就盯着这哗哗的流水，听说河水一漫到铁牛，村里就要发生水灾，可灵了。

珍珍没等到奶奶，倒等来了河生。河生问她："这么晚了，你在这里干吗呢？"

"我……我……"珍珍有点儿结巴。

"快回家吧！"河生说。

"我等奶奶。"

"还没有回来吗？"

"嗯。"珍珍说。看到河生，她心里有底了。

"我跟你一块儿去找找吧。"

河生走在前面，珍珍跟在后面。

河生不说话，他一向这样。珍珍也不说话，但她总想找些话说，有河生在，她心里踏实。珍珍喜欢这个大哥哥。

珍珍说今天下午放羊了，将军寺河西岸的草多，河生"嗯"了一声；珍珍又说家里的羊羔又肥了，现在两只小羊羔都跑得可欢了，河生又"嗯"了一声。珍珍生气了，说："以后叫你嗯哥算了，除了嗯还是嗯，我不叫你河生哥了！"

河生"扑哧"笑了，珍珍心里紧张了。河生说："我听爹说，要赶会听戏哩。"

"那好呀，到时候我也去！"

"中，到时候一块儿去。"

看见一个人影从前方过来，那影子越来越近，珍珍赶紧迎上去。"奶奶——奶奶——"，奶奶紧紧抱住珍珍，珍珍也紧紧抱住奶奶。

"天都黑了，孩子，你咋在这儿？"奶奶从竹篮里拿出水煮包子，都凉了。珍珍没接，反而有点儿生气，她说："奶奶，我等你哩！咋恁晚？天都黑了。"

"奶奶这么大个人，你担心啥？"

珍珍让奶奶吃，奶奶不吃，说吃过了。珍珍一口咬了大半个包子，一边吃一边说："韭菜粉条馅的，好吃！"她递给河生一个包子说，"我让你吃，你也吃。"

河生接住包子，咬了一口，说："嗯，是好吃！"

奶奶说："还有呢，再给你一个！"

"不吃了，我回家还要喝茶哩！"河生走了。

珍珍帮奶奶挎着竹篮子，走过桥，河水哗哗地流着，声音比白天响得多，路两边地里有虫子在嘤嘤叫，两人说话时虫子也不害怕，丝毫没有停住，人走到跟前，声音小了些，刚走过去还没有多远，虫子又高声叫起来了。

"妮儿，你该长大了。"

"我现在不就长大了？"

# 二　听戏

　　你知道我为什么要讲这些童年的故事吗？童年就是作者的文学故乡，我要把我知道的都告诉你，这是我讲述的风格。我一点儿也不装了，真的，童年，谁还没有个快乐的童年，谁还没有个难忘的故事？哎呀，你还在笑我，笑我写得多情，我真不骗你，你过来看看这些照片，这是我小时候的照片，你看，我的背后就是将军寺村。你要是有时间，我就带你去看看，回到我的老家，那些东西都还在，那些人都还在。不，我得坦白，老扁早死了，小玲已离开村子，她只是时不时和我联系。不过，童年时我和小玲关系还不错，小玲啥事爱回头看，就是小玲最先发现麦子不见了的。

　　本来，河生、麦子、珍珍和小玲早就听说将军寺村有戏班子要来，商量着去等戏班子。三月二十六是个好日子，说要唱戏起集了。将军寺村平时赶集确实不方便，要跑上十几里地。

老鲜张罗着要起集，半个月前就和村里几个上了年纪的人忙开了，请戏班子，通知其他村的人。村里人都高兴，要唱三天，方圆十来里的人都来，都知道这地方要唱戏，来卖东西。珍珍说："我要看看他们长什么样、好看不好看？"

麦子露出豁牙子说："看啥看，又没你好看。"

小玲一听麦子说这话，就笑珍珍，珍珍不高兴了，就追着打麦子，麦子直喊："真没你好看。"

小玲说："你这家伙嘴不老实，我回去告诉我大娘。"但她笑得更大声了。珍珍又追着麦子喊着打着，直到麦子躺在地上求饶说："我投降了。"

河生不理他们闹着玩，他往远处望去，村里人在地边儿溜达着，有几个人一见面就说着什么，没完没了一样。路边有几棵树，不高，就站立在杂乱的草棵边上，叶子在风中扭动。不到两个月就要收麦子了，地里的麦子抽出了麦穗儿，麦秆支棱棱的，风一吹直晃晃地摇动。远处有一片油菜花开得金黄，偶尔有几只蝴蝶飞过，也有蜜蜂在嗡嗡地飞来飞去，有的抱住花朵，花朵便被它压得低下头来。河生不怕蜜蜂蜇，钻进了油菜地，他弄来了油菜花做成花环，戴在了珍珍的头上，珍珍的脸上不知啥时候落了一脸黄粉，更好看了。

等了一会儿，也没有等来唱戏的，几个人顺着河流向前走，一路上蹦着走也没感觉累。见到路上有人，就问戏班子什么时候来？秋奶奶说："你现在就等急了？明天才唱戏呢。"

"这也该来了呀？"珍珍问。

"反正明天才唱戏，咱们不如明天去吧。"

河生像珍珍一样，也抬头向远处看。

麦子就说："哥，咱们再等一会儿吧。"

秋奶奶说："谁知道啥时候能来，该干啥干啥去吧。"

河边松软的麦地没法走，河生弄了根麦秆，捋掉上面的几片麦叶，嚼起麦秆，咂摸着嘴，那甜味一点点爬满舌苔。麦子不喜欢这样，说这样糟蹋粮食，吃一根麦秆就浪费了一个麦穗子，他看着河水中的蝌蚪说："有蝌蚪子。"珍珍想要几只蝌蚪，小玲也喊着要，河生说："这东西脏，要这干啥？"河生说着就下了河，蝌蚪拖着黑尾巴向前游跑了。珍珍看没逮着就不要了，麦子却说："珍珍，你等着呀！"麦子找了水浅的地方，没有犹豫就跳下水，卷起裤腿说："逮着了，逮着了。"

小玲也伸出手说："我要，我也要！"

"想要，你不会自己下水逮去？"麦子不客气地说，露出的豁牙子，那样子真像个地耙子。

小玲噘着嘴差点儿哭出来："我回去给我大爷说，打你一顿。"珍珍把小玲拉到身边，两人一起看麦子抓的蝌蚪。过了一会儿，珍珍又把蝌蚪放进水里了，她感觉河水才是蝌蚪的家。河生说："你这不是折腾人吗？"麦子就笑："小蝌蚪找妈妈。"珍珍听了，一愣，脸色不高兴了，她想到了娘。

几个人又继续向前走，河生扔瓦片扔得最远，那瓦片昂着头，在水面上向前冲。那水，清的水、亮的水、动的水、静的水、摇的水、喊的水，水的动作、水的颜色、水的气息，瞬间涌了出来。那如花跳跃的波纹，和着起伏的喊叫声、温温柔柔的阳光、四溅的水点，忽闪起来。麦子、小玲也扔，他们都扔不过河生。河生哈哈大笑，珍珍最后扔，她不服气，但也没有河生扔得远，差一大截子，珍珍不服气，就再比，还是一样，气得珍珍直想把瓦片扔河生身上，河生见状扭头就要跑。珍珍叫着，拍着，扔着，那眼前的河堰晃动起来，波纹开始簇拥着，打闹起来，一圈一圈消失，又一圈一圈合在一起。

珍珍心不在焉地说："气死我了，不玩了！"

河生回过头："你比不过我，你顶多能超过麦子。"小玲说："谁说的？不一定吧？"珍珍说："不服气试试。"他们这样一说，想再比试比试，却发现麦子不见了。麦子什么时候不见了呢？河生喊了几声："麦子，麦子！"空旷的大地上没有回音，静的风、静的尘埃、静的阳光、静的空气，一切都在凝固，慢慢静止。珍珍无意中说了一句："我把蝌蚪放走了，难道他又去逮蝌蚪了？"河生疯一样向河边跑回去，又立住了，东瞅瞅，西看看，河里没人，河水也没有回应，树木也没有回应，大地也没有回应，白云也没有回应。

"麦子！"三人一起喊。

还是无人应，四处静悄悄的，连风的声音都没有。

河生眼尖，他看到远处露出了一个头，麦子就躲在一个土堆后面。那是一个冢子，也就是一个大坟，不知道里面埋了谁，有些年月了。上面长满了草，还有高低的树枝子，这地方平时人少，摇篮、尿罐子、破鞋头、烂衣服、砖头块子和瓦片子到处都是，野秦椒、狗秧子、马齿苋中不时会呼啦一下蹿出野兔、野鸡，甚至长虫，又忽然消失在杂草中。冢子上空几只乌鸦盘旋着，嘎嘎叫着，难听死了，有时麻雀像被什么吓得一阵冲天乱飞。河生赶紧走过去，问麦子："你干什么呢？喊你也不吭气。"麦子说："哥，你看，这里有个洞。"珍珍和玲子也走过来，蹚着草棵子，原来一个圆溜溜的洞直通里面，看不到头，冢子里黑乎乎的，瘆人得很。麦子手里拿着一根小木棍，往里面随意捣了捣，什么也没有。几只长脚蚊子不知道从哪里飞出来，这东西就喜欢叮珍珍，不一会儿她脸上就鼓起了个包。麦子突然大喊一声："有鬼啊！"珍珍吓得大喊一声"啊"，麦子笑得可响了，珍珍和小玲气坏了，两人都朝麦子打过去，左抓一下，右挠一下，麦子赶紧装作求饶。

河生说："别进去，这是小偷偷东西留下来的。"

小玲说："走吧，珍珍，这有啥好玩的。"

珍珍说："我们走了，你们玩吧。"

"这里面又没有鬼，你们在外面等我们，我们看看里面有啥？"

珍珍说："小玲不走，我也不走。"

麦子弯着腰往里面钻，刚开始还有声音，回音大着呢。小玲在外面担心。河生和麦子一问一答有说有笑，突然洞里"轰隆"一下，一阵尘土从里面冒出来。珍珍吓得向后退了几步，呛得不住咳嗽起来，她喊："河生——"小玲也大喊："麦子——"里面没了声音。珍珍吓坏了，这怎么办？她们两个人像疯了一样喊起来："救命啊！"

三老太爷在远处的河边坐着，听到喊声最先过来，他一看就知道事情不对劲，转过身去拿起铁锹，不料脚却崴了一下，只得一瘸一拐地往前赶。他嘴里大声喊："塌了，塌了！这得赶紧挖！"珍珍给吓坏了，也跟着拼命地喊。村里慢慢地来了几个男劳力，老豁、老扁还有孬皮都到了，男人们开始往里面挖。老鲜不在家，去了镇上，冬梅哭得可伤心了，两个儿子说没就没了？有人开始劝她："没事的，没事的！"

珍珍一直在哭，不敢看河生娘，感觉挺对不起他们，要是当时劝住他们就好了，不进这该死的洞不就没有这么多事了吗？她呆坐在那里，迷迷糊糊的，像丢了魂儿一样。奶奶来到身边，抱着珍珍喊魂儿："回来吧，回来吧！"珍珍迷糊地睡着了，她梦见一个白色的人影，手里拿着一把刀，硬生生把河生拉走了，珍珍大喊一声："河生哥！"那人回过头来，眼睛恶狠狠地望着珍珍，珍珍看见那眼睛比牛眼都大，圆圆的，眼白处闪着凶光……

不知道过了多少时间，珍珍才醒过来，奶奶不在身边。奶奶总是闲不住，睡得晚起来得早，她把堂屋打扫得干净。院子里的槐树开花了，那花黄黄的，小小的，分不清到底是几朵花瓣，有的花苞合着，害羞地簇拥在一起；也有的已经开放，在风中招摇，热闹得惹人欢喜。奶奶开始摘槐树花，有些树桠子都快被花压断了。珍珍担心树疼不再长，奶奶说："它有它的命，你不用担心。"

奶奶听见声音，进了屋，坐在床旁边说："你终于醒了！头还疼不疼？"

"奶奶，有点儿疼！"珍珍揉着眼睛。

奶奶把珍珍抱在怀里。

奶奶身上肉少，到处都是骨头了，一年比一年硌得慌，不过却很温暖。

"以后别乱跑了！你看，这回多危险！"

听奶奶说，珍珍才知道河生的脸上只是受了点儿伤，麦子的腿也就是擦了皮，所幸都不要紧。珍珍站起来就往外跑，奶奶喊都没喊住，她要看看河生怎么样了。

"你听戏去不去？"奶奶大声喊。

以前珍珍爱听戏，她那时候还小，先是奶奶牵着她的手去，走累了就背着她，一走十来里。现在珍珍不想和奶奶一起去了，她想和河生他们一起去。

"奶奶，你去吧！"

珍珍对自己的答案很满意，只是说让奶奶去，没说自己去，也不说自己不去。

等奶奶走了，她找来那条紫裙子穿，这是她第一次穿裙子。

然而河生家的门锁着。

"有人吗？"她忍不住喊。

"我在家！"

那声音是麦子的！

"你穿的这裙子真好看！"

两个人隔着门缝儿，珍珍问："你没事吧？"

"没事。"麦子的豁牙子在一动一动。

"河生呢？"

"死不了。"一阵哈哈叫的声音传过来。

麦子顺着院里的楝树爬上来，到墙边时，脚踩上面，又从墙上一蹦，就下来了，接着河生也下来了。珍珍看到河生，他的脸上贴了一块洋火盒的擦皮，还浸着血，珍珍想哭："你——疼不疼？"

河生不在乎地说："没事，这算啥，我怎么会怕疼呢？"

麦子说："怎么不问问我？你看我，腿都瘸了。"

麦子一走，一瘸一拐的，他盯着珍珍看，珍珍低下了头。

"你抹的不是有香灰吗？快好了吧。"

"哪有这么快，还疼着哩。"

"别耽误时间了，咱们赶紧去听戏吧！"河生说。

正走着，他们看见老扁迎面走过来了，珍珍赶紧躲开，她害怕这个洼斗脸绝户头。老扁背着半包落生，不知道从哪里弄来的，他大老远就喊："日你娘了×，你在这干啥？不赶紧听戏去。"

河生就说："一会儿就去。"

老扁又骂："日你娘了×，别挡路。"

麦子不服气了："这么宽的路，你非与我们挤啥挤？"

老扁看见珍珍："日你娘了×，看啥看。"

老扁满足地走远了。

珍珍说："整天好骂人，真不是个东西。"

河生说："这家伙好骂别人娘，活该他连个老婆都没有。"

麦子说："别和那个东西一般见识。"

河生说："走，咱们去那个东西家。"

珍珍说："去他家干啥？"

"一会儿你就知道了。"

几个人到了老扁家，没想到老扁家连个院子都没有，更别说院门了。一间破旧的烟叶楼，一推，门就开了，就像赶集一样，想进就进，想出就出。烟叶楼里面有一股臊气味，啥东西也没有。不知道他从哪里弄来的馒头，像一只只干瘪的手榴弹。他平时吃饭就是吃馍蘸盐，家里那是穷得叮当响，一张软床子上就剩下一张黑油油的破被子，他真是吃一天算两晌。河生把被子扯到地上，准备用脚踩，麦子把他拉开了，河生不高兴地离开了，心里感觉不够本。珍珍在外面等着，心里有点儿担心，嘴里一直喊他们俩赶紧走。

经过小玲家的时候，麦子还特意喊了几声"小玲，小玲"，无人应，珍珍有点儿失落。路上已经赶过来了很多人。"让让呀！"到处是人挨人，一辆洋车子上的铃铛哐当哐当直响，车把上捆着麦秸，上面扎满了山里的红子。几个称瓜子落生的，一个大人带几个小孩围着，大人手里抓几个放在嘴里嗑着尝，瓜子皮儿散在架车子一旁，还忘不了让小孩子吃上几个。秋爷爷把家里的落生也摆了出来，苇箔上满满的一堆，想换几个钱，见了熟人，热情打招呼揽生意。打烧饼、卖胡辣汤和包子的应该来得最早，他们抢占在十字路口，现在周边挤满了人。炸油馍子的还立个摊子，用布围着，油在油锅里滚着，师傅把黄澄澄的油馍子用筷子翻着身子。卖烩面、下面条的还在准备着，还不到晌午饭点，女人在剥变蛋，男人在准备烩面片儿。甜秫秸两头用红线绳子扎着，卖主还不住吆喝着："甜秫秸，甜秫秸，不甜不要钱。"孬皮摆出了红薯，别人家种的还小，他总是能卖个好价钱。树边靠着一辆洋车子，那是个好地方，怕别人抢了生意，车子后座上驮着个竹框，竹框里冒出了米饼米球，小孩子喜欢吃。一个剪头发的老年人烧起了热水，他把一块黑皮钉在墙上，剃刀在上面磨几次，水冒着热气，下面的火冒着黑烟，有点儿呛人。卖铁叉、卖抓钩和铁锹头的，把铁器摆满了一地。草帽子也一个个摆在地上，小玲子腰间挎着黑皮包吆喝着卖。玉米花在"轰"的一声中炸好了，孩子们捡着那些飞出去的吃。远处摆着一个收辫子长头发的，生意不好，没有人理他，他一个人左看看右看看，眼睛专挑大闺女小媳妇。老鲜把鲤鱼、鲫鱼放在一个大塑料盆里，那鱼还张着嘴，一张一合，是活的，有几个人正在划价，多少钱都嫌贵。一个摇着拨浪鼓的老头儿正急匆匆往这边赶，他已找不着摆摊的好地方了。

珍珍远远地看见奶奶和秋奶奶几个对脾气的人在一起坐着，拿个小板凳听得入迷，她心里一喜，赶紧往前面钻。空地上早站满了人，洋车子、架车子停得到处都是。方圆几里的人都来了，老头儿老太太坐在地上，有的提前拿了马扎子，小孩子坐在老人的腿上。男人倚着树，有的双手扶在腰间仰着头看；小媳妇手里也不闲着，看戏一点儿也不耽误纳鞋底子。站在后面有的看不见，脚底下垫几块砖头，有的干脆站在洋车子后座上；大人把孩子扛在肩上，小孩子低着头继续玩刚买的东西。有几个小伙子爬上树，坐在树杈子上看，还有的爬上了墙头，在上面摇晃着腿，像怕别人看不见似的。珍珍也看见了小玲，她手里抓了几个皮筋在扎头发，蹲着身子照镜子，不知道从哪里找了片红纸，贴在嘴唇上，她脸上的笑容比花还美，自然大方。

戏不知道什么时候早开始了，吹吹打打，戏台上热闹起来。戏台下面也没有怎么安静，大喇叭在戏台两侧的木杆子上挂着，嗷嗷地响着，对脾气的人就站在一起说说笑笑。有的戴着头巾，双手揣在怀中，听到高兴处露出牙齿一笑。有个小伙子偷偷抓了把瓜子塞到姑娘手里，姑娘脸红扑扑的，像定住一样不说话，心里比吃了甜秫秸还甜。几个小孩子跑上台子了，坐在戏台上吃糖，也没人撵他们。戏台下，亲戚们聚在一起，娘家嫂子拿出凳子让坐。有个小孩子要闹人，女人眼珠子一瞪，见不行，又打了孩子一巴掌。过一会儿，见小孩子还在闹，女人骂："你就不会憋着。"那哭闹的孩子穿着开裆裤，女人把着孩子的腿，脸也不背，小孩子便哗啦啦地开始向地上撒尿，其他人像没事儿一样，看也不看。

珍珍不听戏，她听不懂，河生也是。河生早买到了烧饼，给珍珍掰了大半拉，剩下的小半个儿他和麦子分了。珍珍吃了一口，甜的，她怔怔地看着河生，河生有点儿不自然："咋了？"

珍珍从他脸上取下来一粒芝麻粒子，放在河生面前说："你看！"

河生说："这有啥呀？"

"珍珍，咱们去那边吧！"麦子说着，拉住珍珍往前挤，河生跟在后面，不一会儿河生就跟丢了。珍珍挤到戏台前，麦子不知道从哪里弄了个苹果，让珍珍先吃一口，珍珍不吃，问：
"你偷的吧？"

麦子说："啥呀，你就不会把我想好一点儿？"

珍珍说："你就不会干好事。"

麦子嘴一咧说："你吃不吃？不吃我就喂狗了！"

珍珍弯下头，咬了一口。麦子接着也咬了一口，又一口。
这时河生找到了他们，麦子把苹果递给河生，河生也没有听见
麦子说什么，就摇头不吃，麦子非要给他吃，河生意思了一下，
小咬了一口。

站得近，果然看得清楚，珍珍看戏台上的人唱戏，那女人
穿着戏服在哭，跟真哭一样。河生望着珍珍，珍珍脸上有些不
高兴，他看出来了。

"你怎么了，珍珍？"河生问她。

"没怎么。"珍珍扭过头眨了眨眼睛，回过头笑。

麦子拉着珍珍说："我带你看人家化装去。"

珍珍跟了去了，河生跟在后面。戏台背面就是化装穿戏服
的地方，没有门，只用布帘子拉住。麦子和珍珍想进去，有个
花脸说："上一边儿玩去！"珍珍看了一眼很失望，麦子看见珍
珍失望，挠挠头皮说："你在那里别动！"过了一会儿，麦子拉
上珍珍登上台子进入布帘子，珍珍真高兴，那花脸说："就她一
个人，你不能进！"

珍珍终于进了化装间，狭窄的空间里，一个大箱子上摆着
一个小箱子，开口的、合住的，看似乱却也有条理，大家都能
找到自己的东西。里面香气熏人但闷得慌，花花绿绿的戏服散
开着，大大小小的道具摆得满地都是。有人在端着碗喝水，有
人坐在箱子上歇息，有人手里握着大刀来回转找感觉，有人把

戴的帽子脱掉用来扇凉风。一个老头儿在指导一个年轻人怎么走路，胳膊最后猛地一顿手做了一个砍刀的姿势，年轻人也跟着做一遍，老头儿压着他的胳膊让他“往下低点儿”。一个女人端坐在那里，嘴唇涂得红红的，脸上粉白，自己对着镜子化装。一个人侧着身子过来，丝毫没有影响她，那人登上前台。那女人朝珍珍一笑，虽是对陌生人笑，但很真实，珍珍也朝她一笑，珍珍想张嘴说话，又不知道说啥好。

珍珍喜欢看戏台上唱戏的女人，女人像个仙女一样，黑眼睛红嘴唇，妆化得很漂亮。她摸了摸她的衣服，滑溜溜的，珍珍觉得这趟没有白来。她回去的时候，心里还在回味着今天的见闻，感觉那些人真不容易，化装准备、穿衣服花费那么长时间，也就是为了台上几分钟。

回来的时候，珍珍一直想不明白，第一次进去人家没让进，第二次怎么让进了？珍珍问麦子：“你到底说了什么，他们怎么让我进去了？”

麦子龇龇牙，神秘一笑：“不告诉你，我就不告诉你。”

“不说就不说，我才懒得听呢，谁稀罕。”珍珍噘着嘴。

麦子说：“干啥都不容易哩，爹让我好好上学。”

珍珍说：“那你以后要好好学习，考上大学。”

“你以后也要好好学，咱们在一个班。”麦子说。

河生在他们屁股后面跟着，手里拿着一个大米团子，他没舍得吃。“河生哥！”珍珍扭头喊河生，河生不说话，举起手中的米团子。珍珍去抢河生的大米团子，河生举得高高的，珍珍蹦着去够，还是够不到，最后一把把河生按在了地上。两人爬起来，你一口我一口吃起来。本来还满脸不悦的河生现在叽叽喳喳地与珍珍说话，他像变魔术一样，让兜子里装满了瓜子和糖，还有一个压扁了的变蛋，破了皮，正淌着黄色的汁儿。

"快点儿走，麦子！"珍珍朝麦子叫，麦子慢悠悠跟在他们屁股后面。

麦子在他们后面跟着，手里握着一根棍子，使劲儿地抽打路边的草地。他看上去不太高兴，珍珍也没有问，她不喜欢他小心眼儿。他们再次经过那冢子的时候，再也不朝那边多看一眼，三个人谁也没有再提那个洞，跟商量好一样。他们当然不会明白，那是汉代的一个墓，墓主是历史上的一位名人，这儿后来被开发成了旅游景点，为将军寺村创造了不错的收入，不过这是三十年后的事了。

# 三　上大学


秋奶奶说："麦子是上学的料，将来要吃商品粮。"珍珍信这话，麦子上学一直成绩都好，一直能考班里的前几名。麦子成绩好，珍珍心里也高兴，比她自个儿成绩考得好都还要高兴。

河生不是上学的料，初中一毕业就不上了，他个子高，有股子蛮劲儿，身体壮实，老鲜让他在家里帮着料理事，家里家外忙活，他成了老鲜的好帮手。村里人说，河生会照顾人，以后谁嫁给他可以享福哩。珍珍也不上学了，和小玲一样，成绩说不上好也不算差，在镇上的初中没坚持完，也算识得了几个字。奶奶本想让珍珍接着上学，珍珍却说要留在家里干活儿，早点儿挣钱给奶奶花。奶奶身体不好，经常一阵阵喘气，咳嗽得厉害。念到高中得花不少钱！奶奶一个人不容易，珍珍不能让奶奶操心了。麦子到县里上高中后不经常回来，一般都是半个月回来一次，每次回来都要背上半袋子粮食去学校，那样子真像个逃荒的一样。河生经常到珍珍家坐上一会儿，顺便问奶奶家里有啥事没有。河生一来，奶奶就牵着羊出去放羊，出去好久也不回来。河生到珍珍院子里，就闲不住，他帮珍珍压水，两个桶都接得满满的。

奶奶家里的面快吃完了，河生知道这个消息后拉着架子车来了，肩膀上搭了个毛巾，珍珍早就灌好了芡子里的麦，河生一口气把几袋子麦都搬到架子车上，他不让珍珍搭手，让她歇着。珍珍又拿了个袋子留着装面和麦麸子，河生把攀绳往肩上一搭，弯着腰一使劲儿拉走了，珍珍在一侧推着架子车帮着使劲儿。

奶奶说："慢点儿慢点儿！"奶奶在后面微笑地看着他们离去。

这几年，将军寺村有人出去挣到了钱，盖大瓦房的有几家了，他们嘴里喊着在外面"拾破烂""也没挣啥钱"，但腰包越来越鼓了，穿的衣服也敢在集上花钱买了，那些花花绿绿的衣服很洋气。老鲜买了辆摩托车，他裤裆里插棍——抬自己，开动前总专门加大油门轰几下，生怕别人听不见。秋爷爷还盖了东屋，过道很大，屋内还贴了瓷片。河生会开手扶拖拉机，他家里还买了收割机，能收小麦，省劲儿。

秋天的庄稼地一片金黄，有些人已经开始收秋庄稼了，大豆、芝麻、绿豆还没有收完，蚂蚱、蝗虫"嗡嗡"乱飞，麻雀贴着庄稼棵子掠过。玉米叶子有的都发黄了，还不愿意脱落下来，风一吹摇晃着吱吱响，玉米头上的红缨子也干了，一撮一撮的。芝麻一节一节向上生长，靠近路边的芝麻秆上还挂着两个农药瓶子，不知道啥时候放上去的。珍珍家的玉米棒子已经掰过了，也是河生来帮忙收的。玉米叶子像锯齿一样，能划破手，它在河生手上留下了一道道血印子，一出汗河生就火辣辣地疼。玉米秸在将军寺村被扎成一捆又一捆，东一捆，西一捆，人们把玉米秸垛起来，冬天可以用来烧锅。奶奶家的红薯秧子还有点儿绿，前几天奶奶到地里挖了一个红薯，看样子还小，还要一段时间再收，到时还要河生帮忙。

　　路边堆着砖头摞子，一堆堆的芝麻秆靠近砖头摆着，有三捆，头对头对着的。落生秧子上还挂着小落生，像个小白点，但吃起来很甜。有的玉米棒子摊在路中间晒，黑黑的绿豆角子不多，摊在路的一角，晒得噼里啪啦响。路中间一家一家的豆秸，车子压上去替主人碾了，主人只需要翻几下再用棍捶，省了很多劲儿。河生让架子车轮一侧走边地，另一侧的轮子没办法只好压着豆秸走，珍珍就加劲儿往前推，河生就说："不用推，我能拉得动。"

　　打面房不算太远，也就六七里路，他们要穿过几个村子，珍珍怕河生累，就喊他："河生哥，咱歇会儿吧。"两人停下。河生拿起毛巾擦汗，笑着看珍珍。珍珍身材高高的，两根小辫子挂在胸前。珍珍把脸扭过去，捂住胸脯说："再看把你眼剜掉。"

　　"你长得这么排场还不让人看？"河生接着说，"你知道吗？爹要给我相亲了，我想问问你的意见？"

　　一阵沉默。

　　"你问我干啥？我才不管你的事。"

　　"你不管谁管，麦子不在家就只能和你商量。"

　　"不想管，赶紧走，打面去。"

　　他们到了打面房才知道打面的人还真不少，前面还有几家排着队，听说是停电了。河生出去了一会儿，买了两个烧饼，他给珍珍吃。"反正也得等一会儿，先吃点儿东西垫垫吧。"两个人开始等，夜空中有了星星，一颗，两颗，三颗……满天的星河，她感觉两人就好像浮在星河里对坐着，想着心里的话要怎么说出来。珍珍那时感觉有一阵凉，河生就在她旁边站着。

珍珍问："你今天说，要和谁相亲？"

"不告诉你。"

"快说是谁，要不然我就不搭理你了。"

河生还是不说，像只笨熊一样傻笑着，珍珍真有点儿生气了。

"逗你玩儿呢。"

"你以后少和我开这种玩笑。"

河生也不知道怎么回答，愣在那里不说话了。

后来又过了好长时间，有几家等不及就拉着麦走了，说来电也不知道是啥时候，改天再来。河生没走，既然来了，就等到最后吧。那天，打好面天都黑了，珍珍都累得不行了，也不是真累，是困。河生让珍珍睡在架车子上："我拉着你！"珍珍确实顶不住了，她想坚持，可眼皮子直打架，她坚持不住了，躺在架子车上面，她的身上搭着河生的褂子，虽然有凉凉的风吹过来，但她并不觉得凉。村庄、大树、流水、未收完的庄稼，慢慢入睡了，隐在夜色里，白天的喧闹慢慢消失。路两侧的树一点点向后退去，星空那么远，又那么近，星星越数越多，明明晃晃的，突然好像有星星从天空落下来，带出一道光，拖着长尾巴，她想告诉河生，但那星星已经不见了。在这安静的星空下，她触摸到了自己的心跳，她好像想起了什么，如果有一天，有人这样拉着自己，穿过田野，一直走下去，回到自己的家中，这又何尝不是一种幸福呢？

有个明亮的小虫子飞到珍珍的面前，晃来晃去，那是橘黄色的光，有着奇妙的色彩，她手一抬，想拿住，但那虫子被碰到了地上，发出了"啪"的一声响。那光灭了，看不见了，消失了。

　　"那是萤火虫。"河生没看就说。

　　珍珍正想问你怎么知道的，他们已经来到了那个冢子旁，突然刮起了风，升起了一团奇怪的烟雾。风使劲儿地吹着，更加肆意，树叶子哗哗响，像鬼拍手，啪啪啪，啪啪啪，还有个时隐时现的影子摇晃着，有几个小虫子在拼命地叫，嘤嘤嘤，嘤嘤嘤。珍珍喊了一声："啥声音？"她总感到周围有一股神奇的力量在压迫着她，一个黑色的影子在飞舞，朝她扑过来，她有点儿害怕了。河生说："没事，啥也没有，都是自己吓自己。"他声音也有些颤抖，加快了脚步，快速通过了那个地方。

　　他们怎么还不回来，是不是出了啥事，奶奶早做好了饭，她出了将军寺村在找他们。到家的时候，珍珍发现奶奶还特意炒了个鸡蛋，粉了粉皮，放着几个变蛋，这都是让河生吃的。河生不肯吃，他坚持要走。

　　珍珍生气了，说："让你吃你就吃，磨叽啥呢？"

　　奶奶说："别客气，河生，可别见外。"

　　河生就洗脸，扒了上身的衣服，露出了古铜色的肩膀，呼呼地吃起来，看见了变蛋他就放下碗，拿起一个，在桌子棱角处磕了几下，去掉皮，也不管沾在上面的白灰点子、锯末，一口一个变蛋，一点儿也不嫌噎。他又掰开半个馍，夹住一个醋酸瓣子，皮也不剥，直接就吃起来。

　　后来麦子也来了，他喊："珍珍，我放假了。"奶奶这时过来说："麦子来好几趟了，找你，问你们回来没。"麦子说："珍珍，我要考大学了，我要考省城！离家近，以后可以经常见你们！"珍珍说："那多好，一定要考上。"河生吃完说："我先回去睡会儿。"麦子不想走，可还是跟着河生走了，走了老远还回头看珍珍。黑夜里，珍珍望着麦子的背影慢慢消失。

秋奶奶专门到珍珍家，说她大儿子阿明要结婚，让珍珍去挽亲，本来让小玲也去，但小玲到城里找她大姨了。奶奶答应说："好，一定去。"珍珍那天不住地问奶奶应该怎么办，她明天要当"挽亲"的，她已经问了奶奶好几次了要怎么做。奶奶也告诉她说："把胭脂粉抹新娘脸上就行了！"她还是有点儿不放心，担心做不好。她问奶奶："抹了新娘的脸她不生气吗？""你这闺女啊！"奶奶说了这一句后就不理她了。

河生也有一个活儿，新娘下轿时他要端托盘。正好麦子星期天放假回来，麦子要在吃饭时帮忙端菜。这都是面子的事，老鲜说："这孩子还小，行不行呀？二大爷。"秋爷爷说："你老，你去吧！"老鲜也知道这是好事，但也要谦虚一下。主事儿的是老鲜，老鲜给秋爷爷保证说："弄得要像回事，咱们不丢人。"秋爷爷闲不着，老鲜不让他忙，他可是坐不住。老鲜很用心，缺钉少蜡，绳子短了，板凳不够，盘子少碗缺，老鲜张罗着找。

河生发现，村里的年轻人不用叫都会凑上来帮忙，有的把家里的盘子和锅也搬过来。小瓷碗大瓦盆用得最多，不管是发面还是备菜都要暂时放里面。几个年轻人把一个村的所有方桌都抬过来了，然后他们搬砖和泥，垒锅台。胡同口的石碾早被挪到了一边，不碍谁的事。老扁负责点炮，有人给个信号，他找个安全地方点响，他爱吸烟，这可是个好差事，他一根接着一根吸。孬皮看到有人来就搬板凳让茶喝。小玲爹开始点火，点好的麦秸引劈柴，又把煤块放在上面慢慢烤烧，煤慢慢变红着了。几个媳妇忙开了，有的刷碗洗盘子，有的剥葱择菜，有的烧火，有的揉面，手都不闲着，跟做自家的事一样。小孩子爱看热闹，不知道从哪里弄来了炮，嘴里还学着大人吸着烟把子，别看炮小那也是"嘣"的一声响。老鲜的老婆冬梅和王明康的老婆拿起刀开始切菜，把有些菜提前炒好，放到高粱箔上。院子门口早就烧了一大缸红糖茶水，旁边放一摞子碗，干净的，谁要来喝随时盛，想喝多少喝多少，没人让也没人拦。

响器班子半下午到了，在秋爷爷家的门口摆了一张桌子，吹响器的人简单地吹了几下停住了，晚上才开始真正吹。几个小孩子不知道从哪里捡来的炮，剥了炮纸，撅着屁股头碰在一起，他们倒出来炮药点大花，火花猛地一闪。到了晚上，河生带着麦子和珍珍都去听响器，将军寺村一个村子的男女老少都来了。河生跑在最前面，他看见人们脸上都流露出笑意，大笛开始吹起来，铁炮咚咚咚响三声，珍珍吓得捂住耳朵。秋爷爷忙活着让烟，秋奶奶一见面就让人喝茶，脸上的笑没有下来过。

王明康的父亲曾是老师，他能用毛笔写对子，字比印的还好看。河生最烦王明康的父亲，他当老师在学校管得死，有次河生调皮还被罚站在门外过。他看见王明康的父亲把一大张红纸裁剪开，有长条的，有方方的，然后叠折格子。他先是蘸墨汁写囍，早就有人打好了糨糊，搬着板凳准备去贴去了。王明康的父亲翻开一本薄红书，上面的字密密麻麻，他略加思考说："你得这样写，你知道不知道？"只见他大笔一挥：

"佳偶同偕百年老，好花共育一枝红。一朝喜结千年侣，百岁不移半寸心。"

围着的人都喊好，但河生不认同，他对麦子说："这谁不会写，有啥好的？"

麦子不反驳，冲到前面伸长脖子去看了。

河生发现，几个有学问的人围着王明康父亲，装模作样研究如何把字写得好看些，王明康的父亲知道要写哪些内容，下笔如何下，他一个笔画能说上半天。河生不再说什么了，头还是忍不住凑过去看。王明康父亲凝神，手腕轻松自如，那笔像施了魔法跟着他的手走，一点一横都有力量，最后"飞"字一连，像一只小鸟腾跃了起来。

"月圆花好鸳鸯笑，璧合珠联鸾凤飞。"

第二天天一明，奶奶就喊珍珍起床，给她找件新衣服穿，她用香皂洗好脸又抹了点儿油。大家早就来了，依旧在那里忙，吃了早饭，男方就出发了，到了半晌午，新娘还没有来。铁炮响了三声后，拉礼的车回来了。女方的陪嫁先到，娘家人带来的，大家都搭把手开始卸东西，有六大床被子、一个新盆架、一个大木箱子、一个半截柜、大方桌、小方桌、椅子、缝纫机。男劳力把这些红绳子解开后，都扔到了秋爷爷家的房顶上，屋顶上横七竖八地躺着红绳子。

半晌午，新娘的花轿来了，吹响器的在前面开路。有刚过门还没有生孩子的挡轿，新娘子从里面撒出一把喜钱，一分二分五分的硬币。这些喜钱跟平时的硬币不一样，村里人用钉子钉透串起来挂在小孩的帽子上，听说这可以辟邪，给小子带来喜气。珍珍也抢了一个，有人问她："你要这干吗？给我吧。"

珍珍装进兜里说："要你管。"

花轿终于抬到秋爷爷家门口，珍珍想看看新娘长什么样，但新娘并不下轿，珍珍有点儿急了。这时，有两个男孩子来了，一个男孩子上前点着一捆麻秸火，后面那个男孩子一只手用棍子挑着犁铧，另一只手端着一碗醋。有人就喊："别光走路，赶紧喊几嗓子。"男孩子就开始喊："麻秸火一冒烟，三儿俩大官。"大家都笑。又是一圈，另一个男孩子喊："麻秸火一出绿，三儿俩闺女。"大家又是一阵笑。一个老婶子过来，把磨镰石拿出来，磨镰石也用红纸包着，放在了轿门口。珍珍掀开轿帘子，新娘子头上盖着一块红纱。

"这闺女长得排场！"

"眼大，个儿不低！"

"你看她还怪胖哩，干活儿有劲儿。"珍珍奶奶说。

"属龙属猪的，赶紧背背脸！"有几个人转过身子。村里人都说，属相相克的人，看了对人不好，以后会生灾。

珍珍想着有一天自己也要坐轿嫁人，心里感觉不羞死才怪。但她发现新娘子一点儿也不害怕，大大方方地抬起脚，熟练地踩磨镰石走过，像有谁提前教过她一样。这时，河生端着托盘来了，他一边往前挤一边喊："让开让开，别抹身上了！"珍珍凑上去，双手蘸满了红粉，与她一起搀亲的姑娘手快，已经把红粉抹到了新娘的脸上。珍珍抬起手还没有抹，新娘子倒往珍珍脸上抹了一下，她看到新娘的指甲是红的。珍珍的脸滚烫烫的，村里人都哈哈笑，河生也跟着笑，还有麦子。珍珍心里气，人家笑，你们两个傻大个儿，笑啥笑？

珍珍和那个女孩搀着新娘开始往院子里走，老鲜开始撒喜糖喜钱，撒落生撒烟，撒剪碎的秫秸秆，撒得满院都是，大人和小孩子都弯着腰捡，谁也不让谁。有人踩到了鸡蛋壳子上，也不管这些，继续抢那些喜糖喜钱。新郎和新娘在院子里站定，新娘站在东面，新郎站在西面。

老鲜开始喊："一拜天地！"

两人磕头。

"二拜高堂！"

新人给秋奶奶和秋爷爷下跪。

"夫妻对拜！"

两人鞠躬。

外面的响器一直在吹着，鞭炮也噼里啪啦响。

"送入洞房！"

珍珍送新娘进洞房，她端盆水让新娘洗脸，新娘子手碰了碰了水。另一个女孩给她梳头，她拿着照镜子。珍珍说："嫂子，你真好看！"新娘只是笑，不说话，忽闪着大眼睛，脸红红的。换好衣服后，新郎和新娘开始磕拜礼，这次是新郎站在东面，新娘则站在西边。院子里放着席子，这是跪地行礼用的。老鲜说了一段开场白："今天是新郎阿明和新娘小红的大喜之日，感谢各位亲朋好友到来。下面，有请曾庄他姥受头！"

阿明他姥早把一沓钱放进盆里，有人就喊："快数数有多少？"

也没人去数，那几张十块的，抻得平平的，用红纸包住，在脸盆里躺着。

"还不赶紧磕头！"

两人却不磕头，周围的人喊叫声更大了。

"有请曾庄他大舅受头！"

上礼的多是女方，将钱放进红瓷盆。

受头结束后，珍珍陪新娘进了洞房，两人很快就熟悉了。新娘个头儿和她差不多一样高，是个自来熟。新娘小红让珍珍坐床上，但她感到硌得慌，掀开被子，她发现被子下摆满了莲子、落生、桂圆，还有大红枣，珍珍本来想吃几个，但看别人没动，她也没吃。

开饭的时候，麦子端过来一盘盘饭菜，几个女的陪新娘坐在堂屋吃饭，新娘掰开一个馍给了珍珍一半，珍珍之前还想伸手去夺，没想到新娘主动给她了。珍珍很高兴，她听奶奶说，吃新娘给的新馍以后会有福气的。

晚上闹洞房时，屋里挤满了人，村东村西的人都来了。珍珍发现，新娘子见人就说话，大大方方的，一点儿也不认生。阿明倒像成了外人，成了个木头疙瘩，不像平时吃喝东吆喝西。有人就夸新媳妇说："这闺女嘴像抹了一层蜜，甜得很。"

有人就冒出来问："你咋知道甜？"

其他人就跟着笑。

有人说："我们坐到天亮也不走，急死她。"

新媳妇说："大伯别这样，来来来，喝点儿茶。"

那人故意揉揉耳朵，装作没听见，手放在耳朵上说："大声点儿，听不见。"

其他人都哈哈大笑。

珍珍嘴角也浮出笑容，她问奶奶："怎么喊大伯，不乱辈分吗？"

奶奶说："这都是按没出生的儿女来喊的，将辈分降一级。"

珍珍点点头，这讲究还真不少。

后来，来了四个女人，她们扯住床上的新被子一角，在床上连转四圈，嘴里还不停念叨着："一圈金，二圈银，三圈儿女一大群，四圈骡马也成群。"

屋子里的人还在说笑，丝毫没有要走的意思。那蜡烛已变短了，流的红泪滴在桌子上，夜已经很深了。

那天晚上，珍珍躺在床上好久都没睡着，外面的月光像银色的薄纱，清澈如水，平静地流淌着。夜变得安静，月光透过窗棂照进来，像面纱慢慢遮盖过来。珍珍有点儿想那个新娘子的大眼睛，它忽闪忽闪的，不过很快河生的影子来了，麦子的豁牙子来了，奶奶的笑容来了……

珍珍心里乱死了。

# 四　三老太爷

麦子考上了大学，要去郑州上大学了。

在将军寺村，考上大学可是件大事，这消息早传遍了村子。在饭场上，大家嘴上都离不开麦子考上大学的事，有人说："你看看人家，祖坟都冒青烟了。"以前村里在教育人的时候，都说要学学人家小红的娘家哥，中专毕业，吃着商品粮。现在家长再教育小孩子的时候，都会说："你看看人家麦子，你就不会学学人家？那可是大学生，以后不用面朝黄土背朝天了。"村里人认为，老鲜的孩子争气，考上大学就能吃上商品粮，以后再也不用在将军寺村打坷垃头子了。村里人用简单朴素的方式去庆祝，秋奶奶端来了鸡蛋找麦子娘唠嗑，说是让麦子补补脑子；珍珍奶奶专门看麦子，说小时候就看这孩子正干有本事，走的时候顺手掏出几十块钱让麦子买书买本子；还有送件新衣服的，也有送新鞋的。孬皮背过来半袋子大绿皮西瓜，大半夜敲门送来，老鲜把家里最好的烟拿过来招待他，孬皮比自己孩子考上了大学都高兴，他接过老鲜的烟一根接一根吸。老鲜和孬皮两人聊得时间不短，都下露水了。孬皮认为："孩子以后会有出息，你可享福了！"老鲜说："咱有啥命咱自己知道。"

当然，村子里再热闹，也有人不愿意去凑，三老太爷就没去。三老太爷坐在将军寺河边，那只大黑狗眼皮子眯成了一条线，趴在他身边，像尊凝固在将军寺河边的雕像。听到身后有人喊，他回头一看是麦子。麦子又喊了一声"太爷"，在他左侧坐下去，他右侧是那只黑狗。三老太爷向麦子"嗯"了一声，继续坐在那里，两人都不再说话了。那只大黑狗抬起头来，呜了一声，把头又缩回来，眯缝起眼睛。麦子喜欢和三老太爷在一起，一有心事就来找三老太爷，三老太爷见识多，肚子里有故事，说出的话能让人回想好几天。三老太爷朝远方望着，什么也不说，是不想说还是没话说？麦子弄不明白。最后，麦子打破了冷场，开口说："太爷，我怕！"

"孩子，你怕啥？"三老太爷摆弄了一下烟，沉默了一会儿，他说，"来，我们再下一盘棋吧！"

麦子与三老太爷对脾气，三老太爷喜欢下棋，麦子的棋就是跟他学的。三老太爷棋艺高，这是没得说的，他和同村人下没有输过，他经常告诉麦子，下棋就像是为人处事，先走哪儿后走哪儿，舍弃啥、保住啥都要提前算好，不能到跟前了再想。这天麦子没有心情下棋，连下三局都输了。麦子心里乱糟糟的，哭丧着脸说："太爷，我心里怕，也不知道为啥。"

三老太爷一边继续摆棋，嘴里一边说："你不怕才不正常哩，这上大学谁上过？"

"那么多人来，我心里慌张，太爷，他们问我这儿问我那儿的，好像我有什么本事似的，万一以后我没本事了，再回来咋有脸见人？"麦子的手捡起地上的一个砖头块子，向将军寺河里扔去，水里发出咚的一声响。麦子望着三老太爷，三老太爷吐着烟圈，望着扑闪着的河水，烟圈飘散开来，却不说话了。将军寺河里，有人驾着船捕鱼，一只鱼鹰一头扎进水里，扑通一声传来，有一只从水里伸出头来，嘴里衔着一条鲫鱼，摇晃着身子挣扎，白亮亮的。

"太爷，我一定会好好上学，但我也不知道以后干啥是有本事。"他又捡了一块土坷垃，往河里一扔，又是咚的一声。

"你往前走就行了，不停地走。"三老太爷嘴嚅动着。"别忘了带点儿家里的土，装在衣兜里，这是你的根。"

"嗯！"麦子想继续听下去，三老太爷却没了声音。三老太爷抬头望将军寺桥，那里空空的，没有一个人影。麦子听到三老太爷在小声喊："阿龙！"麦子问："太爷，有消息了吗？"他知道三老太爷又想阿龙了，他一直在这里等，等待阿龙的归来。

三老太爷的大儿子阿龙是将军寺村人公认的有本事的人，提起他，方圆十来里都知道。他先是在村里倒腾盐油面，后来又整点儿布料，赚个小钱，他骑着三轮车拉着卖，还收别人家的废铁破鞋旧棉花，哪里逢集他就去哪里卖。三老太爷不支持儿子这样做，赚钱是好事，可总感觉对不起人，阿龙就不这样认为，凭本事吃饭，有啥不好意思的？

三老太爷当初想让阿龙学打鱼，但阿龙怕水，第一次下河时一头扎了进去，不知道是故意还是咋的，再也不下水了。又让他跟着秋爷爷学木匠，三老太爷请秋爷爷吃了饭，还正儿八经地拜师，学了不到半个月，他的手指头差点儿被锯掉。听说还学修补盆，这活儿需要心细的人，也是没坚持了十来天，他气得一锤子把瓦盆敲得粉碎，他没有那样的耐心。

有一段时间，阿龙带回来一个录音机，天天放音乐，麦子爱跟在他屁股后瞎跑，他们走到哪里蹦跳到哪里。麦子特别想买下那个录音机，还偷了家里的鸡蛋准备换变蛋，为此还被他爹打了一顿，打得不轻。小玲和珍珍不爱那东西，也不爱围着转，感觉也没有啥值得稀罕的。有一段时间，阿龙和几个穿牛仔裤的小子在村头练倒立，他还学会了抽烟，到哪里都烟气缭绕的。看见小孩子经过，他就向小孩子要钱，几毛几块都要，有一次把王明康的学费都抢走了，气得三老太爷掂着抓钩撵了阿龙半个村子。后来阿龙不知道从哪里搞到了一辆摩托车骑，别看破，声音不小，外庄的人都能听见，一个人经常来返于县城，每次回来带一些奇怪的东西。他开摩托车故意多转上两圈，生怕别人不知道一样。他把带来的东西卖给村里人，价格低得很，秋奶奶买过一个皮包，在镇上问的是价格十来块，到他那里三五块钱。河生买过一个玩具琴，五毛钱，尽管有点儿旧，但还能发出声音来。小玲还买过一把皮筋，也比在别处买便宜多了。

阿龙不干活儿，但日子潇洒得不得了，这引起了三老太爷的不满。他就这一个孩子，家里以后还都指望他呢。三老太爷有次把他摩托车的气门芯都拔掉了，让阿龙丢尽了脸，但这不影响他继续开。三老太爷干脆把摩托车推进将军寺河里了，三老太爷也心疼那摩托车，但不想让孩子这样长大，他想让孩子有个正路。那天阿龙发出猪一样的惨叫，扬言与父亲断绝关系，谁来劝他他跟谁吵。当天夜里，阿龙从窗户里翻出来跳上墙头，不见了，此后不知道去了哪里。有人说在县城见过阿龙，他开了一家录像厅，几块钱就可以去看，但也有人不信，说他哪有那么多钱。小玲爹说，一次进城见过一个拾破酒瓶子的，从背影看很像阿龙，试着叫了几声，那人不但不理他，反而加快脚步跑了。

阿龙走后，三老太爷恨了自己一段时间，没了儿子总感觉少了太多，阿龙再赖好歹也是他儿子，人家的孩子再好也不能跟自己续香火。每次上坟，就给阿龙他娘说对不起的话，总要埋怨自己好大一阵子。村里的人都说，既然不希望阿龙出去，当初为何还处处为难他呢？阿龙是被逼走的。老斑鸠倦了要回家，狗跑累了知道回家，三老太爷就一直等，人哪早晚得回来，可一转眼十来年了，阿龙怎么还不回来呢？三老太爷想亲口对儿子说些什么，可是他发现，这辈子可能没有机会了。

一转眼许多年，如果阿龙还在，应该结婚了吧。三老太爷知道，阿龙比麦子大了整整十岁。

"太爷，你说我去吗？"麦子把三老太爷拉回了现实。

三老太爷顿了顿神，抬头望远方说："去，怎么不去？你是咱们村的希望。"

麦子不知道什么是希望，他想留在村里，这里有熟悉的人，这里有走了无数遍的路，他心里说不出来地留恋。他在河边刮的树皮已经长好了，留下了一个大大的伤疤。他也曾改变了一切。河边有片野草，到了秋天干黄干黄的，他曾经点燃过，现在长得没有其他地方茂盛。这些可能没有人会记得，但他记得了。如今坐在河边，望着流动的河水，曾经多少次他都是这样在凝视、思考，如今却不再是曾经的心情了。水没变，他的心却在悄悄变化了。

"你要是见到阿龙，让他回来。"三老太爷站起身，不下棋了，他拍拍屁股上的草和土，走了。

麦子仿佛看见阿龙以前带领他们打枪练武的情形，仿佛看见阿龙骑着摩托车拖着尘土在路上行驶的画面。麦子明白了，他走出去，也许真的能再次见到阿龙，让他回来，重新走一走家乡带着泥巴的小路，如果有可能他和阿龙要一起跟三老太爷下棋，但他不知道有没有这样的机会。


珍珍知道麦子考上大学的消息时正在河堰上放羊，秋奶奶告诉她的，说是麦子以后要吃商品粮了。珍珍发现羊儿叫得可欢了，草也显得特别青翠，她想向麦子说些什么。麦子在河堰边扔东西，等三老太爷走了，珍珍便走上前去。珍珍没想到麦子却不太高兴。珍珍说："哥，你以后上大学，脱离了农村，可就是城里人了！"

麦子头耷拉着，半天后来了一句："珍珍，我……我想和你……"

夕阳下，那点儿残红照在将军寺河上，洒落一层一层的金黄，水慢慢流动着，那金黄也一晃一晃的。荷花逃出荷叶的拥抱，荷叶像圆圆的盖子漂在水面上，上面撒下点点的珍珠，也有的露出了水面，在风中忽闪忽闪着。水底也有鸡蛋大小的石头，圆圆的，看得清清楚楚。荷叶睡在河里，只是水波大时随着晃动一下。珍珍心里却一热，脸红了起来，背向了麦子，手不住地搓来搓去。远处，河生在河里捕鱼，他把船划过来，一桨又一桨，鱼鹰在船头站立着。船到河边，河生拉住绳，跳上岸，河水在流淌。

麦子要走了，离开家乡，离开家乡也没啥，就是以后见不到河生和珍珍了。麦子笑着说："哥，我去上学了，你好好照顾珍珍。"他笑得比哭还难看，露出了豁牙子。

"我知道，我经常去看奶奶。"河生望着弟弟，他感觉弟弟长大了，鼻子下面长出了黑黑的胡须，别人在村子里经常夸他弟弟，他这个当哥哥的心里也高兴。

珍珍说："哥，有时间我们去找你。"

"珍珍，以后你们来大学里找我。"麦子说。

河生坐在草地上，珍珍和麦子躺在草地上，小虫子往裤筒子里直钻，珍珍不住地拍打裤子。松软的草地上，珍珍躺在中间，麦子碰到她的手，她感觉暖暖的，珍珍赶紧把手拉回来，装作拍手上的虫子。羊儿不叫了，卧在草地上，嘴一张一合的。天不知道什么时候慢慢黑了，整个村子沉静了，羊有几次都想走，看主人不动，也趴在地上，只是咩咩地在叫。月亮悄悄出来了，月光洒在水面上，水波白光光地晃动着。珍珍的脸上好像有泪水。奶奶过来喊珍珍回家，看见他们三人在说话，就顺手把羊牵走了。奶奶对麦子说："你以后吃商品粮了，真有本事！"麦子笑着说："奶奶，以后到城里我管您饭吃。"

天已经完全黑下来了，起风了，树叶开始摇起来，流水也不住地呜咽起来。那晚的月亮不比以前明，也不比以前圆，却给珍珍留下来了很深的印象，总感觉那天的月亮碎在河中，随水冲散了，又重新合在一起，那个破碎的月亮让她难受，惨淡的月光非常冰凉。珍珍抬头望月，又低下头望将军寺的河水："哥，你看看月亮，咋不明了？"

麦子没说话，河生也没有说话。

水里蛙的叫声上来了，呱呱呱，叫得人烦。河水遍体鳞伤地流动着，水腥气伴着风吹过来，凉丝丝的。珍珍又说："以后你再远，也要记得家里的路，找不到了，就看看月亮，它一直照着回家的路。"麦子双手放在后脑勺下托着，河生坐起来，他不爱躺在草地上。他一声不吭地望着流动的河水，河水在黑夜里晃动着。

麦子上大学去后，河生经常找珍珍，准确地说经常去她家帮忙。奶奶一见河生来就赶紧让他坐，手里拿上衣服就到外面忙活去了，好长时间也不回来。河生来了手闲不住，提水、修理农具……河生离开的时候，奶奶总会准时出现，像算好了时间，她说："别走了，在这儿吃吧，多添一碗水的事儿。"

河生从不留下，他说："奶奶，我娘做好了，在哪儿吃都一样。"

"你别客气呀！"

过了几天，奶奶对河生说："芡子里的麦得晒晒，发潮，要生虫子了。"河生挑个太阳正毒的日子，决定晒一下。河生帮忙把芡子里的麦粒子摊在村后的路上，一袋子一袋子弄出来，河生拉，珍珍在后面推，奶奶在后面说："慢点儿，慢点儿，别急。"河生流的汗把背心都浸透了。

那天奶奶留河生吃饭，河生依旧回家吃。

吃罢午饭，奶奶和珍珍开始翻麦，珍珍用脚蹚，一前一后走，转了一圈又一圈，麦子上留下了一个又一个圆圈，她们脚面上热乎乎的。奶奶在路边捡麦，一粒也不愿意丢。树上一只老斑鸠一动不动，有人过来也不飞走，一直盯着麦子咕咕叫。

奶奶问珍珍："你秋奶奶来了，说她娘家侄子在镇上开饭店……"

珍珍不接话，双脚继续翻麦，脚步更快了。她不想奶奶继续说下去，现在她特别讨厌那只咕咕叫的老斑鸠。

"不小了，我像你这么大，都结婚了……"

珍珍从地上捡起一块砖头，朝树上的老斑鸠扔了过去，那斑鸠拍着翅膀，飞走了。

天变了。先是刮风，摇动树枝，空气中夹杂着尘土，云彩压得很低，天阴起来，看样子要下雨了。在风中，珍珍一下子发现力量太小了，有些事情真是无能为力，两人抓紧时间把麦拢到一起。要是被大雨淋了，麦生了芽子就完了，珍珍急得想哭。

这时河生来了，老鲜来了，老鲜婶子也来了，后来还有三老太爷、秋奶奶……人多力量大，一会儿把麦收好了，几个人抬的抬，搬的搬，用架子车运到了家里。云被惹怒了，雨，啪啦啪啦落下，打在树叶子上，落在屋檐上，洒在田野中，渗进泥土里。树被淋湿了，那杨树，那柳树，那硕大树叶的桐树，那张开臂膀的楝树，叶子嘈嘈杂杂，流动着银色的水柱。蝈蝈的吟声淡了，母鸡的叫声没了，斑鸠的鸣叫声隐了，只是那狗叫声更狂了，也不知趣，汪汪汪。麦子终于在大家的帮助下收好了，奶奶气喘得厉害，但脸上露出了笑容，麦总算没淋着。

河生那天走时，珍珍把伞给他，但河生没要，回头只是呵呵一笑："哪有这么金贵？没事。"他冲进了大雨，还回头一笑，珍珍望着河生的背影，心里的大雨比眼前的大雨还下得猛烈。

珍珍以后再见到秋奶奶，她就躲着她走，不搭理她。就算秋奶奶到她家里串门，珍珍总是把自己关在屋里，不给她说上一句话，刚开始秋奶奶还没意识到，后来她弄清楚这事后，秋奶奶有点儿不高兴，她感觉这弄的是啥事呀？有点儿尴尬。

后来，秋奶奶不止一次对珍珍奶奶说："这闺女，咋这样哩？啥时候成了个闷葫芦？"

# 五 打工

　　我一直在叙述我们村的发展过程，这个将军寺村，你要是注意的话，会发现我在其他小说中也多次写过。我还是有点儿文学野心的，想打造一个文学地标，让国内外的人们都认识这里，当时莫言、贾平凹年轻时应该也有这种打造"文学地标"的想法。现在，小说的情节推进和发展有点儿慢——也不能算慢吧，我一直把握着这个叙述的节奏，总要有点儿铺垫吧，小说在写作时总不能一下子写到底吧。要真一下子告诉读者所有的内容，那就再也没有人愿意花上一盒烟钱买这本小说看了，我希望把主公人公之间的那种微妙的情感表达出来，这是我想要表达的，爱情难道不让人期待吗？我一直在写将军寺村，其实随着时代发展将军寺村也在变化。

　　村里这几年出去打工的人越来越多，尤其是年轻人，好像谁在家里待着，就显得谁没本事一样。那些不上学的年轻人就出去碰碰运气，虾有虾路，鳖有鳖招。有亲戚的靠亲戚，有技术的靠技术，没有技术的靠体力，反正没有一个人是饿死了再回来的。你若问他们在城里干什么呢？他们先是说收破烂——好像都是这样说，像商量好了一样掩饰自己的职业，后来才知道在外面都有自己的生意，比种庄稼地挣钱多。你问他们挣多少钱，他们总是说差不多，饿不死，撑不住。待过年回来时，都是拎着大包小包，那些吃的喝的东西，都是你见都没见过的东西，他们见到将军寺村里人，都炫耀着在城里的所见所闻，拿出来的烟也都贵。这样一显摆，大家就都知道你在外面混得不错，等过罢年，年跑远，又有人悄悄跟在他们屁股后面到城里，说是碰运气去了。

老鲜没有出去，但也不闲着，他爱捕鱼，后来河里水少了，他就不干这行了。他看别人生产蜡烛可以挣钱，也学着买来了蜡机，开始做个小本生意。他学着别人的样子，先后买来蜡块、蜡芯、铁桶和包装纸，开始生产白蜡，有人忌讳白颜色，他又开始生产红蜡，十支一包装好。不知道是技术不过关的原因，还是蜡油不好的原因，他生产的蜡点燃的时间不长，还爱"流泪"，别人点两根的时间，他家的要点三根。

有一次熬蜡油，老鲜老婆冬梅被蜡油溅了脸，她把端着的铁锅扔在地上，脚又被烫肿了。后来，电越来越普及，蜡的销路不太好，老鲜就不再做了。河生和麦子都上初中后，用钱的地方一多，他的心又痒痒了，不做个生意咋办？老鲜不知道从哪里听说了养乌鸡能挣钱，人家提供鸡苗和技术，乌鸡蛋还可以按个回收，一只乌鸡蛋回收能卖上两块钱，只是成本比较贵，一只鸡要二十五块钱。老鲜想着这投资大不假，但来钱也快，他显然被欲望冲昏了头脑，就这家一百那家两百借了钱，养了一百来只乌鸡。没有鸡舍，他就直接在院子里搭了几块石棉瓦，又买来了鸡笼子，有模有样的。刚开始，有个外地的技术员还专门过来指导，如何喂料，如何添水，如何出粪。那技术员戴着个帽子，再热的天也戴着，他操着南方口音，他说话我们也听不太懂。

整个将军寺村的人都来看，感觉这鸡下的真是个宝贝疙瘩，一枚蛋两块，能买一斤多普通的鸡蛋了，人家老鲜就是个能人，该人家人旺财旺。不知道技术员什么时候开始不来了，也没人管了，终于等到下蛋的时候，大家早就替老鲜算了一笔账，一天一百多块哩。秋爷爷也不想做木匠了，准备也养乌鸡，本钱都准备好了。老鲜攒够了一百枚乌鸡蛋，打电话联系人家来回收，但哪还能联系上人家？那戴帽子的南方人早就没影了。他这才知道上当了，将军寺村的人这时背后都笑话老鲜，上辈子欠下的债，这辈子得还，哪能让你啥都好呢？秋爷爷逢人一边摇头一边说："我也差点儿上当了呀！"

虽然这次上了当，但老鲜并没被打倒，他不是一个能被打倒的人。老鲜还像他当兵时一样，不解释，也不多说一句话。听村里人说他到南方战场上打过仗，徒手打死过敌人。后来肚子被敌人射中了一颗子弹，命大，一扇肺摘了下来，睡了一天一夜就醒来了。回村后，他闲不住，爱管村里的闲事，一次因与邻村发生了地界争执，人家仗着弟兄们多，欺负将军寺村的一个小门小户老扁，老鲜看不下去，一拳打到了挑头的那人鼻子上，那鼻子被打得陷进去了，他差点儿没把那人打晕。

果然，老鲜那股不服输的劲儿没丢。两年后，他又养了一千多只蛋鸡，德国的罗曼鸡，这次他正儿八经地到两百里之外的养鸡场专门参观学习了一段时间，准确地说，是义务给人家打了两个月的工。他感觉差不多了，心里也有把握了，真正了解里面的水多深了，又开始重养了鸡。这次他盖了三间筒子房，比人住的地方都好，他把以前的鸡笼子也用上，又贷款买了发电机、饲料机，他缺啥买啥，像要办厂一样。河生还有他娘都去四处村里收玉米，再回到家加工饲料、打料、配饲料、收鸡蛋、出鸡粪，这样一家人都闲不住了。珍珍没事的时候，也帮老鲜家拾鸡蛋，老鲜老婆就给珍珍碎皮的鸡蛋，还有因啄肛而死的鸡，没把她当外人，珍珍也不客气，拿回去给奶奶吃，味道一样。老鲜家的生意说不上太好，但还真赚了点儿钱。老鲜不怎么捕鱼了，如果想吃鱼，他花上几个钱到镇上就买了。只是家里比较闲的时候，老鲜还是带着河生到将军寺河里打鱼，算是个消遣。

那次家里难得的清静，老鲜非要带河生去捕鱼，河生不想去，想好好睡一觉，见爹坚持就跟着去了。捕了几网鱼，足足有几十斤，不白来一趟，真没有想到能捕这么多鱼。返回来时，老鲜说："这么多鱼咱也吃不完，卖不了几个钱，你给珍珍家送去几条。"河生心里一阵高兴，忙答应下来，又可以见到珍珍了，一高兴，手里的网竟滑落出了手。

老鲜问河生："你看西头的秋生，他家的孩子都会走了。"

河生正在摆弄着渔网，不接话，这几年爹开始关心起这个话题了。

"要我说，你也该见见面了，有人也给你说媒了，你年龄不小了。"

河生手停住了，干活儿不利索起来。他说："现在我结啥婚？"

"你说结啥婚？真不知道你啥时候长大？都二十多岁了，也不愁，哪个闺女天天在家等着你？"老鲜说。

河生想知道爹说的到底是谁，但爹不往下说了，河生也没好意思问，想了几个晚上也不知道爹说的到底是谁。

小玲到大城市打工后，不止一次邀请珍珍到城里打工挣钱，珍珍一直犹豫。过年回将军寺村时，小玲后面跟着一个外地口音的三七分头男人，这男人说话听不太懂，口音蛮，但跟来老鲜家的那个戴帽子的技术员声音不一样，不过他倒挺客气的，见到大人就让烟，给小孩子见面就发糖，还专门到老鲜家养鸡场买了六只鸡，包下了当天所有的鸡蛋，还买了一百枚变蛋，挑都不挑都买走了。珍珍没敢走太近，远远地听着饭场上的人们问这儿问那儿，大家都想碰运气，但又害怕出去危险，万一被骗了怎么办？都知道城市的月光亮，可万一找错了地方，又有啥用？跟着小玲的那个分头男子对大家说："你们想去，都可以去，我家有厂，可以打工，开工资都是现钱。"他尽量打消大家的顾虑，村里有几个人围过去问长问短哩。

小玲过来拉着珍珍的手，瞬间一股香气把珍珍包围了。小玲的头发有点儿卷，比方便面还要弯曲，现在染了黄颜色，简直像个洋娃娃一样，一股香水味扑过来，直刺珍珍鼻孔。珍珍心里想喊真好看，但没有喊出口，怕小玲在心里小瞧了她。珍珍问："你在外面，不害怕吗？"

"你个胆小鬼，害怕个屁，咱不偷不抢，有啥可怕哩？"小玲说话比以前声音大了，成了个大嗓门儿。她这两年变化真大。

珍珍心想，我才不是胆小鬼，有时候只是假装而已，不想表达出来，她又说："在外面没有家里得劲儿，吃不习惯！"

小玲眼里闪着光："你个傻妞，哪有不习惯的？啥地方住上三天就习惯了，吃喝玩要啥有啥，比家里强多了。你没出去过，不知道外面的好。"

珍珍不是不相信小玲的话，村里也有人外出，回来时都大包小包地提。珍珍不想出去是因为她喜欢这里，喜欢看小羊羔慢慢长大，喜欢在村子里一遍又遍转来转去，踩在土路上，阳光透过树叶缝隙照着她，暖洋洋的。熟悉的土地，河堰上青了又黄的草，一弯流淌的河水，甚至是风吹的柳叶，还有蝉声、牛叫声、升腾的炊烟和燃烧的炉火，珍珍舍不得这里的一切。

小玲对珍珍说："你是我的好姐妹，我们可以一起去，我照顾你，不让你吃亏。"

珍珍想拒绝，但毕竟这是小玲的一番好意，碍于面子她没有直接拒绝。

珍珍说："好吧，我还得与奶奶商量一下，毕竟奶奶年龄大了。"

"还是你孝顺，不过没钱咋孝顺？这年头得有钱，你不挣咋有钱？"小玲末了又说，"我等你消息，想好了就找我，我在家过年，初六才走呢。"

过年的那几天，村里的人每天都在商量是否外出打工，还有人为了外出打工都吵架了，年轻人走了谁来照顾孩子？总不能让老头儿老太太看孩子吧！有几个不上学的年轻人最终选择外出打工，他们想，在工厂做服装不难，人家咋弄也跟着咋弄，不是啥高科技工作。阿明确定能出去，两口子也商量好了，小孩子都十来岁了，会蹦会跳，孩子他娘小红能在家里照顾着，再说秋奶奶也能搭把手。王明康他娘也想一起走，在家挣不了大钱，就那二亩地天天打理来打理去，也没有找到发财的路子，但小玲说："婶子，你就别来凑热闹了。"

珍珍下不了外出打工的决心，她怕跟奶奶说了奶奶伤心，毕竟奶奶年龄大了。

麦子那年放寒假回来，他比以前更高了，还戴了副黑边眼镜，他身穿一套运动服，脚上穿着双白球鞋，真像个大学生了。麦子给珍珍买了一副玫红色手套，珍珍满脸害羞地说："用不着，我的手哪有那么金贵？"

麦子说："手要好好保护，戴上试试，合适不？"

珍珍把手伸进手套里，麦子说："真好看！"

珍珍没说什么，赶紧问麦子大学生活怎么样。后来珍珍也织了一副手套，却给了河生，河生不舍得戴。麦子送给珍珍的那副手套比太阳都温暖，珍珍却也没有戴。麦子发现珍珍给河生织了手套后伤心了好一阵子，不知道如何面对哥哥河生。

自从那个口音不清的男人来后，小玲妈天天像糟鱼臭鸡蛋，越吃越舒坦，她尾巴慢慢翘上天了，别人再来家里给小玲说媒，她会一口拒绝："闺女的事咱做不了主，儿大不由爷，闺女大了比娘铁。"村里人都知道，丈母娘看女婿，越看越顺眼，那几年小玲在外打工时，还不时寄回来一些衣服，裙子花花绿绿的，小玲娘嘴里时时挂着那男人。村里人也挑好听的话说，有人爱听。

秋奶奶夸她："穿在身上比猴子都好看。"

小玲娘说："闺女花这个钱干吗？我又不爱穿。"

冬梅说："你这闺女真有能耐，你穿得比城里人还漂亮。"

饭场上吃饭的人听了都在笑。后来，有个人开着三轮车卖番茄，小玲娘买了不少，当时没有袋子装了，也不知道谁想了馊主意，小玲娘用裙子兜着回家。她没有太在意，后来知道丢人了，一连几天没敢出门。

河生娘冬梅心里羡慕别人能有这样的闺女，知道跟娘亲，不像她家的两个儿子，都这么大了，净让大人操不完心。三老太爷更用不提了，养活了个儿子还不如人家闺女，不知道跑哪国去了，家都不回了。当大家知道小玲嫁给了那外地口音男子时，村里人都震惊了。小玲嫁到了大城市，嫁给了老板，这真是几辈子积来的福气！小玲娘和爹出去了半个月，到南方去了。回来时，他们穿得人模人样，小玲爹还专门买了双大头皮鞋，脚下那双当布鞋和拖鞋的两栖鞋彻底下了岗，小玲娘又穿上了那花裙子，头发还做得弯弯曲曲的，土不土洋不洋。小玲爹和娘远走南方，听说先是坐汽车再到省城转坐火车，火车要坐一天一夜。村里人羡慕，夸人家闺女有本事，嫁到外地天天吃肉，以后小玲娘能享福。

珍珍没有外出，照样去帮河生拾鸡蛋。河生就吓她，别被鸡啄伤了手，珍珍就拿起鸡蛋做要砸河生的动作，说："哪像你那么笨？"河生吓得举起双手赶紧投降。珍珍回家时，河生娘给她一些鸡蛋。奶奶很少主动给珍珍炒鸡蛋，鸡蛋贵。河生娘经常给珍珍家送去鸡蛋，碎了皮的，鸡啄的，也有不小心碰在鸡笼铁条上的，有时候还送去过死鸡，不是病死的，是意外死的。珍珍奶奶说什么也不要，河生娘说："别嫌赖，没拿您当外人。"河生娘临走时，珍珍奶奶给了她一个晒好的干丝瓜，可以刷锅刷碗用，这样她心里感觉才不欠别人的，找点儿平衡。

珍珍看着奶奶的腰一天比一天弯，奶奶明显老了，珍珍心里担心。那天她发现奶奶躺在床上，眼睛一动不动，她吓哭了。珍珍赶紧跑过去喊河生，老鲜和河生过来，半夜开着手扶拖拉机拉着奶奶往镇上赶，幸亏抢救及时，奶奶才脱离危险。经检查，奶奶得了中风，幸好抢救及时，硬是把她从鬼门关拉了回来，这差点儿让珍珍吓个半死。珍珍拉着奶奶的手，奶奶的手只剩下一层皮，蓝色血管像蚯蚓一样吓人，鼓突着，弯弯曲曲的。万一奶奶有事身边没人怎么办？珍珍最终没有向奶奶提外出打工的事，她现在就要好好陪奶奶，心里想有一天有钱了，她也要给奶奶多买些新衣服穿。

再过年的时候，不用小玲再说，村里外出打工的人都在聊城市打工的见闻。阿明宣传在外打拼的战果，他腰里揣着钱包回来，他大概算了下，一年光靠地里的那些粮食卖不了那么多。于是又有一些人的心动了，趁着天黑就有人提溜着礼品去见小玲娘，说也想去南方试试。那年又有几个年轻人去了南方，据说南方是遍地都可以捡到钱的地方。三老太爷从不相信这些，哪里的钱好挣？一弯腰都能拾，这么好的运气会轮到咱们，谁也不傻，有也早就被捡完了。老鲜很认同三老太爷的话，但秋爷爷不信，他准备让老大两口子都出去挣钱，把小孩子放家里。

珍珍依然放羊，现在养羊的不多了，老水羊拖着饱满的乳房在前面走，后面跟着几个小羊羔咩咩叫着。整个将军寺村就珍珍一家还养羊，十几只，每到过年也卖不少钱，珍珍把钱交给奶奶，从没见奶奶花过。河生家养鸡的行情也不太好，老发生禽流感，让人吓得鸡蛋都不敢吃了。老鲜气得直跺脚："这是哪门子道理？吃鸡蛋能得禽流感？"村里人都绕着他家的养鸡场走，怕染上了病。河生也整天像得病的小鸡，没一点儿精神，多亏河生娘坚强，骑着三轮车到集上卖鸡蛋，集上卖不完的就到其他村去卖，价格贱点儿不假，但也基本上卖完了。

一有空闲，珍珍还去找河生，到他家的养鸡场帮帮忙，弄得河生娘都不好意思："闺女，人家都躲着我们，你还敢来？"

"那有啥不敢的，你们又不是病毒。"

河生娘说："你真是个好闺女！"

河生打饲料的劲儿更大了，满头的汗珠子，他脖子上搭的毛巾垂下来，却没有时间去擦汗。

村里的变化越来越大，小玲家要盖一层半的楼房，说要给小玲的弟弟找媳妇，一个村子里的人都羡慕，人家挣到大钱了。村里其他人吃不饱饿不死，还是猴子玩把戏——老一套。小红娘家侄说准备贷款买车，还要让他未过门的媳妇到南方去。阿明跟媳妇小红也商量，让老婆也跟着去，孩子放家里让老人照护着，两个人挣钱来钱快。

河生有一天阴着脸在河边遇到了珍珍，河生心里藏不住事儿，他的脸上早就写满了心事。

珍珍就问："怎么了，你？"

"爹娘又打架了，吵着要离婚。"

"这到底怎么了？"

"还不是因为生意不好，这该死的禽流感……"

"小孩子管不了大人的事，你别管了。"

"他们是我爹娘呀！"

"下次你就拍手叫好，看他们还吵架不？遇到这问题了，谁心里高兴啊？"

两个人说着说着，河生心情慢慢好了，向远处望去，那云从天边垂下来，相互拥挤着，慢慢消散起来，泛起了棉花白，一会儿消失了，又不断地再生。一只小羊羔正使劲儿往另一只身上蹭，咩咩地叫着。珍珍总算给自己了找一个说服河生的理由，但她从来没有见到自己的爹娘，不知道爹娘如果吵架是什么样子？她突然想河生是多么让人羡慕，哪怕爹娘吵架也是好的，毕竟爹娘都在身边，这足以让人兴奋了。

"你，怎么了？没事吧。"

"我没事，能有啥事呢？"

# 六  幸福生活


大一下学期，父亲说要来大学里看看麦子，他们还没到过麦子就读的大学。麦子知道爹要来大学找他，心里猛地一阵紧张，他不希望爹来，又希望爹来。

河生也过来了，准确地说，那是他们第一次来到省城郑州。老鲜和河生下了火车，怕公交车坐了反方向，上公交车前专门又问了几遍。

郑州不愧是郑州，那所大学真是个好地方，光大门就比乡政府大门大上好几倍，高高的，宽宽的，气派，门是电动的，还有两个保安在那里守着，一按按钮门就开了。麦子害怕被同班同学见到，尤其是女生，虽然大家都来自农村，但都不愿意自己的家人被别人看到。后来老鲜跟着麦子到了宿舍，他要看看孩子住得怎么样。宿舍里有个人正呼呼大睡，谁大声嗷嗷也不影响。还有四个人在打扑克，周围有两个人在观战，另有一个人在洗衣服，大家各忙各的，没有人搭理他们。只是麦子介绍时，他们才抬起头，算打了个招呼，又继续忙他们各自的了。河生爹看到带来的果子给大家吃，大家说："谢谢了！"他们并不吃。河生爹看到孩子的宿舍还不错，三楼，睡在上铺，用手摸了摸，挺厚实，也放心了。

当天没有回家，但河生爹睡在哪里呢？为了省钱，河生说要不就睡宿舍，怕同宿舍的人嘲笑，麦子没同意。在找宾馆的路上，老鲜发现校园里年轻的男女手拉着手，他不来不知道，一来吓一跳。河生爹说："要是学生爹娘知道孩子这样，不把他们的腿打断才怪，在外不好好学，就知道胡搞了。"麦子就笑："这有什么呀？不是很正常吗？"河生爹问："啥正常？这就是大学？"麦子抿嘴说："你以为大学天天都忙着造原子弹，大学不就那回事吗？"河生一旁打趣说："看样子，还是上大学舒服。"麦子不说话了。

河生爹说："你当时不上学，可不要怪别人。"

河生笑着说："我又没有提麦子的意见，他以后发达了，好歹我也是他哥，也能沾沾光。"

他们几个在大学周围转来转去，发现卖啥东西的都有。大街上乱糟糟的，道路上摆着地摊，摆摊的有学生，也有上了年纪的老人，到处都是卖东西的，吆喝声一声高过一声。

河生爹问："这卖东西挣钱吗？"

麦子说："从批发城批发过来，一转手就是钱，学生万把人呢，你嫌贵，有人不嫌贵，反正都能卖掉。"

河生说："以后我也摆个小摊算了。"

麦子说："那绝对行，开学那阵子我卖过脸盆、被子，可以赚差价，够生活费了。"

河生说："咦，你现在中呀，我以后我也来这里搞。"

麦子带他们来到一条深胡同里，那里住宿便宜。老板娘穿着件睡衣，晃悠悠的像只大白鹅，手里还拿着半根甘蔗，嘴一直闲不住。她走出来介绍生意，可以看光碟，包夜便宜二十块钱，自己家，比旅馆要便宜，还安全。麦子好像很熟的样子，他说："包夜。"进了房间，河生爹问："啥是包夜？"麦子笑了，没说话。河生看到里面有一张大床，还有一个投影机，有两个板凳。他选了《无极》，他被情节吸引住了，人被当作风筝放在天上飞，回头再看看爹，他已经睡着了。半夜里，河生听到一阵声响，细听是一男一女的声音，就在隔壁正起劲儿亲热。河生听得心里跳得厉害，他一直没睡着。

第二天一大早，麦子说带他们去旅游。那天他们先去公园，公园现在都免费开放，不用买票。他们在大门口照了几张相片，河生在左，麦子在右，老鲜站在中间，他不住地抓头发，整理衣服，把领口拉整齐。

爹不准备进去，人太多，再说也没啥看的。他说："我歇会儿，你们去玩儿吧。"麦子说："去吧，不玩儿就白来了。要不先划船吧！"他们登上了一条小船，说好了价钱，两块钱，那船夫打着方向盘，船慢得像蜗牛在爬。老鲜咧嘴嫌贵，说："在将军寺河想划咱家的船，两张门板一对，想划多长时间划多少时间。这么小的湖，划船还收费？不到吸根烟的工夫时间就到了。"他看麦子那么大方，心想，不都是你爹的钱吗？你在这里装什么大方。

麦子说："感觉不一样，你自己划船，别人为你划船，能一样吗？"

麦子从公园出来，又去了一个什么陵，河生记不住那名字，那里埋着古代的一个王，听说在历史上非常残暴，只图吃喝美女，不知道他的墓为何成了宝贝疙瘩，不少人在那里合影。老鲜不喜欢去古墓玩儿，看着心里就犯堵，他问了下门票的价格，买一张门票的钱够他买三个月的馒头吃，他吓得嘴里舌头伸不直了，气呼呼地说："死人的地方有啥看头？你们去吧。"

河生和麦子走进去了，没过多长时间也出来了。

河生说："没啥好玩儿的，不就是一些瓶瓶罐罐的，还说是古董，要我说，咱们将军寺也可以开发成景点。"

麦子说："嗯，你可别说，你还真有这头脑。"

河生说："咱们村里也有，你忘了，小时候有一次咱们还进去过，说不定就是谁的墓。"

麦子说："我早就查了，那是汉代的墓。"

老鲜一直在擦汗，麦子说："爹，我们还要去爬山呢。"

老鲜一听，摆摆手，说啥也不去了："走不动了！"

麦子说："既然来了，就要好好转转，下次再来，也说不定是啥时候呢。"

老鲜说："不去了，简直是受罪，赶紧回去吧，家里一大摊子事，你娘一个人在家不行，忙不完。"

那天中午，麦子请他们吃饭，一碗面好几块，又要了四个小菜，两热两凉，有肉有素，河生爹一边坐下来，一边捶着腰说："这真是花钱买罪受。"

他们正吃着饭，河生忽然说："爹，你看那个人，像不像阿龙？"

老鲜向远处望去，一个男人正在打烧饼，火烧得热烘烘的，他非常专注，和成面团，撒芝麻，贴饼，一气呵成，只是脸上有个伤疤，像一条小蚯蚓。他立马说："是……不是，你别瞎说！"

河生说："要不去问问？"

"你管这么多闲事干吗？赶紧吃你的饭。"

尽管麦子想让爹留下来，老鲜还是坚持要回家去，在外干什么都得花钱，当天夜里，河生和爹就坐车往家赶，回家时已是第二天的半晌午。河生爹在老家时吹得不得了，他说："大城市就是大城市，船都是电动的，车比手扶拖拉机快多了。进了大饭店和大宾馆，睡的床一弹多高，那饭店的小妞真漂亮，像画里走出的一样，屁股一扭一扭的。你什么都不用动，喝茶有人倒，夹菜有人夹，就差喂你了。"

老扁就说："你咋不领回来一个？"

小玲爹说："你就美吧，好像谁没去过一样。"

老鲜说："不如咱家的好，养活不了，细皮嫩肉的。"

三老太爷听了，也乐得掩不住嘴，一边抽烟一边也跟着大家笑。

王明康正上高中，他爹对他说："将来像麦子那样就行，也考个大学，你知道不知道？"村里只要牵涉学习，大家都说要向麦子学习。

老鲜说："明康成绩好，肯定考得更好，比麦子强。"

小玲娘来了，一听，有说不完的话："大城市就是好，一出门就能坐车，想给别人说话，打个电话就行了。我们家小玲家里装了个电话，腰里还别一个。"

秋奶奶说："你闺女那叫有钱。"

也有人努力舒展了嘴角，装作笑了笑，不说话。

大家听着，心里都是一笑，嘴上都不说破，谁也不当恶人，该夸就夸，反正说好话与赖话一个样，都不费啥钱，就是动动嘴皮子的事。小玲娘的意思很明显，不上学照样能进城市，那才叫有本事。将军寺村不大，都想做人上人，哪怕说话比你声音大，哪怕尿得比你高点儿，那都叫本事，有人喜欢这样。

回到将军寺村，麦子让河生给珍珍捎回来了一个包裹。河生把东西交给珍珍，珍珍只是轻轻放在一边，没有打开。奶奶每一次都这样，只要河生来，她不知啥时候就会出去。家里的开水没有了，珍珍就去烧水，河生说不喝，但珍珍还是去了。锅里的开水咕嘟咕嘟翻腾，热气直往上冒，珍珍往茶瓶里倒了开水说："哥，我给你倒茶喝！"

河生接过碗说："城里发展不错，有时间咱们也去看看。"

珍珍问："城里有多好？我感觉还是家好。你要去，你去得了。"

河生没有往下说，珍珍这妮子，怎么说变就变呢？他头一低装作喝茶，吹了吹碗上的热气。河生又说："我准备出去，外面机会多，家里养鸡也不挣钱。"

珍珍生气了："你想去就去，给我说干啥？"

河生看见珍珍走了，追上去："你看，别人能挣钱，我不信我就挣不了钱。城里有别人的活路，就没有咱的活路？"

这几年不比前几年了，饲料价格贵得吓人，养鸡赔钱赔得厉害，投资了那么多钱，不赚钱不说，天天还倒贴。养鸡场说不干就不干了，老鲜倒没有想象中伤心，只是每天喝几盅小酒，也不说话。河生那段时间也开始闷闷不乐，吃啥都不香，一愣就愣上好长时间。河生娘问他咋回事，他闷在心里啥也不说。河生娘以为家里的养鸡场倒闭了，他心里难受，就安慰："就是赔了几个钱嘛，以后行情好了咱再干。"河生低着头，也不看娘，心里也不知道想啥。

老鲜反倒一身轻松，有时候去打鱼寻开心。在家心里不得劲，他驾着小船往上游划，捕到鱼了就去卖。那段时间，河生在家里也不开心，也经常到将军寺河边玩，一个人走来走去，没有方向，没有目的。远远地，珍珍想走过去，但她却没有走过去，只是远远地看着他，想说些什么，又不知道如何说起。晚风吹起来了，一股股鱼腥味儿飘过来，水汽很凉，零散的星星在水里晃动起来。

　　那年暑假麦子没有回来，说是在外地找了份工作挣钱，顺便准备英语考试。珍珍不知道那个夏天她都干了什么，螳螂蜕了几层皮，又一个夏天就过去了。河生走了，麦子没有回来，她白天帮家里打理活儿，到了晚上就不知道干什么了。珍珍走过这河堰，这里的草地，那里的树叶，它们都在生长，但麦子，你听见了吗？那成长的声音。不管看到什么，那个人的影子总会浮现在眼前，无论是什么样的场景，珍珍想到的总是他。珍珍也不知道为啥，自己也感觉邪乎了。

　　珍珍和奶奶也谈别人在外挣钱，村里人都在挣钱，现在他们也缺钱。一天晚上，炊烟四起，柴火味儿在黄昏中飘摇，喝罢茶没事，奶奶说："孩子，外面好吗？你娘到了外面，就不回来了。"

　　奶奶说的话让珍珍的心紧张了一下。

　　"娘在外面吗，现在在哪里呢？我去找她吧。"

　　"你娘命苦，你上哪儿找她去？"

　　奶奶终于要说娘了，这一天珍珍等了好多年。奶奶说："这个时代说不上好，也说不上坏。我感觉咱们村这里也挺好的，谁也不知道哪儿好哪儿坏。要我说，好的地方也有坏人，坏的地方也有好人。"奶奶讲了许多，最后才转移到娘的身上。

奶奶对珍珍说："其实我不是你奶奶，准确地说，我是你姥姥。"

珍珍听到这儿，心里一沉。

奶奶说："放电影的时候，你娘就喜欢看电影，那个小伙子个子不高，但精神得很，穿着件白衬衫，还把衣服扎进裤腰里。他喜欢你娘的名字，桃红，还送给她一件桃红色的裙子……"

珍珍终于知道她娘叫桃红，多好听的名字，像花朵的名字一样，那个电影放映员还穿着白衬衫……

"你娘桃红最初是喜欢看电影，后来老是跟着白衬衫走来走去，时间一长就怀上了孩子。你娘想嫁给白衬衫，但他已经是一个孩子的父亲，你娘受不了这打击，回来后不吃也不喝。那时候你娘才二十一岁，肚子大了，盖都盖不住了，没办法，只好嫁给了邻村人。那男人对她不太好，骂她不主贵，夹不紧双腿，男人喝了酒就打桃红，一点儿也不金贵她。你娘后来跳河了，好像发疯了，那一天下了大雨，她是在将军寺河堰不见的，尸体找了一天都没有找到，不知道漂到哪里了。"

讲到这里，奶奶哭了，那眼泪一滴一滴砸在地面上，后来她抹了抹眼睛，哭了一会儿就不哭了，她顿了一顿说："孩子，不要攀高，该有的，命里是一定会有的。这就是命。"

珍珍似懂非懂地点了点头，她好像一下子明白了好多，现在终于知道了娘的情况。她缓缓气，抬起头，盯着远方，心里升腾起一股东西，她开始默念道："娘，娘——"

# 七 到城里去

得知娘曾经是在河里走的，连个尸体都没有找到，珍珍心里有说不出来的滋味。珍珍现在终于明白，自己以前为何爱坐在将军寺河堰上发呆了，难道自己和娘的心是相通的？怪不得河水和自己这么亲近。以前不知道什么缘由，现在知道这事了，她更坚定有些事情好像有什么东西早在前方等待她一样。

连续几天，珍珍不说话，以前想知道娘的消息，现在知道了，心里却难过。母亲，河，她在心中一遍遍念道。她不敢大声喊，不敢大声叫，生怕惊到母亲的灵魂。

珍珍还在放羊，那几只小羊乱了她的心，如今一有什么东西发出了声音，她感觉心里都烦，说不出来的烦。她就赶羊，"去——吃草去"，羊看看她，见珍珍生气，咩咩叫了两声，摇着尾巴低着头吃草了。河水流的时候很安静，像她对娘的思念，但无论如何，她也勾画不出娘的具体模样。她静静地望着这一

群小羊。她知道她属于这里的，走得再远也要回来。

珍珍比以前话变得少了，干活儿就是干活儿，不再多说一句话。村里有人见到她，她该打招呼还是打招呼，但不再没完没了拉家常。不再有说不完的话，她多是把一些话埋在了肚子里。她想说的话，就在将军寺河边说，对着河水，对着想象中的母亲，一个人自言自语，不觉已是天黑，她才收拾东西回去。

那天奶奶早做好了饭，没见珍珍回家，她有点儿担心珍珍。她大老远地看见珍珍在河边走，奶奶没有向前走，也不再向珍珍劝着说什么，奶奶也一定明白珍珍的心。奶奶远远地坐在那里，过了好久，才喊了一声："珍珍——"

珍珍仿佛从遥远的地方回了神，她强睁了眼睛说："奶奶，我这就回来了。"她知道奶奶担心她了。

珍珍跟着奶奶回家，听到一群人正在大街上说话，声音大，笑声也一声跟着一声。村里人就喜欢没事坐在一边，天南海北地聊，尽管家家有电视看，但大家还是喜欢在外面聊天，奶奶也迎了上去，别人见了她都打招呼。珍珍听得很清楚，大家在夸小玲在外生活好。

"你看看这照片，快快快，她家的房子不小吧，这是楼吧？"

小玲娘听了，眼睛向上斜着，有点儿高傲。她哈哈一笑："是啊是啊，家里都是楼房，五层呢！"她很开心，像一只神气的公鸡。

秋奶奶嘴角一咧说："上半夜可以睡一间房子，下半夜换一间房子睡。"

大家说着就一阵笑。

见珍珍奶奶过来，有人就说："她奶，这干啥去？"

珍珍奶奶说："没啥事，走走。你们都喝罢茶了吧？"

小玲娘远远地看见了珍珍，就对她说："珍珍，你也去吧，到外面去，成天在家里想啥事，不就这几亩地？这有啥打理的。"

秋奶奶也应和说："是呀，大家都认识，还是老门老户在外亲，啥事都有个照应。"

王明康娘说："这去了干吗？天天在外有啥好？还不如天天吃自家的东西心里舒服。"

珍珍奶奶说："以后出去了，还得麻烦她婶子。"

小玲娘说："这有啥？谁不帮谁个忙，老门老户一辈子了，咱们谁跟谁。"

奶奶和珍珍继续走，珍珍不高兴了，对奶奶说："出去有啥好的？你麻烦人家，你想去呀？"

"你这孩子！"奶奶停住了脚步说。

"我不出去，我就陪奶奶。"珍珍腿都没有停下。

奶奶笑了："哪能陪一辈子？我也有老的时候。"

珍珍知道，奶奶说的那个"老"是死的意思。她一听心里就难受，万一奶奶真老了，自己找谁去，又陪谁去。

回到家的时候，奶奶对珍珍说："你现在也不小了，在家也不是办法，我这个老太婆在家没事，你不用担心，该去干啥干啥去。家里的老母鸡蹦得再高，也只是在树头跑来跑去。你要到外面去，看看世界到底有多大，这才有出息。"

"奶奶，外面再大，也没有您好，也没有家好，我就想一辈子在家陪您。"

奶奶哧哧地笑，满嘴直跑风："这妮子，这怎么行？一辈子不嫁人可不中。"

珍珍摆弄着自己的衣袖。

"外面好，我们当然要去，多待上几年，趁年轻。外面不好

了，我们还可以再回来。"

"奶奶，我不想出去，就在家里，家好。"

奶奶后来不再说什么，就只是笑。

"奶奶，你笑啥呀？我真不想出去。"


有一天晚上，奶奶回来告诉珍珍说阿霞来找她，珍珍问有啥事，奶奶啥也没说，就走了。

珍珍是知道阿霞的，她是阿明的妹妹。珍珍知道她嫁出去有三年了，第一胎是女孩，一直想要个男孩，现在她终于愿望达成了。那段时间秋爷爷一直张罗着送盅米，将军寺村里有个规矩，添了人都要随个礼送点儿啥东西，端十几枚鸡蛋，送几袋子红糖，当然也有直接掏钱的。珍珍和奶奶一起去给阿霞送东西，秋奶奶倒了红糖茶让奶奶喝，奶奶一直到离开一口茶也没尝，那碗冒热气的茶就一直在她面前摆着。

两个月后，阿霞抱着孩子回娘家住了一段时间，珍珍去地里干活儿回来，经过老鲜婶子家时，一圈子人正在小卖部打麻将。阿霞看见珍珍，就喊她，现在阿霞就喜欢凑热闹，她比以前胖了，脸也更圆了，孩子在阿霞怀里睡着了。两人东扯一句西拉一句说个不停，没说多长时间小孩子醒了，阿霞就抱起孩子，孩子手一直在抖着，嘴里还不住喊着"偶"。"孩子应该是饿了。"阿霞说着，解开衣服喂孩子。阿霞摇晃着孩子，嘴里开始哼唱起了儿歌：


小鸡嘎嘎，好吃黄瓜。

黄瓜有水，好吃鸡腿。

鸡腿有毛，好吃仙桃。

仙桃有核，好吃牛犊。

牛犊撒欢，撒到天边。

天边告状，告给和尚。

和尚念经，念给唐僧。

…………

孩子在阿霞怀里慢慢睡着了，珍珍没想到阿霞会唱这歌。

"你看这鼻子，这眼睛，真像你。"珍珍说。

秋奶奶也在一边，她看见珍珍和阿霞聊天，开玩笑说："珍珍，我想给你介绍一个，你想找一个啥样子的？"

珍珍不知道怎么说了，她红着脸说："您操着心就行，还得麻烦您了。"老鲜婶子说："你这么漂亮，得给你介绍个大学生。"珍珍以为老鲜婶子看穿了什么，就扭着身子看阿霞怀里的小男孩。小男孩胖嘟嘟的，样子真可爱，她心想以后自己生个孩子会是啥样子呢？

珍珍问阿霞："你以前在外面，打工到底怎么样？"阿霞说起来没个完："在外面天天闲不住，活儿一件接着一件。"

"这么累吗？"

"看你怎么做了，不干也没人逼你，反正干一个是一个的钱，你得拼命干。"

"不危险吧？"

"没有。不过也要注意，正规的厂有保险。但是，我们厂里有个人干活儿时瞌睡了，手被缝纫机缝着了，疼得嗷嗷直叫，后来就害怕了，辞了工回来了。女孩子在外也要注意男人，有些男人就像猎狗一样，专盯着这些女孩子，花言巧语让你变得迷糊。"阿霞说着说着，孩子又哭了，阿霞继续喂孩子，孩子满意了，嗯啊嗯啊地吃起来。

阿霞继续说："你不知道，外面关系乱着呢。有的人看着怪正经，早就和几个男人睡过了，大家天南海北的谁也不认识谁，回到家后家里人都不知道。"

珍珍说："也有这样的人？"

"外面的世界诱惑很多，谁都不知道自己哪天会做什么事。"

珍珍支棱着耳朵听，知道自己不会这样，绝不会这样。

那天无意中的一句话，让小玲娘专门来找珍珍了。小玲娘好像提前有准备，她一个劲儿地问珍珍愿不愿意去打工，说可以到厂里挣钱。奶奶是同意了，她剥落生的手也不停，时不时抬头看珍珍，似乎等她点头同意。小玲娘弯下腰，也帮奶奶剥落生，她继续说："咱们都是一个村的，有人帮着说话，不干瞎活儿，谁也不敢欺负咱。"珍珍突然感到怎么脸上热乎乎的。院子里的几只羊咩咩地叫着，一只老母鸡也不怕人，伸着头跑过来了，珍珍用手一甩，嘴里嘘的一声，那鸡猛地一停，被吓跑了。那天夜里珍珍想来想去，最终还是决定就算进城也不能去找小玲，关系太近了，总感觉哪里不对劲儿。

珍珍下定决心去城里的时候，最害怕奶奶不同意，也不是怕她不同意，而是怕伤了奶奶的心。珍珍没有直接表达自己的意思，但奶奶心里早就明白了，她知道，现在是关不住这只小鸟了，翅膀硬了，该往外飞出去了。开口一说，珍珍发现也没有那么难，但珍珍低着头，不敢看奶奶，她担心万一奶奶的表情变哪怕一点儿，也会刺痛她的心，她就会毫不犹豫留下来陪奶奶。

奶奶让她去找一个远房的亲戚，按辈分珍珍要喊那人为舅奶，珍珍知道沾亲带故有人帮衬着也好。这么多年没联系，珍珍没想到能受到了舅奶的热情接待，但表婶子可不是那回事，处处翻白眼。珍珍心里有些害怕，但也没有说出来，心里知道就行了。

舅奶的儿子人们称他为任主任，他一说话就笑，还会写点儿小文章，四十多岁。舅奶经常问起奶奶的身体，关心珍珍家的情况。珍珍想，还是亲人亲。舅奶身体不太好，珍珍啥事都抢着干，洗衣买菜择菜做饭拖地，带孩子。

珍珍不会用液化气灶，婶子不耐烦地说："你怎么啥都不会？拧，往这边拧，你不会吗？"珍珍做饭，老是忘了打开排风扇，屋里满是油烟。婶子的声音不好听，珍珍怕她，但都是忍着不说。不过，叔叔总会过来安慰："没事，慢慢来，以后记着就是了。"文化人就是文雅，她喊他叔，男人一听就笑了："别这样喊，一喊就显老了。"珍珍也笑，头发梳在后面，学着城里人的样子留了长发。

珍珍做事有耐心，小孩子喜欢她，她哄着孩子玩，孩子咯咯地笑得合不住嘴。孩子喜欢，大人就高兴，这样他们才能让珍珍留下来。白天女主人去上班，中午提前下班喂孩子，看孩子骑在珍珍头上玩儿，吓得赶紧让孩子下来。珍珍说："在老家孩子们都这样骑大马，没啥事。"女主人胆小，怕摔坏了孩子，教训珍珍说："以后可不能这样了。"珍珍像孩子一样耷拉着头，一整天不敢吭气，直到晚上男主人回来。男主人喜欢问珍珍老家的事，珍珍也爱谈家乡的事。

女主人事忙，很少顾家里。舅奶得了空就外出，因为家里面的事有珍珍做。漆黑的夜，有时家里只是她一个人，她就会想，如果麦子也在多好。要是有一天，家是这个样子，多好，把奶奶接过来，让她没事走走看看，享几天福。珍珍趁休息时候偷偷背着舅奶去了麦子就读的大学，麦子怎么样呢？这么长时间没见，她倒真有点儿想他了。她在大门口站了一会儿，最后还是没有进大学的门。

珍珍拿到第一个月工资后，给自己买了条裙子，打折的，剩下的钱都寄给了奶奶。看着镜子里的自己，她突然发现原来自己那么美。她穿着那条束腰裙子，步子也轻盈了，像飞着一样。一个乞丐咧着嘴笑，她把一元钱给了那个老者。她记着奶奶说的："你要善良，别说慌。"她这样想的，也是这样做的。回到舅奶家，珍珍看见男人正在逗孩子玩儿，但孩子哭得可凶了。

"你可回来了。"男人气喘吁吁地说。

珍珍轻轻走过去，忙接过孩子："来，我来。"她把孩子抱在怀里，把奶嘴放在他嘴里，果然，孩子不哭了。男人像得到了解脱，长舒了一口气。她把孩子放在床上，孩子开始翻着身子自己玩儿。

男人钻进书房里，门没关，他静静地看书，什么声音都没有。珍珍在客厅里问男人："吃饭了吗？"男人说："没有。"

珍珍做饭，男人吃。男人有一天送给珍珍一件新衣服，珍珍不好意思要，拒绝了，她说："我自己有。"男人说："穿上吧，客气啥。"

女人没有回来，说是出差学习了，要外出几天。走之前珍珍听到两人在争吵着什么，男人摔破了什么东西，骂道，你他妈的，赶紧滚。珍珍听得心里有点儿害怕，男人发起脾气来也怪吓人的。女人很快提着皮箱出门了，男人吸了烟，后来也出去了。

珍珍想去找麦子，她知道麦子也在这个城里。见到麦子的时候，她发现麦子比以前有精神了，说话也有力气，头发油光发亮，身上衣服也干净。麦子大三了，珍珍本有说不完的话，但一看到麦子，又不知道说什么了。她让麦子带她看桃树，麦子说："稍等。"麦子从超市里搞来一大堆桃子，珍珍望着那堆又大又红的鲜桃，什么也没说。她嘴里说着："谢谢！"心里想再说些什么，又不好意思开口。麦子也邀请珍珍到大学去玩儿，珍珍想去，但嘴里却拒绝，她希望麦子再多邀请一次，可麦子再也没有提这件事。这事儿就到此为止，珍珍没有去成。

珍珍在城里没朋友，女主人脾气有时好，待她像妹妹；有时像暴雷，让珍珍不知道自己哪一点儿做错了，珍珍不知怎么办好。她最幸福的时光，就是大人都出门了，她与小孩子在家。她与小玲在手机上聊天，小玲发过来一些照片，小玲明显得变胖了。珍珍拍了几张照片，摸索了半天，总算把照片发了过去，小玲就说："你家不错呀！"

"这不是我家！你家才是天堂哩，多排场！"珍珍淡淡地回了一句。

小玲很快回复："你可以让房子变成你的。"后面跟着一个大大的表情，在坏笑。

"我抢呀？"

"不用抢，只需要……"小玲神秘一笑，打了一串玫瑰。

珍珍想往下问，小玲却不说了。再一看，对方已经下线了。珍珍没往心里去。过了一会儿，电话响了，小玲说："珍珍，你可以成为女主人的，关键是要让男主人看上你。"

珍珍说："呸呸呸，我才不呢。"挂了电话，她心里也不知道在想什么。当天吃饭时，她不敢直视女主人，女主人越看她，她越没底。

河生也进城挣钱了，他趁休息见到了珍珍，珍珍望着他黑黑的皮肤，心里一下子可怜起他来，他怎么成了一个小黑人？她让河生进了屋里，倒了一杯水给河生喝，河生不知道咋办，是坐还是站。这时屋子里传来了一阵声音："这哪里冒出来个大头蒜，别把自个儿不当外人，弄坏了地板谁赔呀？"这是女主人的声音。

　　珍珍脸唰地红了，像被人揭开了衣服。

　　河生尴尬地退了出来。

　　珍珍鼓起了勇气，嘴张了张，又闭上了。

# 八　看见了火

河生本来进城可长时间了，但一直没有联系珍珍。

将军寺村这几年进城的人多了。现在种庄稼地不用交公粮，国家反而给补贴，种地也不像以前那样累，但村里人的想法却多了起来，他们想出外见世面再挣点儿小钱。如果哪个二十来岁的小伙子还在家晃悠，人家就认为他不正经干。大家会说："你怎么还没有出去？你看人家都出去了，挣不少钱。"一个人这样问，另一个人也会这样问。

不过，秋爷爷却嘲笑进城的人，他说："一辈子闻驴屎蛋子的命，还非要去城里凑着喝茶。"

小玲爹说："外面啥都有，去看看还真不赖。"

三老太爷给秋爷爷抬杠："人不出去走走，一辈子憋死在村里也没人知道你。我是年纪大了，不出去了，要是年轻几岁，我也走走。"

秋爷爷就笑他："你站着说话不腰疼，年轻时也没见你走，现在年纪大了，倒硬起来了。"

三老太爷："不进城，不亏死！哪个鸟儿不想往外飞？"

秋爷爷说："在家好好种你的那二亩地就行了，你一进城狗屁都想分出个香臭来，吃饱撑了也净是事了，在家多好呀！"

三老太爷想接话，却咳嗽起来，应该是气的了。河生仿佛听到不该听到的东西，扭头就往远处看。夏天已经来了，已经有了一阵阵热浪，那是夏天的气息，将军寺河两侧的杨树、柳树摇曳着枝子，风吹过麦田，麦穗子晃动着，几棵野蓖麻向着天空生长。一只黑色的天牛在杨树枝上蠕动着，六条爪子把树枝抓得紧紧的；那两条触角黑白相间，一节一节的，比它的身子还要长；大牙齿一张一合，像一对钳子；带白点的黑硬壳下，藏着一对翅膀。田间地头依然有人忙碌，他们弓着腰在忙活。村里人早上起床，下地干活儿，吃饭，再干活儿，回家睡觉，第二天同样是这样，好像一辈子都是这样。

说心里话，刚开始河生也不想去外边，进城当然好，但家里家外都需要人，爹娘年龄大了，弟弟上大学这几年家里少不了人。早先他还帮珍珍奶奶干点活儿，活儿不多但闲不着。将军寺村的这种生活不是说不好，但重复着的日子会显得乏味。村里的羊一辈子就这样，没出村子吃过草，不照样吃得肥嘟嘟的？最后被杀了，闭着眼就过去了，这也是一辈子。河生不想一辈子在将军寺村，村里天天就这样，还是得出去看看。有时他划船顺着河漂流，越往南发现人家越富裕。有一次不知道划了多远，好像顺着河水到了临省，他突然发现了一片新天地，那里高楼耸立，银灰色的高楼直入苍穹。路上的汽车呼啸而过，岸上的垂柳一排排直挺挺的。有人在靠近河堤的小路上悠闲着散步，锻炼身体，更重要的是河里没有几个人捕鱼。即使是捕鱼，也都是开着大船，现代化的，船大得吓人，能装下两个打麦场。

河生想出去，他说顺着河就能看到更好的世界，顺着路往前走会遇到不一样的世界。前几年他与爹一起送麦子上学，坐火车，搭汽车，到过城市，城市就是比农村好。那年到省城看麦子，他们在公园门口拍的合影照，河生不止一次拿出来看过，现在他越来越明白城乡的差距了。河的尽头美，路的尽头也美。其实，这也不是河生第一次有进城的想法了。得知河生要进城，老鲜没有阻挡，好像老鲜知道河生迟早要出去一样，或者终于要说出来一样。老鲜说："去吧，去吧，出去走走。"父亲没拦，当娘的却有点儿担心，她不想让他去，家里不愁吃不愁穿，再说家里养鸡，也缺少人手。最终，河生还是去了城里。

河生戴着个黑帽子，把自己包在衣服里，走在城里，他总感觉别人会发现他是农村人。他慢慢发现和他一样的人也不少，卖红薯的、炒米粉的、收破烂的，这些人多是从农村来的。遇到这样的人，他感到亲近，有时候他静静地望着人家，心里在喊："你也不容易吧。"

河生记得爹的话，先去找他三叔，在省城找点儿事干，别一个人像个瞎猫一样，啥时候能撞上死耗子？河生找到了三叔。他本以为三叔在大城市有什么好生活，原来三叔在买卖旧窗户。三叔以前总是说，在城里捡破烂，虽是谦虚话，但日子大抵确实如此。想到三叔每到过年，像和村里人约定好的一样，再远也都要回家去，每次回去，带的都是他没有吃过的东西，葡萄干、奶糖、西瓜籽、汽水……河生和麦子争着吃，还悄悄给珍珍带过去，那是小时候的事，现在看到三叔的处境，他心里不禁一阵心疼。

三叔的房子是用石棉瓦临时搭建的，三间，一间用来住，一间做厨房用，还有一间放东西，房子里透着风，到处是缝，用塑料袋子塞不住，还是呼呼地直漏风。这一带住户都是这样，谁家也不比别家好过多少，到处是搭建的房子，像高高低低的盒子。河生望着这一片住户，他没有发现一个人埋怨过什么，好像都很喜欢这种生活。那天三叔还专门买了好多菜，是从饭店里带回来的。三叔明显晒黑了，腰有点儿弯，头发也稀疏了。河生站在三叔的房子前，心里有点儿心疼起三叔来。他想，要是在将军寺，住的房子可比这强多了，三叔好好的房子不住，却甘愿来这里受罪，城里一定有更吸引人的地方。

对于河生的到来，三叔是开心的，他让河生和他的儿子住在一间房，两人挤挤，反正都是老爷们儿，河生感觉挺好。三叔还带他去找工作。他们去了超市，但人家多要女的；司机要男的，可河生不会开车。河生啥也不会，只能干点儿苦力。三叔说："你别急，先跟着我吧。"

河生跟着三叔去拆窗户，哪个楼要扒了，他们在拆楼前把窗户卸掉，再转手卖。三叔尽量不让他干重活儿，自己抢起大锤，铆足劲儿砸。河生只能帮着扶扶，窗户拆下来后，他从楼上搬到车上，堆放在一起。不管是铝框子，还是木框子，玻璃是不能碎的，转手卖要保持完整，否则就不值钱了。当天干到晚上八点多，河生简直要瘫软了。

那天回来时，路边有人卖书，河生走上去，想看看，他同情那卖书的年轻人。他一问价格，太贵，就把书放下来了。年轻的老板说："你想要多少钱的？"他说："我要便宜的。"老板说："五块钱一本。"河生看了看说："我买这一套。"那是一套

《平凡的世界》，他想没事的时候翻翻看看。

他以前不怎么喜欢看书，现在倒学着别人的样子看书。《平凡的世界》看得让人心疼，尤其是孙少平的命运让他心疼。有时，他迷糊地睡着了，在梦中，他会梦见珍珍，梦见麦子，梦见小玲，梦见将军寺村，他们三人在将军寺河边正走呢，河水溜边溜沿，涌了过来，涌到了他们的脚丫子，没到了小腿肚子，一阵凉一阵痒的……

天天吃三叔家的，河生也没有不好意思，爹还曾专门跟他说不要和三叔见外。终于有一天，他偷听到三婶子与三叔吵架："你不嫌多张嘴，你也不说说，天天这样咋行？"河生听到后，心里像吃了半只苍蝇，他想走，但三叔丝毫没有表现出撵走他的意思。那一天河生和三叔正在干活儿，突然有人打电话让三叔去一个工地拆窗户："来，快来吧。"电话里的老师傅说："来，我忙不过来，包了一整座楼，咱们一起干。"河生跟着三叔去了。那天干完活儿，河生对三叔说，他想跟着那师傅干。三叔顿了一下，抓了抓头皮说："也好，他缺少个帮手。"

那个老师傅说话不多，多数情况下在干活儿，河生也喊他为叔，河生没有问他老婆去了哪里。三叔安排老师傅说："这是自家的侄子，要照顾。"老师傅说："这你放心，咱们都是自己人。"河生的到来，确实减轻了他的负担，两个人干活儿比一个人干活儿方便多了。

河生心里一直有一个想法，就是见见麦子，见见珍珍，珍珍到底怎么样了呢？他想着麦子应该不错，过得比较好，大学里有吃有喝的。

河生给爹打电话说："在城里还差不多，三叔给他找了活儿。"爹说："知道了。"前几次河生打电话总给爹说，生活这儿不好那儿不好，后来就开始改嘴说一切都好，他心里不是这样想的，但确实要这样告诉母亲。他不想让家里人担心，有些事他一个人知道就行了，说出来干啥呢？

爹也安排他说："你没事了的时候，看看你弟去。"

河生嘴里说："好。"实际上，他一次也没有去。

娘劝他说："你怎么不和珍珍联系，她当保姆呢。"

河生悄悄留下了那个电话，他心里想着怎么去打这个电话呢？

那天打电话回来时，河生看见了一个漂亮的丝巾，玫红色的，以前珍珍老是穿这种颜色的衣服。他买了一条，放在了衣兜里，怕别人看见。在城市他认识谁呢，他后来想了想，确实想多了。

有一天吃过饭没啥事，他跟老师傅说要到城里理发。老师傅说："活儿不多，你去城里转转吧，放个假。"河生问老师傅："美舍家园在哪里？""你去那里干啥，以前拆迁时去过，那里的窗户价格高，现在是高档小区了。"河生记住了老师傅指的路。河生到公共电话亭打了电话，响了好久也没有人接，他想着这次白来了，犹豫着走还是不走。他再次打电话，真有人接了，他听见了珍珍的那声喂，声音比风还要柔。

"真是你吗？珍珍。"

"是我，哥，咋是你？"

河生就哈哈笑起来："你在哪儿呢？"

"我在家，就是这里的家，人家的家。你在哪儿呢？哥。"珍珍拼命解释。

"我在你小区门前。"

"你找到这里了？你不会骗我吧。"

珍珍心要飞起来了，手拧门把手拧了三次才打开门。河生进来，只是笑，也不说话，他看到穿衣镜子里的自己，赶紧转移了目光，镜子里的自己确实有点儿黑。珍珍现在浑身有一种弹性，紧身的衣服包裹着身子，头发扎成了马尾，虽然没有怎么化妆，但还真是漂亮。河生真想跑过去抱起珍珍，珍珍站在那里，笑得很开心。屋里真干净，就珍珍一个人，河生感觉到自己有点儿多余，不知道如何迈步了。

　　"主人都上班去了，孩子也睡下了，主人不到下班时间不回来。"

　　"我带你转转。"

　　珍珍拉着河生的手，他只得老实地跟在珍珍的身后，有一瞬间河生想拥抱珍珍，两人转了每一个房间，河生突然嗅到珍珍身上有香味儿。河生有满肚子的话要说，也不知道如何开口了，再加上是在别人的房子里，怎么也有些生疏，脚都不知该往哪里放了。

　　珍珍就笑他："放松些，就当是自己家。"

　　女主人回来了，河生显得有点儿尴尬，女主人不像以前那样对珍珍热情。男主人后来也回来了，打了个招呼进了房间。女主人嘴里客气地对河生说："你坐，坐！"她转身也进了房间。河生有点儿不自在，赶紧小声对珍珍说："我走了，以后再联系。"

　　"一起吃个饭吧。"那男主人从房间里出来。

　　"不了，不了。"河生道。

　　河生走的时候，手里那条玫红的丝巾忘了掏出来，心里有点儿失落，但又没人去诉说。他一个人走在路上，感觉到心里不得劲儿，按理说见了珍珍应该心里好受点儿，但他一点儿也开心不起来。河生感觉今天自己表现得差极了，啥也没做成，一句该说的话也没说，珍珍肯定在心里笑话他了。

他听见一个男孩正在读着诗歌，隔着墙壁传出来了声音，声音虽然有点儿低，但他听得很清楚：

我燃烧了火，昨天夜里

不要问什么原因

没有原因

姐姐 你不要哭泣

我不想让你伤心

你对我很好

姐姐 我心疼

但我要离开你

离开你温暖的手

走到太阳面前

这样没有黑暗了

姐姐 我希望消灭在这个世间

从没有到过这世间

姐姐 不要抱怨

黑夜里有星光

姐姐 你要抬起头

不要擦拭我眼角的泪水

老师傅见河生低着头回来了，对他说："这是刚切的西瓜，你赶紧吃几牙子。"河生想吃，一群蝇子正在瓜皮上乱飞，人一去，嗡嗡地飞起来，他一走，蝇子转了几个圈又落下来。河生拿了一块，啃了几口，也没有感觉到甜，老师傅让他再来一块，河生客气地说："不渴，你吃吧。"他没心情，想进屋里歇歇。

从屋里却钻出来一个小姑娘，十来岁的样子，穿着件红衬衣。老师傅说："忘了给你说了，俺闺女来了，现在正放暑假。"河生说："好呀，趁假期好好玩玩。"他又问了一些事儿，才知道他闺女要上初二了，河生问她有什么理想，女孩子说："我长大了要当一个作家。"

"哦，这个好！"河生认为有知识好，以后当个作家肯定厉害。

河生把自己读的《平凡的世界》给那女孩讲，那女孩盯着河生听，她眼睛不大，却睁得大大的，流露出一种对知识的渴望。人的命，谁知道以后能干啥呢？河生希望这个小女孩今后能成为她自己心中的样子。那个暑假没事的时候，河生就带着这个妹妹去玩，见识了好多地方，他们在公园里玩得很开心。他把妹妹当珍珍，买东西给她吃。不过河生一遇到贵的就不买："咱们不吃，这个真不好吃。"女孩像懂什么，就笑，取笑河生黑。

"我黑吗？"河生问她。

"反正哥哥不怎么白。"那女孩笑嘻嘻的。

河生了解到，老师傅家里还有两个孩子，一个男孩子一个女孩子，平时在家跟着他奶。"你妈怎么没来呢？"河生问女孩子。

"俺妈浇地收管子，谁知道中电了呢？电闸忘了关。以前都是我爸浇地，但妈妈不要爸爸回来，一来一回净是花钱。"

一阵沉默，只有几个蝇子在嗡嗡叫。

"哥哥，我要好好上学，以后考大学。不过家里没钱，爹挣的不够花的，奶奶经常让我省钱给弟弟。弟弟长身体需要钱。"女孩子摆弄着衣角。河生没有想到，这么小的孩子竟这么懂事，让人有点儿心痛。

"黑哥，再见。"一个月后暑假结束了，女孩回老家了，河生心里失落了好长一段时间。河生想着女孩甜甜的微笑，他真希望这女孩以后成为作家，或许真会的，谁又知道呢？

# 九　离婚

　　我有点儿残酷，当然是对于小说中的人物，本来小玲在南方生活的还算好，但命运的轨迹得写得曲折。现在你看明白没有，任何小说都是这样，要节外生枝，这样才有看头。有次我把小说中的人物说给朋友，当时我说，小玲要写死，遇到挫折自杀，形成一种悲剧。朋友不同意，朋友说，生活中可不是这样，小玲这种人不缺少生活的勇气，相反，珍珍那样的人适应不了社会。我听了朋友的话，感觉他说得有点儿道理，就重新梳理了小玲的命运。

　　一辆汽车拖着灯束过了将军寺桥，在将军寺村头停下，随后又往前开，先是在第二个胡同前停下，然后车倒过来，又向前走，终于在小玲家门口停下来。秋天刚收完庄稼，地里还躺着芝麻秆、豆秸和玉米秸，路上堆放着一片片绿豆秧子，地里头堆着一垛垛玉米秸。晚风吹过，带来些凉意和浮土的味道，秋天没了夏天的热度，渐渐凉了。夜晚没有白天热闹，但人们没有睡得没那么早，电视的声音在响。这辆汽车的声音在夜里显得不大，但依然听得清楚。这么晚了，怎么会有辆汽车进村呢？珍珍那段时间向主人请了半个月的假，家里有庄稼，她放心不下奶奶，毕竟奶奶年龄大了。尽管奶奶不让她回来，她还是坚持回家一段时间，帮家里干点活儿。当时珍珍正望着将军寺河的水静静发呆。以前河生在家的时候，珍珍心里有了啥事，就有个人说，但现在河生到城里实现他所谓的梦想去了。她没有劝河生留下来，她知道是留不住他的，再说她凭什么留他呢？进了城，珍珍发现一切都变了，上次见河生就感到他们有点儿生疏了。她有点儿想河生了，这是为什么？为何老想着他？这该死的河生，怎么一直蹲在她心里？夜晚的河水静默无声，星光洒下清晖，水波晃荡着，一阵阵鱼腥味儿扑面而来。芦苇直立着向上生长，过不了多长时间就会倒在水中。荷叶拍打着水，水低声呜咽地推着苲草向前流，河堰上的草依然富有生命力，珍珍坐在草地上，把下巴放在膝盖上，感受着这份秋天的凉意。

珍珍猜想那辆车应该是小玲乘坐的，因为车往她家里去了。现在村里外出打工的人都说："你看看人家小玲，留在了大城市。"小玲这些年在城市立下了根，听她娘说，她发展得不错，整个将军寺村的人也都很眼红她。珍珍慢慢看不起自己了，她不敢放手出去闯荡，她只想天天像一只小羊一样，在家里懒懒地待着。

天一亮，珍珍就去小玲家，她猜想昨天那辆车肯定是小玲坐着回来了。她兴冲冲地进到小玲家院子，她大喊了几声："小玲，小玲！"院子里却没有小玲的回音，院内几只鸡正踱着步子悠闲地走来走去，珍珍一脚差点儿没踩在鸡屎上。小玲娘手上还沾着水，从厨房里走出来，不紧不慢地说："小玲不在家，在外面呢，你不知道？"珍珍说："不是回来了吗？昨天以为是她回来了。"小玲娘没接话，问了珍珍奶奶的身体情况，珍珍说："年纪大了，吃饭还行。"小玲娘说话的时候只是在院子里站着说，也没有让珍珍进屋，一句多余的话都没有。以前小玲娘不是这样的，总会打开话匣子说个没完，让你在她家堂屋里喝外地的茶。

珍珍心里有些疑虑，但没有把话说出来，她没继续待下去。回家经过大街上时，她听见村里几个人聚在一起闲聊，听声音像在聊小玲，一见珍珍走来了就赶紧说其他的事儿了。珍珍装作向前走，慢腾腾的，她听见了秋奶奶的话："你知道吗？人家不要小玲了，她还带回来了一个闺女，没脸见人了。"

几个人撇嘴："你这就不明白了。"

王康明娘说："以前就听说了，她一定没脸见人了，现在人家不要她了。"

冬梅说："谁说不是呢？以前只是听说还不相信，现在回来了。"

孬皮老婆也说："你看，她闺女哪次回来不是想让人家都知道，巴不得挂个大喇叭吆喝。"

秋奶奶说："这次大晚上偷偷回来，怕别人看见，不都是在乎这张脸吗？这好好的一个闺女，人家不要了，下半辈子咋办啊？"

珍珍听了，心里有点儿难受，她不希望这是真的，她怎么也想不明白，怎么会是这样呢？想想刚才去小玲家她娘的反应，珍珍心里慢慢有数了，难道这是真的？大家猜想的结果应该是有点儿根据的。

　　大家的猜测很快得到了印证。接下来的几天，小玲娘不再到处拉呱儿了，就是赶集她也是一个人，骑上车子谁也不等，独来独往。在村子里再见到谁，她也不会再主动多聊上一会儿，若不是非说话不可，她总会低头过去装作没看见人。实在要说话打招呼不可，也不会多说一句话，礼节性地说："家里还烧着茶哩，得回家了。"或者说："家里的那头猪该喂了，不喂又该乱嗷嗷叫了。"别人也会心一笑，不留她，嘴里说："快回去吧，没事了来家里坐坐。"

　　珍珍这几天心里堵得慌，怎么会这样呢？人家不要小玲，也就是离婚了，小玲该怎么办？她把心里的想法告诉了奶奶，奶奶只是"嗯"了一声。珍珍又问奶奶，奶奶说："要我说这事吧，都怪男人，男人没一个好东西。"奶奶把手中的勺子摔得更响了，像是摔打谁。

　　"孩子，你娘不就是这样吗？以后你也要小心，要是遇到坏男人，会让你丢了命的。"

　　珍珍知道，这肯定让奶奶勾起了她的伤心事。以前娘如此，现在小玲也这样，更印证了男人会变心，但她可不想一棒子把天下男人都打死，应该会有例外。珍珍说："奶奶，男人也不全是坏的吧？"奶奶说："女人要嫁对人，富点儿穷点儿没啥，就怕变心。女人若是遇到一个这样的，她一生就完了。"奶奶说着说着，脸上没了笑意，写满了难受。珍珍不相信，怎么人的一生就会完了呢？这一生的路不是还长着吗？她没与奶奶抬杠，奶奶这样说，自然有她的道理。

　　珍珍想，麦子上了大学，他是大学生，应该不会是这样的男人。河生应该也不会是这样的男人，他们一起长大，一起上学，谁不了解谁？珍珍准备问问奶奶，她想得到一个确切的答案，她啥事都希望得到一个确切的答案。珍珍看到奶奶难受的表情就打消了念头，她何必再让奶奶伤心。

过了几天，有天晚上珍珍刚睡下，听到门响，似乎有人在敲门，这声音不大，一阵大一阵小，还隐约着喊着珍珍。这是谁呢？珍珍有点儿害怕，再细听，像是小玲的声音。珍珍赶紧去开门，果真是小玲。小玲的脸色惨白，头发乱蓬蓬的，像鬼一样，眼泡子都哭肿了。"你怎么了？"珍珍赶紧把小玲拉进屋。

"珍珍……"小玲抱着珍珍，哭了。

奶奶睡着了，或是根本没有睡着，只是没有出来说什么。小玲进来，手没有一丝热味儿，浑身透着一股阴森森的凉气儿。珍珍着急地问："你到底怎么了？我去找你，婶子说你没回……"

小玲停止了哭，喘着气说："我早就回了，娘不让我出来。有钱人没一个好东西，珍珍。"小玲一边抱怨，一边向珍珍讲起了这些年发生的事情。她有时候哭，有时候笑，简直像个疯子，珍珍吓坏了，握紧了自己的手，身子不住向后退。

"那个负心人叫王新，我刚进城的那几年，那男人也能干，那时候他也给别人打工，负责管理。实话实说，刚开始她对我还是不错的。后来，厂里的规模越来越大，经过几年的发展，他慢慢知道了里面的路子，从哪里进货，去哪里招工，又到哪里销售，他都摸透了，他准备自己干。

"刚开始我负责质检，那个王八蛋没事就请我吃饭，我不想搭理他，咱是农村人，跟他不是一路人，咱得有自知知明。珍珍，女人得有自知自明，要不然今后会吃亏的，不是吃别人的亏，都是吃自己贪心的亏。他请我，我不去，我又不是吃不起一顿饭，他好像看懂我的心思，但并没有放弃。一次公司组织去旅行，我在这方面没经验，穿着高跟鞋，鞋跟不知道怎么断了，害得我走路都没法走，周围几个同事在小声笑话我。正发愁咋办，没想到王新过来了，他二话没说把他的运动鞋脱给了我，还给我穿上，我心里一阵感动，随口说了谢谢，王新甩了甩头发说，有啥谢的。回家后，他也没有刻意联系我，只是有时在厂里见面时微笑一下，算打个招呼。

"我以为这事就完了，但有次我在等公交车，车不知道为啥晚点了，一直没有来，后来下起来了雨，王新正好出现，拿了一把伞，他把伞给我，一句话也不说，自己却冲进大雨中。后来，听说他还感冒了，我知道后心里一阵难受。同宿舍的一个女孩子，是四川的，我们经常说说心里话，她就劝我：'这么好的男人，你怎么不要呢？'我说：'我得回家，家里有老爹老娘，我不嫁在外面。'其实，这都是我嘴上的劲儿，我只是心里有点儿犹豫罢了，想着人家万一以后看不上咱，咋办？那女孩又说：'遇到好的就珍惜，天下男人多得是，好男人却是三条腿的蛤蟆，见了就是缘分，找不来的。'

"感情这东西，我是不相信的，王新让我相信了，他说要对我好，时刻照顾着我。我感觉他是一个好男人，慢慢我们就在一起了，我感觉他对我还不错，我们过了一段幸福的日子，可谁知道那都是骗人的。王新后来准备自己经营一家服装厂。他悄悄给我说这个消息的时候，我没太在意，以为他是闹着玩的。后来，他专门一本正经地给我说，给别人打工，咱傻呀？谁不会挣钱？谁不会操作？咱不能白白给别人打工。我挣钱给谁？不都给你吗？他好像每一次说得都有道理。

"那时候，我一个月挣个两千块钱，比上不足，比下有余。

王新可不满足，有一次喝多了，他给我说：'不能让你过穷日子，我要让你幸福，不能让你受苦。'他这样说，一边说一边哭，说对不起我，没有给我创造好生活。其实，我真的没有什么大的追求。我抱着他，感觉这个男人可靠、真实，真的，我感觉他特别真实，就是这一点，他打动了我。我这个人，你也知道，简单，也没有啥想法，自己几斤几两心里最清楚。

"王新果然离了职，我也死心踏地跟了他。买设备、租库房、进料、联系买家，我们手里的那几个钱很快没了，我们又去贷款，工厂总算开起来了。第一年我们基本没赚钱，能保住本儿就不错了。服装生意看着简单，但真正自己去销售时利润不一样，同行不同利。第二年客户稳定后，我们的生意慢慢好起来，赚了几个辛苦钱。

"我要结婚了，你知道的，可娘怎么也不同意我嫁到外地。娘说，你在外面生了气也见不到娘，谁给你扶理？娘抹眼泪。我明白娘怕我在外受苦，但王新打消了娘的顾虑，说不会给我气受，会让我幸福，嘴像抹了一层蜜，甜得很。娘和爹还专门到厂里来看，发现厂子办得挺红火，又看王新那么老实，娘就答应了。咱们村里人都说，娘以后会跟着我享福的，闺女嫁得好，这是命，八辈子修来的福气。那时候娘也开心，劝我好好照顾着家庭，男子在外打拼不容易，劝我不让动不动就吵架，不能耍脾气。那几年王新时不时给家里钱，娘开心，村里人也羡慕。

"想起以前快乐的时光，小玲的脸上浮现出一丝笑容，那是单纯的，让人向往的，从心里流淌出来的。那笑意很快就消失了，小玲眼里的光暗了下来。

"他这个狗日的王八蛋，仗着有几个熊钱，没想到就变了，男人没一个好东西。王新慢慢开始嫌弃我，说我不漂亮也没文化，只会吃喝，啥也不干，骂我胖得像头猪。他娘的，我容易吗？不都是为了这个家？他还说我像个保姆，不会化妆，我一听就蒙了，咋是这样的？我天天没闲着一会儿，家务花时间，也不出活儿。我呜呜地哭起来，他连哄我都不哄，像对待一个陌生人。我怀孕后，有一段时间他又变好了，温柔得像只小绵羊，又发誓要对我好，这也不让我做，那也不让我做，还说生了孩子要给我请保姆，我很感谢他，以为他回心转意了。我心软了，你得给他改正的机会，不能把男人一棒子打死，我相信他。当然，我想明白了，他是关心我肚子里的孩子。老天爷也不中，咋也没想到，我生了个女孩，他娘一点儿也不高兴，咋瞅我都不顺眼，像一个老仇人。这还不够，坐月子时他娘也不搭理我，幸好找的保姆还不错。保姆年龄不大，二十多岁，长得不难看，挺会照顾人。老婆子没在那里照护我几天，那几个月多亏了保姆。

"我们的生意不错，请保姆也花不了多少钱，但谁也没想到王新他个王八蛋不是个人，竟和保姆搞上了，要不是我亲眼看见，我还真不相信。王新打我，跟踢一条狗一样，丝毫不留情。我不知道他们啥时候开始的，但我知道肯定不是一两天了。王新没有遮着掩着，面子里子都不要了，他们在家里也住一个房间，鬼混在一起。我简直快要疯了，我不知道怎么会这样？他娘的，气死我了，我说要离婚，那王新一听，一笑说，离，谁不离谁是狗。我说，现在就离。王新说，离婚要先结婚，咱们结婚了吗？这时我才明白过来，我们还没有办结婚证，我真是傻女人。我就骂那保姆破鞋，骂王新没良心，王新不理我，开着车走了。那保姆还装模作样地说，不怪我，姐。我真想一死了之，我不想活了，活着还有什么意思。闺女躺在床上，手碰了碰我的手，我突然想到，我还有闺女，我不能让她没了娘，我是闺女的娘，我得好好照顾她。我得回来，我要把闺女养大。"

小玲哭起来，她掀开衣服，也不怕珍珍看。珍珍看到，小玲身上红一块青一块的，珍珍还看见小玲的头皮少了一块。珍珍问她的头发怎么了？小玲说："还不是那个狗日的给揪的，那个狗日的没命地打我，揪着我的头发把我往墙上撞。"珍珍听得心里难受，手不住地抖，她想哭，但她忍住了。她以前有多羡慕小玲，现在就有多可怜她，没想到小玲的生活这么不容易。

珍珍问："你怎么现在才来找我？"

小玲说："我妈不让我出来，嫌我这个当闺女的给她丢人，我马上要疯了……珍珍，我该怎么办？你说，我要怎么办？我不能疯，我还有个闺女呢。"

"慢慢会好的，小玲，你不要怕……"珍珍也不知道自己要说些什么好安慰她。

"现在在家连个说话的人都没有，我只有哭，娘也天天哭。娘嘴里说不嫌弃我，可我心里明白，我这算什么？谁不嫌弃我，我到底算什么？"

小玲哭起来，珍珍的眼圈也跟着红起来。

后来小玲说："以后找男人，他对你好就行，男人不能太有本事，有点儿本事就蹦跶得不是他了。"

珍珍笑她说："你个丫头片子，没想到你要求这么低。"

"这可不低，现在人的心变得多快，今天躺在一张床上，明天不知道在哪里吵架。"

珍珍听着小玲的人生道理，想哭，但憋住了。

小玲继续说："有些男人一有俩熊钱，就不是他了，狗都不如，他妈的就是只狗也有感情。"

珍珍想了想说："话糙理不糙，也真是这个理儿！"

小玲又想到了伤心事，开始嘤嘤哭了起来，珍珍也不知道咋安慰她，也一个劲儿地哭，话都说尽了。哭够了，也骂够了，小玲慢慢安静下来。珍珍没忍住，泪水就流了下来，她一把抱住小玲，说："都会过去的。"

# 十　事

　　那天老鲜从县城进货回来，突然发现将军寺河边站着个人，样子很熟悉，想不起来是谁，他再一细看像是阿龙。阿龙老远就向他打招呼，听到声音后老鲜确定，那人真是阿龙！阿龙不再是当初小伙子的样子，一转眼他都快四十岁了，头发少了不少，但抹上了油，粉色的上衣还扎进了裤子里，他脚上穿着一双皮鞋，只是右脚的鞋掌明显磨出来了个豁子。

　　老鲜走上前问："是你吗？阿龙。"

　　"还能是谁？叔，是我。"那人说着从上衣里掏出一盒烟，很热情地敬烟，他笑的时候脸上有好多抬头纹。

　　"你这几年去哪里了？"

　　"这些年混得不好，还能去哪儿？只是挣口饭吃罢了。"阿龙说话时很平静，看不出他有什么情绪。老鲜这才注意到阿龙的胳膊少了一只，一只袖子随风瞎摇晃。老鲜接过烟，点上，吐着烟圈。阿龙也喜欢抽烟，食指和中指明显暗黄，那是被烟熏的。阿龙和老鲜坐在河堰上，将军寺河还是向前不停息地流动，小草已经变得枯黄，远处的田野上已经种上庄稼，冒出了青芽子。

阿龙说："我是夜里回来的，回来前我没想好到底回不回来。现在我想想，怎么不回来？还是家好，这是生养我的地方。"说着，阿龙望向远处的庄稼地，他看也看不够。

老鲜说："你小子深沉了。"

河堰的草丛里有虫子仍然嘤嘤乱叫。

"出去了就是见世面，啥都能说出几个理由。"老鲜挖了一下耳洞，使劲地往耳朵眼儿里捅，半天后他把手放下来，好像很舒服。

阿龙嘿嘿一笑，比以前在家时平静多了。老鲜知道，说话越平静，其实心里越有事，这些年阿龙肯定经历了不少事儿。

阿龙爹也来了，像在找阿龙，见到阿龙和老鲜在聊也没说什么，就是让烟吸烟。三人一边抽烟一边闲聊，不说话时就保持沉默。将军寺河流动的水，哗哗在响，水中有一些苲草，黑乎乎躲在水下面。远处，珍珍奶奶的羊叫着，河里面不知道啥时候游过来几只扁嘴子，呱呱瞎叫着，顿时热闹起来。阿龙慢慢讲了他是如何从这里消失的，他爹好像也想知道这些年他到底遭遇了什么。

阿龙说："我是怕在村里丢人，不敢再留在这里，当时我爹气得不行，村里人也烦我。"阿龙不好意思起来，不自然地抓了抓头发。三老太爷听着也不说话，只是抽烟。老鲜只是笑，他们都很认同，那时阿龙没少给村里添麻烦。

阿龙又讲起了以前的事儿。

"我先是到了县城，县城离家近，我想着万一哪天混不下去了我就回来了。我琢磨着我能干啥呢？反正我得吃饭。我本来也不怎么聪明，你们都知道，村里人都让着我，一出去我更像个傻子了，哪里也容不下我。经常几天没东西吃，我当时最羡慕别人能吃饱饭。我见到过一个要饭的，他娘的，那家伙都看不起我，他有东西吃，昂着头摆弄着半块馒头。我羡慕起他来，他有别人扔掉的东西吃，有地上捡的烟把子抽。我走在他身边，他下意识地保护他的东西，防贼一样防着我，眼光恶狠狠的，充满了鄙视。我一下子火了，没想到，我竟然到这一步了。我狗屁也不是，我受不了这口气。我想干个事，可是干啥呢？

"活人不能让尿憋死。县城不大就那么多人，做生意的也就那些，我也学着别人的样子做，刚开始啥都干，搬东西、卖东西、刷盘子，批发个小东西卖，但啥都坚持不多长时间，也挣不了几个钱。后来我开始学着收废书纸，这营生能挣几个小钱，直到有一天我收到几张票，算是走了狗屎运。

"刚开始我不知道那是什么东西，有人找到我约我在桥下见面，说你的东西在哪里，我说什么东西呢，那人说十张什么票。我没有印象，我要这个东西有啥用。那老先生就提醒我在一本书里夹着，他见我没有回应就说，只要给他，就给我五百块钱。乖乖，这么多钱，可我真没见到，我上哪里给他弄去？那老先生就给了一个地址和电话，说找到了可以联系他，我说行。

"我想起那天收的旧书，一本一本地翻，哪有什么票，心想这好运气怎么可能让我碰上。不过，在我翻到一本旧书时，还真找到了那几张票，那是一个健身房的优惠卡，每张都是一千元的，我照着地址给他送过去，他很高兴，非要给我钱，我没要。其实我想要，但我想着人家肯定会给的。他就问我，你想要什么，我可以帮你。我不信他会帮我，但想着他也没有必要骗我，我穷光蛋一个，我就说，我想去省城找个活儿，不想在这里待了。当时，我也只是想着要到更大的地方去。老先生说，这个可以，年轻人想上进，我支持你。他打了个电话，还写了一封信交给我。

"我照着地址去省城找人，把那封信给了那人，那人对我很热情，超出我的想象，你他让我在学校边干个小生意。他让我考虑要做什么生意，我有啥考虑的？我小时候就喜欢打烧饼，就说打烧饼吧。他说这个比较苦，挣的都是辛苦钱。我说没事，干啥不辛苦呢？我心里很感激他。后来，我才知道那个人是一个大学教授。他很快给我介绍了一个师傅，当然也是打烧饼的。没过一个月，我就上手了。

"我这师傅年龄不大，二十来岁，一边上大学一边打工，是老先生的学生，家里穷找个事儿干。几个人开了个店，谁不上课就打烧饼，生意很好。他好像还是个诗人，我反正经常听他嗷嗷着喊着诗。我就跟他学打烧饼，他告诉我要掌握火候，如何把握炭火火候，如何撒芝麻，外层要酥，里层要软。他对我说，你不能怕犯错，多试几次就行了，烧饼又不是啥高科技，关键你要注重细节，做生意要活道。慢慢地，我知道，要挣钱都得吃苦，哪有钱主动飞过来的。

"卖烧饼不是大生意，但我终于挣到了钱。我请他们几个吃了一顿酒，回来时晕晕乎乎的，很开心。我心里清楚得很，没有钱，就要学会选择沉默，你再怎么吵吵，钱也不会到你口袋里，你得努力。

"学校周围有个人要转让废品收购站，我知道那是做生意的好地方，但他要一万元转让费才肯转让。我一听傻了，我哪里有钱？别说一万，两千我也没有。

"我凑了两千块钱，交给人家，人家不乐意。我恼了，掂了把菜刀冲过去，谁过来我和谁拼命，他娘的反正不要命了。那人也不认尿，也是个二杆子货，他更狠，拎起铁锹就挥过来，一下子拍在我胳膊上，一下，两下，三下，我的胳膊断了。那人自认倒霉，我更倒霉，一只胳膊废了。

"我终于站稳了，但我感觉很值，总算有了立足之地。在大学里收的东西多，我终于找到了发财的路子，小生意也可以干成大事呢！学生扔的鞋子没有怎么穿，我捡起来，洗干净再卖，一双十元，有人买。别人的书不要了，我捡起来继续卖，有人需要，照样可以卖五块钱。更别说日常的饮料瓶子、破衣服了，反正够我一个人忙活的。后来，我又雇了一个人帮忙，生意慢慢做大了，咱没啥文化，得满足。每当我一个人时，抚摸着剩下的一只胳膊，我感觉对不起那摊子的主人，我想还给他摊子钱，咱不能忘本，但我再也没有见到他。"

老鲜想问前几年在省城他见到的是不是阿龙，但他最终没有开口，何必呢？是不是已经不重要了，都是过去的事情了，谁还没有点儿秘密？老鲜心里很佩服阿龙，这小子活出个人样来了。三老太爷不说话，他听得很沉静，脸上没有什么表情的变化，人回来就好，还有什么比这更重要的呢？

当珍珍奶奶经过的时候，阿龙也主动和她攀谈起来，问奶奶身体咋样，能吃饭不？珍珍奶奶弯着腰，拄着拐杖，大声喘着气："年纪大了，活一天赚一天了，一顿饭一个馍，你说能咋样？"奶奶啥都想得开，嘴里比心里更想得开。"孩子，你瘦了，不像以前。怎么……这胳膊……这咋的了？"

阿龙就说："奶奶，你还记得我？我没事，我能有啥事。"

"你这孩子，小时候我抱过你哩，咋会不记得？"珍珍奶奶站定，盯着阿龙看。

阿龙说："奶奶，您坐下。"

阿龙骗珍珍奶奶说："胳膊是喝酒后碰的，现在都习惯了。你看，我后来又买了车，不照样能开吗？在外时候长了，这几年我最想的还是家，家是我的一切。我在那里十来年了，也还是个外乡人。

这些年我越来越想家了，越是年龄大了，我越懂得家的含义。"

珍珍奶奶夸阿龙："这孩子就是出息了，小时候你就不一样，啥都比别人干得快，做啥事也有主见。"

老鲜眨巴眨眼说："是呀！那时哪个都没你能，现在还是数你最能。"

珍珍奶奶说："这些年你爹不容易，你得好好孝顺你爹，你爹找你也差点儿丢了命，眼都快哭瞎了，睡觉时还老喊着你的名字。"

阿龙望着爹，爹不住咳嗽起来，身子颤抖，手里的烟却不舍得丢。他听见爹说："没事，没事，我好着呢。"就像小时候一样，爹从来没有考虑过自己。

珍珍再往家里打电话时，奶奶把这些东西给珍珍讲，奶奶就会讲一些家里的事，其他大事也没有，奶奶说："你阿龙哥回来了，还开着小轿车，他一只手就能开车。将军寺村的人都说，你看看人家，比咱强多了。"珍珍就笑道："奶奶，以后我也买车，给你坐，带着你到城里。"珍珍在城里就那点儿钱，离买车还早着呢，但奶奶听了，愿意相信这是真的，有盼头。

其实，珍珍没有告诉奶奶，这段时间她失业了，她怕奶奶担心。

女主人出差了一周，只剩下男主人在家，珍珍更忙了。孩子不省心，有时不知道咋回事，哭着闹。男主人没有像珍珍想象得那样，他不是什么正人君子。一次他好像喝多了，躺在沙发上，吐个不停，当珍珍把他扶到床上时，男人突然拉住了珍珍，珍珍一下子躺在了松软的床上。

珍珍拼命反抗，那男人力气真大，重重地压住了珍珍。男主人憋足了劲儿说："其实我早喜欢你了，我是真心的。我家那口子，你也知道，就是一个黄脸婆、母夜叉。我们很快就离婚了，咱俩结婚。这是我给你的钱。"男人从衣服里掏出一把钱，扔在床上，都是一百一百的。珍珍愣了一下，很快清醒过来。

"你浑蛋，你个狗日的。我才不要钱呢，你让我走，要不我就喊了。"珍珍反应很快，知道这样不好，男人趁着劲儿用手按住珍珍，想把她继续按在身下，嘴还在珍珍脖子上乱亲。男人的手刚摸到珍珍的胸，珍珍就侧着身子站起来。珍珍开始骂，嘴里没有找到合适的词语，就骂："你个狗，你个该死的……"

这时，孩子在外屋哭了，珍珍冲出去，抱起孩子，把自己和孩子反锁在另一间房里，她吓坏了。把自己关在屋子里，珍珍哭，孩子也在哭，她抱着孩子，慢慢地控制住自己的泪水。那夜很漫长，珍珍不敢开房间的门，一直到第二天天亮。

男人在房间外，一夜没睡，她听到男人致歉的声音："我对不起你，我喝多了。这是一点儿钱，我给你。你不要说出去。"珍珍没搭理他。男人用近乎哭的声音说："我不是人，你别跟我一般见识，你开开门好吗？我对不起你，我是只狗，你别出现什么意外啊？别想不开。我不是人。"

珍珍没回答他。珍珍那一夜没有睡觉，就干坐在那里，她想到了死，但不能死。奶奶还在家等着她呢，还有麦子，还有河生，还有那么多只小羊……当听到大门响了一下，珍珍知道男主人出去了，她知道自己该离开了。不管这是多好的地方，珍珍已不愿意再回到那个屋里去。她突然想起了那个小家伙，珍珍想，你爹造下的孽，你得偿还。她把孩子抱了起来，想扔到地上。

小家伙还朝着珍珍笑，小手拉着她，珍珍心软了，举起的手放了下来。珍珍喂饱了孩子，把他哄得睡着，放在床上，孩子很快睡得很香了。

珍珍走了，身后的阳光洒在大街上，微尘中透着洁净，她感觉自己一下子什么都有了，轻松起来。走了好远，她发了一条短信："嫂子，回家照顾好孩子，我走了。"

中

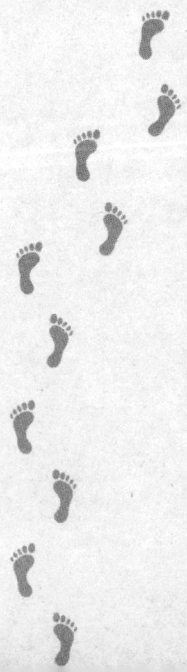

# 十一　到城里

从现在开始，我要全身心地写麦子的生活了，他是一个大学生，可能多少会让你们有点儿失望，他不是一个大英雄，成不了像保尔和孙少平式的人物。他有点儿平常，现在大学生很普遍了，我一个当高中班主任的朋友说，现在的学生基本都能上大学。我们从生活中会慢慢发现，哪儿都能成就英雄，平凡的岗位不平凡的事业就行了。其实，麦子才是真正的主人公，读者不一定买我的账。也对，作品一旦形成，作者就死了，要靠读者赋予小说生命力。

麦子上大学时，他哥哥河生正为如何挣钱奔波着。河生很少找麦子，不知道为啥，就是不愿意主动去找，也不知道是怕丢人，还是别的啥原因，反正麦子上学那几年他很少去找他，就是找他也是在离学校大门口很远的地方等他，从不进入学校一步。珍珍后来去找麦子，也不进学校，尽管她很羡慕大学生活。

河生不想扒窗户了，他跟着师傅扒窗户，等于分了师傅的钱。跟着的那个师傅正好有个同乡在建楼，河生就去了，河生婶子说："别去了，在这里帮忙吧。"河生听得出那是客气话，他也理解，在外挣钱都不容易。河生干活儿卖力，为人也实在，不像别人，爱干眼皮子活儿。不管有人没人看见，河生都用劲儿做，慢工当然出细活儿。同行人都笑话他，房子又不是你家的，你干活儿这么认真干啥？河生不说话，不辩解，就是自己一个人闷葫芦干活儿，这些年沉重的负担压得他抬不起头来，他成了一头只顾低头赶路的老黄牛，懒得去辩解什么。工地上堆满了高高低低的土，到处是零乱的架木，沙子水泥东一片西一片，空气中弥散着尘土的气息。河生在工地上推沙子，他干活儿有劲儿，弓着腰推着沙子车，流汗也没有在意，如果用手擦，脸上的土会把眼睛眯上，他摇摇头汗珠子就四散开了。工地的生活不比其他行业需要技术，但需要力气和忍耐力。几年下来，高空作业让他见惯了生死，心里慢慢放下了一些东西，也失去了一些东西，但这些都埋在了心里。

毕竟上过几年学，算认得几个字，河生没事的时候也喜欢读书，大街上别人不要的杂志，几块钱一本，他喜欢买过来，一个人慢慢看。别人喜欢吸烟喝酒，他喜欢买书，有些是故事书，也有些是小说，更有一些是技术活儿的书。有个年龄大的工友，从四川来，就喜欢河生那看书的样子，说沉得住气的人肯定会不一样，迟早会成功。河生哪想这么多，他就说："我闲着没事，打发时间罢了，啥成功不成功的。"

老师傅看他用心，教给他技术，如何绑钢筋、如何钻孔，如何植筋，啥都教，都是真功夫。河生没事也愿意找师傅聊天，老师傅讲他年轻时跑江湖的事儿，如何带领施工队去找工地，如何与别人抢地盘，听得河生一愣一愣的，这里面有学问，看似老实的师傅也有这么多故事。

那天老师傅让河生去他家里吃饭，说家里来了客人。河生到了才发现，原来他闺女来投奔他来了。老师傅看河生有力气，还能干活儿，准备让他跟他回四川。其实怎么说呢，那闺女刚离了婚，年龄不大，应该不到三十岁，长头发，样貌看起来还可以，穿着白色衬衫。

那女人见到河生也不认生，直接就问："你是河生吧？"

"是。"河生笑着说了声，但感觉有点儿冷落了她，又加了一句，"你来了。"

老师傅出去买菜了，说要弄俩菜。刚开始，河生也没意识到什么，就一个劲儿找着话说，套近乎。那女人说着话，但心里明显带着伤心事儿，河生就安慰她，没有过不去的坎儿。那天喝起了酒，河生本不想喝，老师傅说："来吧，这又没外人。"后来老师傅喝多了，说："你以后跟着我吧，我看你行，我不会看走眼。"河生有点儿蒙，这算哪一出呀？河生说："这……不太合适吧。"老师傅说："我也没有其他意思，你看你一个人也怪可怜，要有个女人照顾，没啥坏处。"他的脸上滑过一滴泪，他把泪就着酒喝下去了。河生心里瞬间明白了，这当然是老师傅的一番好意，老师傅对他不薄。

老师傅没有明说，但河生心里听出来啥意思了。他想打电话和家人商量一下，没人接。他想找麦子，感觉麦子还小，不懂这样的事，他走到学校门前又回去了。后来他就想找珍珍，见到珍珍却不知道如何说。河生心里想拒绝，但碍于面子，不知道如何开口。有一天下大雨，河生淋得湿透透的，正要回工

幸福的种子

棚里，发现老师傅在那里等他。

"我打电话，你咋不接？"

河生连忙说："我没拿伞，在躲雨。没啥事吧？"

"走，到我家去吃饭，今天杀了小鸡，炖蘑菇，就咱们一家人。"

河生心里一热，在这个工地上也只有老师傅把他当成自家人，这也足够给他面子，他碍不过面子，跟着老师傅去了。快到老师傅家时，他想着怎么也不能空着手去，就买了两瓶鹿邑大曲，家乡的酒，不贵，但喝着舒服。

老师傅酒量好，他说："让你来你就来，别客气，又不是外人！你来坐下。"

那女人也坐下，她有点儿紧张，河生与她说话，两个人显得都很客气。

"我闺女一个人带着个孩子，不容易。"老师傅好像喝多了。河生酒量不行，但他跟着老师傅一直在喝。

河生嘴里说："有啥事我能做的，尽管说。"

"我心里就放不下这闺女。"

河生抬头看女人，女人却适时离开，说去炒菜去。他心里一阵惊慌，不知道说什么，他好像明白老师傅为何一直提这档子事了。

坦白地讲，这女人不错，也没有那么多事，人长得还好，能干，不像事条子多的人，但他就是不太中意，也说不来原因。见河生没说话，老师傅也没往下说，只是一个劲儿劝河生吃菜，喝酒，一杯喝完，又是一杯。后来，老师傅就开始喊脚指头疼，疼得不能挨地儿。河生想送他去医院，老师傅疼得咧着嘴说："不去了，老毛病了，好吃肉，好喝酒，医生不让这儿不让那儿，我一辈子就坏在这嘴上了。"

河生坚持要送他去医院，老师傅生气了："我说没事就没事。"他甘愿任由脚指头疼下去。

两个月后，老师傅干活儿时出了意外，他从脚手架上摔下来，脑袋壳子都撞碎了。工程队想把这事儿压了下来，老师傅的闺女找工程队被几个人吓得跑了回来。工程队不说赔钱，也不说不赔钱，工程队把这事拖着不解决。河生见女人哭，一问情况他恼了，他见不得有人受欺负。半夜，他趁包工头睡着，带一把刀子潜入工地。那包工头认出了河生，以为就是吓唬吓唬他，他装得很镇静，对河生说："你小子少管闲事，不然我和你没完。"

河生不信他那一套，说："你信不信，我一刀就能结果了你。"河生把刀子用力在包工头脖子上按了按。

包工头像只小鸡子一样软了下来，嘴里求河生说："饶命，啥事都好说。"

河生说："赶紧把老师傅的钱赔到位。"

那包工头说："你把刀子放下，我说到做到。"

河生说："别给我耍心眼儿，否则白刀子进去，红刀子出来。"

第二天，那包工头主动赔了钱，25万元，河生领了钱，一分不少交给老师傅闺女。老师傅闺女接过钱，只顾哭，连谢谢都没说，大概是忘了。女人的手握住了河生的手，抓住不放，也不知道要说啥。

老师傅死后，河生成了他闺女最亲的人。河生建议她在城里留下，先找个厂干点儿事，反正孩子也可以上幼儿园。没事的时候，河生就教孩子知识，孩子也喜欢他。有次去上厕所，他进去时发现女人也在，她穿着一件睡衣，像一朵绽放的花，河生看到了不该看到的地方，他赶紧退出来。这件事后，女人更大胆了，经常直接来找河生，不拿自个儿当外人。有一次，女人主动拿走了河生的衣服，洗干净后再送回来。

其他人都说河生走了狗屎运了，说他得了便宜。河生辩解说，不是他们想的那个样。他心里一直感到对不起珍珍，但有时也想，自己这样子也没啥不好的，希望弟弟因此过得更好。

河生找过麦子一次，想说说心里话，但他没有把这件事讲出来，感觉有点儿难为情。两人在大街上随便吃了些东西，麦子付钱的时候，河生坚持要付："我是你哥，下次你再付。"麦子讲起自己的大学生活，他感觉啥也不如意，都大四了，没啥收获。河生安慰他要慢慢来，脚不停就行了，谁容易。河生想说说自己的情况，却不知道如何开口，珍珍的影子很快填满了他的心头，他没有讲出来。

那女人是热情的，过日子肯定是把好手，河生能感觉到这一点。不知道怎么回事，在河生心里，一直不喜欢这样，他心中的女人不是这样的，到底是什么样的，又说不出来。河生知道，他和这女人的关系不明不白，这样下去也不是办法。他感觉不能再这样下去了，有一天，他自己一个人悄无生息地走了。他没有想到自己是那么狠心，老师傅、女人，以及那个小孩子，慢慢消失，慢慢在他心间不见了……

这一年麦子过年没回家，他习惯躲在城市的角落里，看变化的大街和景物。他像只洞中的老鼠，不敢见更多的阳光。麦子喜欢独处，那些同学他不怎么联系。田慧就像天使，在他最困难的时候飞来了，填补了他的大学生活。有时候他也想到珍珍，那个单纯的女孩，她在干什么呢？

大学毕业那年，麦子发现找工作真他娘的难，什么狗屁"天之骄子"，不值一毛钱。放眼望去，省城郑州到处都是大学生，一抓一大把。麦子也跟风去考研，但英语没过国家线，错失了继续深造的机会。没办法，抱着一堆简历一家又一家单位投，工资低的他看不上，单位好的人家又不要他。麦子一口气把简历打印了一百份，反正也便宜，也不管是什么单位，见一个发一份，满脸堆笑求着别人，像卖自己一样，但他从来没有接到过一次面试电话。

比麦子更伤心的是他爹老鲜，老鲜做梦也没想到，辛苦培养麦子上了大学，毕业后却找不到工作，老鲜原来以为大学一毕业麦子就可以吃上商品粮了。他记得很清楚，前些年他的一个亲戚只是上了个当地的中等师范学校，就被分配到一所学校当了老师，还找了个工人当老婆，工资说不上高，但也不低，比上不足比下有余。麦子现在这弄得是啥事？老鲜不理解其中的变化，他的心里想的是，一个堂堂的本科生还不如一个中专生？但这话他只对麦子娘说过，给村里第二个人都没讲过，他怕丢人。别人若问起孩子在哪里，他总是随意一笑，毕业留城里了。

麦子认为大学最大的收获就是认识了田慧，这女孩让他知道什么是酸甜苦辣。田慧经常劝麦子，工作迟早会找到的。田慧一直陪着麦子，即使在他找不到工作的时候也是如此，这让麦子感到难为情，感觉自己不像一个大老爷们儿。后来，田慧让他去一家燃气公司帮忙，说一个亲戚在那里，但麦子不想寄人篱下，他心里看不惯吃软饭的人，他不信他一个大老爷们儿不能找到一份合适的工作？他在家里就知道，吃软饭的人骨头不硬。田慧冷笑着告诉他："你想去哪里蹦跶我不管，给你三个月时间，再找不到工作乖乖给我回来。"他习惯了田慧的霸道，但也感谢田慧的不离弃。

麦子先是去一个辅导班当老师，人家开的工资不低，按小时算，两个小时 80 元至 150 元不等。麦子干了一个月，他天天接受培训考核，还得与一帮孩子怄气。这哪里是传授给孩子知识，简直是与一帮小魔王打交道，麦子工资都没要，就被气走了。他又去一家公司当储备干部，天天复印打印文件，还要对着一个电话名单，天天打电话搞推销，水都没有时间喝，电话能打到吐，有时还被人骂作神经病。后来，他又去一家 4S 店当销售员，他变着花样说汽车的好处，什么全景天窗、ABS，车身线条流线型设计，什么豪华感扑面而来。他也干过保险，建立信任服务客户，客户需要什么就介绍什么，什么多一份保险就一份保障，说得比真的还真。

田慧每隔一段时间总会过来看看麦子，送点儿吃的喝的，帮他打扫下房间，他那间出租屋简直比猪圈还脏。麦子感到对不住田慧，这么好的女孩，这世道上哪里去找，打着灯笼也找不到，自己啥狗屁没有，穷光蛋一个，他发誓一辈子要好好珍惜她。看着田慧在身旁忙碌的样子，他一阵感动，以后要多挣点儿钱，可现在他娘的挣钱比吃屎都难。三个月过去了，田慧说："走吧，跟我走吧。"

"再给我一段时间。"麦子还不死心，他不信自己就是这个样子，天下真没有自己施展才能的空间？

田慧依然支持麦子，她可以等。麦子痛快地喝了几瓶啤酒后，对着夜空的月亮胡咧咧。这时，大排档正播放着音乐：

我曾经问个不休

你何时跟我走

可你却总是笑我

一无所有

我要给你我的追求

还有我的自由

可你却总是笑我

一无所有

…………

　　麦子突然发现自己好无能，啥也干不了。他骂了句："他妈的，我真是一无所有。"田慧就哄他："慢慢来，你不是还有我吗？"他们走在大街上，一辆辆汽车驶过，成双成对的人手拉着手。

　　"我对不住你，田慧。"麦子说。

　　田慧劝他说："你喝多了，别说啥了，赶紧回家去。"

　　那晚的路灯昏暗，田慧搀扶着麦子，走走停停，在无尽的夜里，通向远方。麦子喝高了，但他心里很明白，知道目前的这种生活有点儿扯淡。他抬起头，对着天空大声说："去你娘的，老天爷，我一定会让你知道我就是麦子。"

　　田慧说："别神经病了，赶紧闭嘴，给我回去，你还嫌不够丢人啊！"

# 十二　田慧

　　麦子回到周川市，去天然气公司工作，刚开始还真不太习惯，但他得坚持，这是田慧给他找的工作，不能丢她的人。公司就是个小江湖，这不像在大学校园里那么单纯，刚一去时别人就欺负生人，让他干这活儿干那活儿，拿报纸、复印文件、倒水、扫地，反正不让他闲着。他本不想干，但又不知怎么去拒绝，他就自我安慰，不就是多干点儿活儿吗？这有啥。干活儿就干活儿，多干些也没有啥坏处，但他心里一直羡慕那些敢于说不的人。

　　进周川燃气公司后，他真正认识的第一个人叫朱莉莉。那女人四十多岁，头发梳理得很精干，平时负责市场部业务，是个部门经理。刚进办公室他就看见朱莉莉望着他，没事总会告诉麦子要干啥，要准备点儿啥，怎么与人打交道。公司吃饭都在大餐厅里，只是象征性收点儿钱，那次麦子正一个人坐在角落里的一张桌子吃饭，朱莉莉刻意坐到那里，问他："你多大了，大学毕业找对象没？"刚开始他没好意思说，心里想了珍珍，又闪现出田慧的影子，这怎么也不能说，就含糊着说了声："没有。"朱莉莉突然有了精神，很热心："包在我身上，我给你介绍对象，一定会成的，包在姐身上了。"麦子不自然地点了点头，这女人这么热情，没让他感到高兴，反而让他产生一种警觉。

过了一段时间，麦子已经把这事忘记了，朱莉莉却真要给麦子介绍对象，麦子则害怕了，不敢去见。他甚至有点儿结巴了："这个，我真不想去。"朱莉莉有点儿生气："你小子别耍大牌，我和人家都约好了。"接着她又声音柔了一些，"你就是再怎么着，还得见见，行不行，聊了才知道，你们先接触接触。你把照片给我吧，我让她看看。"朱莉莉说："这可是我的亲戚，不是一般关系，就是看你小伙子实在才给你介绍的。你要识抬举，说不定人家还看不上你呢！"尽管这事没成，但朱莉莉依然对麦子印象不错，丝毫不影响两人的感情。

公司向周川市发改委报的文件中少了一页内容，这事公司追究责任，最后却追查到了麦子身上。麦子想了想，他不知道啥时候做的这事，按理说怎么也轮不到他这个级别的人做这事。做这事，由刘顶明负责。当查到刘顶明时，他不否认做过这件事，却把责任推给了麦子。他讲了事情的经过，是麦子准备的材料，他安排麦子复印的内容。大家都知道刘顶明平时啥事都不做，就是爱瞎指挥，仗着在公司时间长，爱耍个小聪明，好事都是他的，坏事都是别人的，公司里一般谁也不和他一般见识。麦子害怕了，毕竟是自己的错，但又一想，这事本不属于自己的工作范围。他想起那天，确实是刘顶明让他做，他不想复印，文件太多了，但抵不住刘顶明的劝才复印的。

　　公司出了事要追求责任，以前也出现过这种情况，谁干的谁负责。刘顶明解释说："这事是麦子做的，不能怪我，要追究也是追究麦子的责任。"大家一听，就知道刘顶明又要小聪明了，他在找替罪羊。刘顶明请麦子吃饭，说得声情并茂："你得帮帮兄弟啊，我可是上有老下有小，万一公司把我的帽子摘了，以后我咋有脸见人啊！你得帮帮我。"麦子动心了，刘顶明又说，"兄弟，我快提拔了。人家不跟我尿一个壶里就算了，咱们是好兄弟，我要是提了，这事能忘了你的好吗？"麦子就问他："怎么帮你呀？"刘顶明把一个信封交给麦子说："罚的钱我替你垫上，你只要认就可以了。"麦子也拿不定注意，咋办呢？

　　朱莉莉也担心这事，就私下找麦子说："你去找找经理，把情况说清楚，千万别替谁顶雷，不值当的。"

　　麦子说："本身就不是我的错，是他让我做的。"

　　朱莉莉说："那你实话实说就行。"

　　麦子想了想，就果断地把真实情况反映了上去。公司最终下文件，处理了刘顶明，降级使用，观察三个月。

　　朱莉莉问麦子："你是如何做到的？"

　　"这还不简单，该是谁的责任就是谁的责任。我找了经理，把情况说清楚了。"

　　朱莉莉说："你小子有办法。我给你介绍对象的事考虑得怎么样了？"

　　麦子便找理由说，不想现在谈恋爱，想过段时间再说，还没有房子车子，也养活不了媳妇？

　　朱莉莉嘴一咧说："弄得把自己当个人一样，你就知道人家就看上你了？见见再说。"

麦子很尴尬地笑了笑，朱莉莉说："来，我给你拍个照吧，给你对象发过去。"

"不用，不用。"麦子更加不好意思，他好像对拍照恐惧。

朱莉莉举起手机拍照片时，麦子马上挡住了自己的脸，不知道是不好意思，还是心里有愧。麦子感觉这个朱莉莉像个大姐姐，啥事都关心他，他想请她吃顿饭，没想到她劝拒绝了："不用，请啥呀？别见外，有啥事就对我说。"

"好的，姐。"麦子鼓起勇气喊了朱莉莉一声姐。朱莉莉笑了："你呀你。"一转身，走了，她留给麦子一个白衬衫的背影。

田慧这段时间和他联系得少了，他不知道她在瞎忙活啥。她电话也懒得给他打一个，好像她把他往这儿一放，死活都不用管了。

有一天，田慧突然打电话来，非要麦子去见她。那天她穿了件白裙子，好像刻意穿给他看的，还扎了两条麻花辫子。麦子嘴不饶人，对她讽刺带挖苦："黄瓜上抹漆，你还装嫩？"

"这还用装吗？俺本来就嫩，黄花闺女一个。"田慧道。

麦子嘴不饶她说："你这段时间死哪里了？也不联系我，就不怕我被美女勾走？"

"那不正好吗，替世界除了一害，有人看上你，那准是哪个天使姐姐开了眼，替我出气了。"田慧哈哈一笑。

两人来到饭店，田慧说："为了庆祝咱们相遇三周年，咱们干一杯！"

麦子摆弄着手指头说："不对，是两年吧？"

田慧说："你小子连日子都记错了，亏我竟看上了你。"

"三年呀，我有多少美好的日子被摧残了，真不知道我是怎么熬过来的！"

"你别弄得可怜兮兮的，不知道的，还以为你受了多大委屈。真正受苦受难是我，你是得了便宜了。"

两人感慨了一番。正当麦子要发某个感叹时，他发现上菜的是一个熟悉人。那女人端着菜，犹豫了一下，还是进来了。麦子愣了一下说："你怎么在这儿？"那女人一顿，脸上依然带了笑容说："先生，我怎么不能在这儿？想吃什么店里都有，有事儿你再喊我。"

那女人转身走了，麦子不再说话。田慧马上看出了什么问题，她挤了挤眼睛向麦子说："那妞是谁呀？长得不赖呢。"

麦子说："是吧，是吧，我看着也觉得不错呢。"麦子总算掩饰住了难堪，田慧也没有追问，两人就闷闷地吃着饭。后来麦子装作要去卫生间，他出来寻那女人。那女人见到他，满脸都是笑，不说一句话，很平静的样子。麦子本来有很多话，但此时也不知道说什么了，愣在了那里。田慧见麦子好长时间没来，就跑出来喊麦子回去。那女人转身走，麦子跟着田慧回到了房间。那晚的酒喝得很沉闷，尽管田慧一直打趣，但麦子心里总感觉没啥滋味。

田慧告诉麦子："公司要拓展业务，你可以试一下，从基层做起。天天坐办公室，人都废了。从基层干起，说不定以后可以弄个经理干干。"得知公司开始拓展业务，麦子没啥感觉，心想你田慧怎么老管我？你真以为你是公司老板，想动谁就动谁？麦子不想这些，啥经理不经理的，我以后要做老板。他心里还在想着那女人的表情为何老是笑，她怎么不数落自己几句，或者骂他几句也好，这样他心里也许会好受点儿。她怎么会到了市里呢？她不是在省城吗？麦子感觉对不住她，自己内心感觉有点儿愧疚。他一直想早点儿见到她，好向她当面解释些什么，或者说些什么，但麦子不是忙东就是忙西，最终也没有去见她。

麦子心里像有个什么东西，一直放不下来，每当他想起与她在饭店的相遇，他就感觉特别对不起她。一个人做了亏心事，是永远不可能被原谅的。当时他一直想找个机会去向她解释，但下不定决心，又过了几天，他慢慢地淡忘了此事，以后再经过饭店时，他只是扭过头看上一眼就急匆匆离开。他好像也没有什么要向她解释的了。

麦子参加了修建天然气管道的工作，不是他想去，是田慧让他去看看，见见大世面。管道是提前测量，用卫星定位后，才确定铺设方案的。待到秋庄稼收得差不多，小麦种上时，麦子再次来到熟悉的田间地头。他们进行实地测量，这活儿是室外作业，穿路、过河、拆坟、伐树、挖沟，不管刮风下雨，他都要一直做下去，因为他一直需要在现场协调。作业带11米，他们要去测量青苗和清点附属物，老百姓非要他们把尺子拉长一点儿，老百姓想着多得点儿补偿款。

麦子测量时，有乡、村里的负责人在跟着，每弄好一处，还得让老百姓签好字按上手印。麦子本来就是农村人，他慢慢喜欢上了这种生活。麦子一直在田间地头，这一待就是一个多月。施工开始后，需要协调的事情更多了，他天天都有处理不完的事情。新鲜感过后，他又开始讨厌这种生活，他想做点儿大事，不想在田野里滚打了。人真是个奇怪的动物呀！他不知道这样的日子何时是个头。

麦子休了一天假。麦子要去找那女人，他要向她说些什么，他相信她会听他解释。到了那家饭店，麦子却又不知道说些什么了，他见到那女人时，女人也很惊讶。那女人说："你，怎么来了？"他压住了自己的心情，轻轻地问了一句："还好吗，你？"女人的眼光是虚飘的，并不怎么想搭理麦子。

那女人是珍珍。珍珍两只手交错着，不自然的样子，突然泪水在眼眶里直打转，没落下来，但脸上却挂着笑。珍珍比以前话少了，她不再主动多说一句话，不像以前那样一见面就打麦子。麦子还是想解释什么："我回咱们市里了，没有干熟悉的工作，就是混口饭吃。"珍珍以满是祝福的语气说："你多好，有工作就好，比在家里强多了。"麦子说："哪呀，我也不喜欢这样。"珍珍说："你得珍惜呀，很多人想要还没有呢。看你现在多好，也有人照顾着你。"

顿了一下，麦子说："才不是，不是你想的那样……"但他又说不出什么别的话来，不是那样又是哪样呢？晚风吹来，有点儿热，麦子全身冒着热气。他不知道应该怎么向珍珍解释。明明准备好了有很多话要说，但真来到这里，却不知道向珍珍说啥好了。两个人就那样尴尬地坐着，珍珍感到灯光有点儿晃眼。麦子的心里好像更难受，只是一个劲儿地喝酒，啤酒倒了一杯又一杯，一饮而尽，也不说什么。这要是在以前，珍珍早就劝了，不让他多喝，珍珍是了解麦子酒量的，她一直都管着，就是以后她也想这样管着。但是，此时珍珍一动也不动，就像没有发生什么事，就像麦子不存在一样，珍珍不再对麦子说什么。麦子心里有点儿害怕，珍珍怎么变成这样了，简直有点儿让人不可理解，他甚至生气，但又不能发脾气。

其实，珍珍也想告诉麦子这些年的不容易，但话到嘴边就咽了下去。她想把从省城辞去保姆工作的原因给麦子好好讲讲，以前她曾经设想过多个场景，向最亲近的人说说，麦子是她最亲近的人。珍珍也想讲自己工作时的遭遇，被客人骂，遇见无理取闹的客人，但现在想想，她说了又有什么用呢？说了自己的伤心事，谁知道麦子是啥样的心情呢？憋在心里，烂在心里吧，珍珍就没有说话，一直端坐在那里。

窗外，夜色升起来了，大路上行人稀少，一个路灯闪了一下又灭了，有个年轻人坐在那里休息。刚刚忙完一天的活儿，那年轻人一边吸烟，一边四处张望。一阵风从楼缝间吹来，树叶动了起来，有几片从树上慢慢飘起来，在空中转了几圈，落在了地上，如同冬天下雪那样。这时，谁也没有在意他，马路上有很多这样的人。就在抬头的那一时刻，河生看到珍珍和麦子在吃饭，他忙把脸转向了一边，他坐在马路牙子上，又点燃了一支烟，一动也不动坐在那里。他好像习惯了生活中的一些事情，再也不会去争吵和生气。

河生从父亲老鲜的口中得知弟弟在市里上班，想让他帮忙找个活儿。他以前在省城郑州得知，天然气工程队要很多一线人员开挖施工，他想干这个活儿。河生打算找麦子，谁料竟撞见这样的事，确实有点儿尴尬。河生不想打扰麦子，更不想打扰珍珍，他希望弟弟能获得幸福，更希望珍珍获得幸福。自己如今，工作没有、吃的没有、住的没有，什么都没有，他在心里祝福着他们。当他把最后一根烟吸完时，把烟屁股狠狠往地上一扔，用脚使劲踩了踩，然后悄悄离开了。

大街上车少了，夜已经很深，整个城市开始慢慢安静下来，开始沉睡。珍珍和麦子相对而坐，两人像一对蜡像对视着，谁也没有说话。他们有太多的话想说，只是谁也没有主动说出来。后来麦子喝多了，胡咧咧着说："对不起人，真对不起人，我不是人……"珍珍劝他说："你别再喝了，喝酒有啥好？"

　　月亮还在天上挂着，只是没有了光彩，一团乌云遮住了月光。黑夜里传来了叹息的声音，好像整个城市都在叹息，这是麦子第一次听到深夜里的叹息。

# 十三　长线建设

算算时间，长输管线开始建设到现在，麦子已经连续两个多月在工地上了。

天然气管道铺设工程是民生工程，上面要求工期短，抓紧时间通气。此次修建的长输管线是为了"西气东输"用槽车运送天然气，成本高，也易受气候和天气影响。很多专业性的问题麦子不懂，好在万经理有经验，万经理五十来岁，个子不高，但啥事都能处理妥当，人送外号"万事通"。万经理让麦子干啥他就干啥，配合工作需要眼皮子活儿，他要看准。

项目的负责人他见不着，麦子原以为这么大的项目会承包给一个国有大型企业，但了解后他才知道。这个上千万的项目由一个带有南方口音的小年轻实际负责，那年轻人戴了副酒瓶底般厚的眼镜，紧盯现场技术和督促工程进度。那"眼镜"年龄不大，还是大学生的模样，应该没毕业几年，没事的时候爱吹个口哨哼个歌，一副轻松的样子。他身边跟着一个年龄大一些的会计，那会计负责管钱，不怎么爱说话，闲了就玩手机游戏消遣时间。麦子知道，需要挖机工或运输的车队，那都从当地临时找，"眼镜"和他们谈好价钱，他们就开始干。焊工应该是小青年自己带来的，他们将每天的超声检测数据和焊口检测数据发给麦子，麦子收到数据后和万经理商议相关情况，再把相关数据和问题转发给公司进行汇报。

别看"眼镜"年轻，但干活儿很快。麦子称他为"眼镜"，那人称麦子为主任，称万经理为"万事通"——这外号在哪里都叫得开。大家都被工期催着，心里都憋着一口气，都想赶紧完成任务，在三个月内。总公司打电话给万经理，天天追问进度，让他们早点儿完工，赶紧通气点火，让老百姓早日受益。

"眼镜"大不了麦子几岁，啥事都比他想得周到，工作起来没命地干，从不抱怨。两人都年轻，共同语言比较多，比较谈得来，没事的时候聊上几句，麦子才发现别看"眼镜"不到三十岁，他在全国修建的燃气管道可不少。"眼镜"说，平地上的工程都好干，山地才难，要架桥填沟，有时还要穿山，像咱们这样的工程，只要天气好，就不会耽误工期的。"眼镜"说："这乡村到处有文化古迹，如果开发成旅游资源多好。"麦子也同意他的看法："有钱了，咱们开发一个。"他们围绕这样的话题有说不完的话，毕竟都是读过大学的人。

"眼镜"有一天说："我要进城一趟，有点儿事，我给万经理也打电话说跟上面请过假了，现场由张会计负责。"麦子说："没事，该去去。"都熟悉了，谁也不会为难谁。万经理说："没事，你小子别偷偷会情人。"眼镜的嘴一咧："那都是小孩的事了，咱要光明正大去。"麦子听了心里就笑："这里有我们在呢，你放心去办事。"几个人现在弄得关系都挺近，像一家人一样，有了啥事都相互罩着。

眼镜走的那天中午，没想到发生了一起施工事故。麦子和万经理一接到张会计的电话，就赶紧开车过去处理。在车上，"万事通"给村支书打电话，让他必须到现在去："老兄呀，你得去，不去可不够意思。"前段时间万事通专门去拜访了村支书，称兄道弟的。其实，这阻工的事天天有，也就是钱谈不拢，本来也不是啥大事。

麦子到的时候，看见一群人正围在一起，里三层外三层，焊接的管道摆在一边，下边用土垫着，一条长龙在田野中蔓延。"万事通"镇住场，大喝一声："怎么了？怎么了？"人群里自动让出一条道，"万事通"不怯场，大步向前走，麦子跟在后面。麦子看见一个老人躺在地上，一动不动，也不说话，身边是他儿子，拿着个手机拍照，不过大家都没有动手，没打架，也没有流血。

有人就说："你们施工碰着了柿子树，要赔钱。这好好的树怎么被毁坏了呢？"麦子一看，挖机没有开出白灰画的作业带，有一棵柿子树确实被划到了树皮，露出白花花的树干。这到底是怎么回事呢？难道没有把钱补偿到位？麦子知道，钱一定到位了，只要在作业带里的肯定都补了钱。

"万事通"赶紧找一旁的村支书，村支书已经到了。"万事通"小声说："补偿不都到位了吗？"村支书说："我的老大哥，都到位了，一分钱也没有少，天地良心呀！""万事通"心里有底了，他走上前与老人交谈。老人说："柿子树都被碰掉了皮，你们得赔钱。"

"万事通"说："你该收多少不还是收多少柿子？谁也没有

怎么着你的柿子。"

"赔一千元，一分也不能少，马上给我。你破了树皮，今年肯定结不了那么多柿子了，受影响了，你们不能赖账。"

"他大哥，该补的钱都给你了，你别丢咱们村的人！"村支书也说。

"这棵树是我的命，每年秋天都能结柿子，你们只给我 500 元不行，我一季柿子就能赚一千多元呢。"

村支书说："你别想钱想疯了，一棵树的柿子能卖几个钱，我还不知道？咱们补偿都有标准，一分钱也不会少你的。"

村里看热闹的人说："不是没给钱吗？"

"给了，怎么会没给？"

有几个施工的人说着就去拉老人，说是拉，实际是架。挖机司机也帮着架老人，他怕老人伤着，但老人挥舞着手说："动手打人了，救命呀！"村里的一个年轻人就报了警，还口口声声说你们仗势欺人，我现在就报警，收拾收拾你们这帮恶霸。

"何必呢？都是乡里乡亲的。""万事通"掏出一百元说，"老先生，我也是农村人，都不容易，我们修管线是为了大家好，通气以后做饭方便。"

"我们又不用天然气，这是给城里人用的。"

"马上就气化乡镇、气化乡村了，真的，老大哥，这我没必要骗你。""万事通"很有耐心，他说，"你想想，以后村里用上了天然气，大家都会感谢你做出的贡献呢。"

村里人开始议论开来，甚至有点儿看不下去了，毕竟这位老人有点儿过分了。警察此时也来到了现场，一个胖点儿的警察问老人："老先生，你怎么样了？伤着了吗？""万事通"对警察说："该到位的赔偿都到位了，再给老人两百元吧，我自个儿掏腰包。"

警察没说话。

施工方后来又来了一个人，麦子很吃惊，那人他认识。麦子没想到，分包方竟然是阿龙。阿龙显然没有认出麦子，阿龙梳个背头，戴着墨镜，脖子上还戴着黄灿灿的链子，他穿着一件小花褂子，一个袖子是空的。阿龙坚决不肯多出钱，阿龙说着说着用手推了老头儿一下，老头儿生气，一口气没上来躺在了地上。这时大家都围上来，不让阿龙走，"万事通"也被围起来了。警察说："不准打人！"麦子赶紧打了120，这事不比其他事，毕竟是他们的项目，万一出点儿事都不太好。救护车来把老人拉走了，万事通和支书都跟着去了医院。

麦子走到阿龙身边对他说话："龙哥，真没想到在这里见你！"

阿龙一惊，赶忙递过来一根烟，算掩饰自己的尴尬，说："唉，也没办法，我不这样不行，工期完成不了呀！"

麦子问："你什么时候做上这个业务的？挺老练呀！"

"我不过混口饭罢了，工期完不成就得扣我钱，我得想办法解决。"

"这事做得有点儿鲁莽了。"

"其实，这事也简单，不就是钱的事吗？不这样解决不行呀！"

麦子呵呵一笑说："龙哥，这些年，你去哪里了？"

"四处跑着糊口，没办法，谁让咱没文化哩。"麦子从阿龙的话中得不到什么有用的信息。

阿龙变了，说话很有自己的方式。不过当讲起将军寺村时，他一下子话多了起来："你知道珍珍吗？不知道她在哪里？奶奶在找她，听说她好像回来了。"

麦子不知道怎么说，只是弱弱地问了一句："有事吗？如果见了她，我一定给她说。"

"你这家伙，不说实话，谁都知道你们的关系。"阿龙吐了口烟圈。

阿龙走的时候，和麦子两人彼此互留了电话："工程的事还要麻烦你，以后少不了你的好处。"

麦子嘴一咧说："我能帮上啥呀！用得到我的地方尽管说。"

阿龙回过头来，耐人回味地笑了一下，走了。本来麦子想找个机会，好好与珍珍深入地说些什么，但项目上的事还真多，他便忘了和珍珍联系。后来，他想给珍珍打个电话，拨了电话，但没有人接。

麦子听得很清楚，阿龙上车前专门把"眼镜"叫到身边说："我要扣你的钱，你在现场干啥吃的？要盯住盯紧，不能出问题。""眼镜"想分辩什么，嘴嘟囔一下，没有发出什么声音。当天晚上，事情算解决了，听说"眼镜"掏的是自己的钱。阿龙走时还叮嘱"眼镜"："要加快进度。"眼镜只是点头："好的，龙总。"

天黑的时候，田野里安静了下来。眼镜凝望着夜空，却没有心情欣赏群星，此刻他感觉心里空空的。一个人静静坐在一条河旁，他开始吹口琴，麦子听出来了是张楚的《姐姐》，声音伴着流水声，像哭泣的小河：

> 这个冬天雪还不下
> 站在路上眼睛不眨
> 我的心跳还很温柔
> 你该表扬我说今天还很听话

我的衣服有些大了

你说我看起来挺嘎

我知道我站在人群里

挺傻

我的爹他总在喝酒是个浑球

在死之前他不会再伤心不再动拳头

他坐在楼梯上也已经苍老

已不是对手

…………


那是首很忧郁的老歌，曾经麦子也很喜欢歌词里面的内容。麦子感觉"眼镜"有心事，那种忧伤是藏不住的，他有点儿同情"眼镜"。麦子从车上把带的几瓶啤酒拿下来，用钥匙开了盖子，他喊"万事通"和司机过来喝酒，"万事通"不来，说要早点儿睡觉，司机早就睡下了，麦子和"眼镜"开始喝起来。两人咣当一声碰了碰酒瓶子。

"眼镜"先是不说话，他是一个很要面子的人，有事憋在肚子里也不愿多说一句。

麦子问："说说呗，你到底咋了？"

"眼镜"已经喝了一瓶，他又开了一瓶，咕嘟咕嘟喝起来。

麦子说："你这是咋了？"

"眼镜"半天憋出来一句话："他娘的，分了。"

麦子突然觉得自己问错了话，又不知道怎么去劝，但这话不可能收回去了。

"眼镜"两眼迷糊着继续说："这没啥，你还记得吗？我请假去县城，其实我是见她去了，但她走了，再也不理我了。世界上哪有好女孩，他娘的，现在这人怎么都这么现实呢？没钱，爱情连狗屁都不如吗？我们谈了八年，大学四年，毕业又四年了。我没有钱，没有车，没有房子，现在我他娘的啥都没有了。你说，这爱情有个狗屁用呀？"眼镜"说着喝着，他好像喝醉了。

麦子不知道如何劝他，嘴里只是说："别想太多，以后会遇到更好的女孩，咱们先立业后成家。"

"眼镜"开始抽泣起来，眼泪滴下来。麦子看着醉醺醺的"眼镜"，嘴里也不住地嘟囔道："你别这样，没必要，天下好女人多得是。"顿了一下，麦子继续说，"你不知道，现在我的心也很乱，我们一起长大，我感觉对不起她，她那么单纯，可我不知道什么原因就是对她爱不起来。"他又喝了几口酒，"现在上了大学，人就这样，长了见识，怎么心也变了呢？我也知道自己是个二百五，但现在我该咋办？"

麦子想安慰"眼镜"，就是感觉嘴笨，怕说不到点子上，伤了"眼镜"。他还要说点儿啥。他说："咱也得往前看。"

"眼镜"早已喝多了，说话慢慢说不清楚，他也不想再说什么。他们两人躺在了地上，麦子望向天空，夜空一片黑。不时有阵风吹来，他好像清醒了。他又想起了珍珍，他怎么向她解释呢？河水呜呜的声音传来，那口琴声又响起来了。


噢　姐姐
我想回家
牵着我的手
我有些困了
噢　姐姐

我想回家
牵着我的手
你不要害怕
噢　姐姐
带我回家
牵着我的手
你不要害怕
噢　姐姐
我想回家
牵着我的手
我有些困了
…………

# 十四 表彰

项目做完后，周川燃气公司开了个表彰大会，万事通项目协调组表现突出，如期完成任务，获得了 5000 元奖励，麦子和司机各分到 1500 元，麦子心想，这领导考虑得不错，能分到钱。半年后麦子被任命为项目部副经理，这是他做梦也没有想到的，对麦子来说是一个巨大的鼓舞。一年后，他开始协调 CNG、LNG 加气站项目建设，反正事情越来越多，他总是闲不住。

田慧比麦子更开心，她认为麦子早该这样了，现在能吃苦的孩子不多，她没想到麦子还真能坚持住。田慧一见到麦子就说："你好长时间没陪我了，怎么犒劳我？"对于喜欢的女孩子，麦子是有一套的。他说："你闭上眼睛。"田慧说："怎么了？想给本小姐搞什么？"

"让你干啥你就干啥，咋这么多事？"

田慧闭上眼睛，麦子瞬间从手中拿出一个礼物，变戏法一样掏出来说："睁开眼，你打开看看是什么？"

"哇，这是啥呀？"田慧惊讶地说。

把彩带解开，打开一层又一层的纸，原来是两只紧紧靠在一起的小熊，麦子早就想给田慧一个惊喜，在长输管线建设期间，他一直考虑着这个问题，毕竟是同学，有过共同的经历，也了解对方。他感觉现在对不起田慧，陪伴她的时间少，每到一处都买一些东西悄悄留下。两人说着说着，就说起大学的同学有的已经结婚了，一转眼毕业都两年了。关于结婚的问题，麦子也考虑过，但感觉时机不成熟。一是他哥哥河生还没结婚，在将军寺村有个不成文的规定，哥哥要先结婚；二是他也担心珍珍，这话要怎么对珍珍说呢？还有就是，现在父母不在家，父亲和母亲都到南方去打工了。

父亲这么大年纪还外出打工，麦子总是在电话里抱怨父亲："这么大年纪了还外出干啥？"他的话语里全是关切，意思是担心父亲。老鲜说："这有啥，我身体好好的。"两人说着说着就扯到结婚，老鲜说："我这当爹的没啥能耐，供你上了大学，你现在又在城里找了工作，等以后结了婚，我的心也就操完了。"

麦子说："我这是啥工作？不就是一个公司吗？没啥值得骄傲的。"

老鲜说："那也不错，好歹在市里了，很多人想去也去不成呢。"

两人聊了一会儿，最后老鲜又把话题转移到麦子的婚姻上。

老鲜说："村里适龄的不多了，你得找对象了。"

麦子沉默了一下说："我现在正处着呢。"

老鲜很高兴，他按捺不住内心的高兴说："你要对人家好。"

老鲜老婆接过电话："你的事要考虑清楚，留在城里，反正也都了解，早点儿结婚算了。你们可不能老悬着，这样对谁都不好。"

麦子说："娘，走一步看一步吧。"

"你哥也不知道怎么想的，都这么大的，啥都不明白，找个差不多的成个家不就行了。"

麦子也说："哪有这么简单，结婚是一辈子的事。"

"我和你爹不也是这样过来了。"

"以前咋跟现在一样，以前是以前，现在是现在，变化大着呢。"

"人家都抱孙子了，你老表比你还小几岁，现在小孩都打酱油了。你哥也不知道中了啥邪了，也不赶紧结婚。对了，他好像也去了市里，说是找一个朋友，好像在哪一个工地干活儿。"老鲜老婆说。

麦子心里挺想念河生的。麦子说："好好好，知道了，知道了，我这不是正进行着吗？"

娘这么一提醒，麦子再一次想到了河生。麦子跟着公司的领导到小区工地上检查，有人说这个工地做得不错，要推广他们的做法。那时，他一到那工地，就看见一个熟悉的身影，太熟悉了。河生戴着红色安全帽，正在那里挖土，撅着屁股。麦子很兴奋，叫了一声："哥，是你吧！"

河生回过头："麦子，是我！"

那天中午，麦子请河生吃饭，河生不去，麦子说："和我有啥可客气的？"河生说："没客气，你这么忙，该忙忙。""看你说的，你是我哥，吃个饭还是有时间的。我就在这个公司上班，你咋不给我说一声呢？我可以让别人照顾你一下。"河生变得黑了，背也弯下来，不到三十岁看起来老了不少。

"你还不错吧？"

"咱爹说你在这里，你却告诉我在省城。"

"我刚回来没多久。"

河生有点儿不好意思，嘴里说："我在那里混不下去了，得罪了包工头了。人家放出狠话，要报复我。我不是那种会害怕的人，但三叔说，何必和他们一般见识呢？不如换个行业，整天在工地也不是长久之计，他就把我介绍给一个老乡，跟着老乡做水电安装。有活儿了，能挣个辛苦钱，日子还不错。后来那个老乡去干'气'，他问我去不去，我不太懂气，以为是搬液化气，没想到是来铺设天然气管道。"

麦子说："都不难，现在你干得不是好好的吗？"

两人一起喝了一杯。河生的酒量比以前大多了，麦子还是老样子，喝不了三杯就脸红。河生本来想把满心的疑问说出来，但他没有说，一口酒猛地一咽，把想说的话生生憋在了心里。河生想把心里的疑惑表达出来，让麦子好好对珍珍，可没有说；麦子也想问河生和珍珍关系怎么样了，但他不知道怎么开口，同样也没说。

麦子说："我现在是项目经理手下的人，我给你换个施工队干吧。"

河生没有拒绝："还是你行，我再考虑一下，不能一下子说走就走。"

那天麦子还特意去了河生住的地方，河生住的地方很简朴，麦子心里不是滋味，几个人挤一间房子，没有空调不说，还就一个风扇，摇头功能还失灵了。临走时，河生总是想说些什么，但一直犹豫着，最终也没有说出来。

那个"五一"王明康要结婚，本来想请老鲜"受头"，可老

幸福的种子

鲜在南方，没办法麦子就回去了，反正一个村里的人也都认识。王明康这几年混得不错，大学毕业后当了教师，虽然是特岗，但是个好差事。他不再下乡去上班了，他托关系到县里一所私立学校代课，挣的钱比以前多几倍。家里考不上学的孩子，也都托关系找他，他在村子里大大小小也算是个人物了。现在最关键的是，他有自己的事业了。

"祝贺祝贺！"麦子见到他马上笑着迎上去。

两人一见面就相互拍对方的肩膀。

王明康问他："你怎么样？在市里，不错吧？"

麦子说："我在一家公司，反正就那样吧，撑不饱饿不死。"

"比我强，我只能在县里混了。"

这时小玲爹过来了，很好像很关心他们俩的情况，开始问这问那："你怎么样？能挣有多少钱？"这让麦子听得很难受，他不喜欢别人问钱的事。不过，现在大家都比较关心钱，你虽然也没花他一个钱，但他比你还关心你的工资。你心里不舒服，还得强带着笑，人家毕竟还是关心你的，没有什么恶意。在他们看来，这话就好像问你吃过饭没有一样，是随口的事。

"还好，几千块钱吧。"麦子其实没挣几个钱，他心里有点儿虚，不能实话实说。人家会笑话的。

王明康忙去了，没想到，小玲爹与麦子聊起家乡的变化，说了很多，其间麦子几次想躲，可小玲爹说个没完。麦子不说话了，小玲爹自言自语："你看，明康这孩子找的媳妇多好，媳妇长得高，还懂事。上大学上值了。他娶的媳妇家里是做生意的，就她一个女孩，上面一个哥结过婚了。工作也不错，也在县里一个学校上班，一个月好几千元呢。"麦子不想接话，不知道三老太爷啥时候听到了，他接了一句说："这年头哪有饿死的人，这门不开，谁知道哪个门会再开呢？当教师挣钱不多，但办什么辅导班却能招不少学生。"

麦子知道办辅导班是好生意，应该会赚不少钱。在市里，他就亲眼见家长排着队给孩子报辅导班。只要有生源，一个假期可以赚好几万元，在大学时他也当过家教，也到辅导班应聘过。没想到王明康还有这头脑，两口子都是教师，确实有办辅导班的条件。

最后了，小玲爹冷不丁又问了麦子一句："找对象没有？"麦子不知道怎么回答，正在尴尬时，正好迎接新娘子的仪式开始了，喜钱从天上飘下来，麦子装作很认真地拾喜钱，后来又往前挤着看热闹。

如今举行婚礼还特意请司仪，办得都很红火，就像城里搞大型活动。新娘子化妆后，穿着白色的婚纱，漂亮不说，简直像个大明星。接亲的车有六辆，车队非常排场，新郎家觉得脸上很有面子。王明康父亲就他一个儿，家里也不缺钱，又是头一宗子事，想风光一些，村里人谁不是要个面子。大家也都暗地里比着，谁家办得要是不好了，早传出去了，吃的饭菜好，吸的烟好，总会有人记住的。如果用的东西不好，照样有人替你宣传，让你丢人丢几十里。

对于王明康的结婚，麦子心里触动不小，他其实只比王明康小两岁，如今人家结婚了，自己还像个无根浮萍漂着呢。田慧和他的关系也是若即若离，不知道下一步会怎么样，上次还谈起房子，但以他目前的条件，钱还差得多。他没有向父亲说起过买房子的事，父亲在南方打工，挣钱容易吗？供他上大学花了不少钱，如今买房子上哪儿搞钱？这不太现实。

麦子很愧见珍珍奶奶，好在珍珍奶奶一直看热闹，麦子笑了一下，和她打了个招呼，头便转向另一边。后来，珍珍奶奶和河生奶奶一起聊天，还专门挪着步子来到麦子身边："你见到珍珍没呀？"珍珍奶奶那眼睛里闪着光。

麦子本来想说见过，但他的嘴却不当家了，他小声嘟囔说："没有见过。"

这时，麦子遇见一只瞎转悠的狗，一看就是个二转子，正抬着腿对着墙滋黄尿，他从兜里掏出一颗糖扔给它，那狗扑向天空用嘴接住，然后就开始撒欢，闻他的裤脚，他赶紧把狗撵走了。

珍珍奶奶很失望，微风吹起她的头发，头发耷拉在脸上。身边其他人就接过话说，城市那么大，不像咱们将军寺村，一屁股就坐完了，这哪能说见就见的。奶奶又问麦子："也是，那么大的地方，咋那么容易见一面？"

"其实，奶奶，我见过一次。"麦子想了想说。

珍珍奶奶那眼睛开始又闪烁起来，像点燃在夜空中的灯。

麦子说："她好着呢。"他没有想到自己的心那么狠，没把实话讲出来。

珍珍奶奶高兴，脸上有一种满足："你回去告诉她，不要担心我这个老太婆，都好着呢。"

河生奶奶也说："现在有吃有喝的，不用担心。"

麦子嘴里答应得挺好："好，我记住了，我一定告诉她。"

# 十五　不见了

　　天气预报说要下雨，天便阴了起来，雨还没有下，村里人都穿上了秋裤，就这样还冷得两腿直打战，风一吹，胳膊不自觉地在胸前交织在一起。几个上了年纪的人都穿了小薄袄，一见面就哈哈笑着解嘲："这季节尽乱穿衣了。"大街上人少了许多，都在家里窝着，人们不愿在外面多待一会儿。有的秋庄稼还没有收完，豆棵子在风中抖着飞，枯黄的玉米秸、秫秸舞动着。风把地上吹得比扫过还干净，一些树叶子之类的东西都堆在墙角边，被风吹得越堆越厚。大家都希望这风赶紧停，这天也太不正常了。

　　连续两年，小玲像突然间没了消息，不见了人，有人说她在广州，有人说她在东莞，没有人知道她具体在哪里。有时候村里人不经意间问起时，小玲娘就说："她呀，在外边忙，哪有时间回来？每年都回来的话，挣那俩钱不净是给车轱辘抹油了？"村里人见不到小玲，刚开始也没太在意，后来，大家私下就聊到底怎么了，说好久没有见到小玲了，是不是出什么事了？

管别人咋说，反正嘴在别人身上长着，小玲娘该干啥干啥，穿得反而更加艳丽，夏天花裙子又上了身，但到底女人家心里是藏不住事的。

现在她开始担心小玲了，这几年小玲去了哪里呢？过得还好吗？说真的，她也不知道。只要有从广东打工回来的，小玲娘就到别人家问见没见过小玲："妮儿，你见俺闺女没？小玲，前年去的。"别人都说，确实没见过，那么大的广东，又不是咱们将军寺村，也不是十步八步就能走完的，大着哩！

不知道是村里人的话使了劲儿，还是小玲娘早就下了决心，她还专门去了一趟南方，要去找那女婿理论理论，她要见到她闺女。这是小玲娘第三次去南方，第一次是闺女结婚，第二次是闺女生孩子。但是，小玲娘从南方回来后像个发呆的老母鸡一样，不再在村里到处乱叫了，她像变了一个人。有一阵子她不与任何人说话，把自己关在自家门里，就算村里有红白事也不愿多露面了，不像以那样那样热心，跑着提前去帮忙。

过年的时候，小玲娘再也不串门了，但门开着，有人就喊她去邻村逛庙会，她却推辞说："家里要包饺子，忙，出不去。"

秋奶奶就说："这都是命，你好好在家里待着不行，非要到外面，这下老实了。这星星没摘到，弄了把狗屎，臭了手。"

河生奶奶说："谁想这样呀，别再添堵了。"

孬皮老婆对秋奶奶说："你这是啥话？出了这事，谁想这样？你不能看笑话。"

秋奶奶说："哪里的话，我也是可怜小玲。前几年我还给她提过婚呢。"

王明康娘说："你那是提婚吗？让小玲嫁个瘸子，你那是私心吧。"

秋奶奶说："你这是啥话？小玲不是二婚吗？我给她介绍就不错了。"

孬皮老婆说："好了，好了，就你好，中了吧？"

那几年，小玲天天窝在家里，也不出去找谁玩儿，更不去地里干活儿。有人就经常听见小玲娘劝小玲的声音："你要想开，我上辈子作了什么孽呀，老天爷，你怎么能这么惩罚我？好好的一个人，怎么能这样呢？"小玲的哭声跟着一声又一声，也不与她娘吵，任凭她娘叨叨。不说话了，家里一阵沉默，啥声音也没有，连电视的声音都没有。要在以前，每次过年半个庄子都能听见小玲家的声音，她家的电视机大，50英寸的，喇叭经常开到最大。

将军寺村这几年有小伙子找不到媳妇的，其实不只将军寺村，周围其他村子好不到哪里去，哪个村子都有十几个小伙子到了二十多岁还打着光棍。现在谁家有了离过婚的女人，就马上有好心人找上去，张罗着提媒，虽不是黄花大闺女了，但照样还能嫁给一个小伙子。单身小伙子多，为了娶媳妇，承诺给媳妇家里盖房子的大有人在。

秋奶奶专门来到小玲家提媒，她说："我娘家侄子还没有结婚，就是年龄有点儿大。"

秋奶奶说着，停了一下，观察小玲娘的表情。

小玲娘眉头一皱说："这个不行，我得问问闺女的意见，毕竟她不是三岁的小孩子了。"

秋奶奶说："现在不能由着闺女脾气来，她不懂事，咱当父母的要替她想明白。"

小玲娘不说话，在考虑什么，她一定也知道闺女总在娘家也不是办法，总要嫁出去。

秋奶奶见小玲娘犹豫着，她接着说："你听听，条件不好了，你不同意就是了。我说的是我那娘家侄子，不三不四的人我也不说，都是咱们老门老户，我才操这心。你也知道，这心操得好，没人表扬你；你要是操得不好，净是人数落你。"

小玲娘不能太不懂事，她说："谢谢她奶奶了，让您操心了。"

秋奶奶说："我那娘家侄子长得是没说，大眼睛双眼皮，帅得很。他可能干了，还开了个理发店，就是比小玲要大上五岁，不瞒你说，也离过婚，知道疼女人。"

小玲娘一听，嘴严实起来不说话了，或者说慎重了，她不在乎那外在的钱，不在乎面子了，人的外貌和家庭只要有个差不多就可以，关键要看人品。

小玲娘说："让他们见见面再说吧，咱当娘的有何意见。"

小玲知道这事后坚决不同意，眼泪直流，她一边哭一边说："我自己能养活自己，坚决不再嫁给男人，天下男人一个熊样，没一个好东西。"小玲娘在一旁听着，只是哭，也不知道说什么好，这事也不能勉强。

年底时，天南海北的人都回来了，秋奶奶在饭场里说："她娘家侄子从外地领回来一个，还带了孩子，女人个儿不高，但长得倒还俊，大家都说姑娘长得不赖。"还对其他人说，"小玲是没这福气了。"

之后再有人介绍对象，小玲就任凭别人介绍对象，她不再有任何表情了，只是静静听，也好像不是在听，就在那里呆坐着。过了初一，秋奶奶又给她介绍了一个对象，那男人在外面包地，但是个瘸子。小玲娘很生气，但也没当着秋奶奶的面儿发作。后来，老鲜婶子冬梅也领来一个男人，冬梅说，男人的媳妇嫌弃男人家穷，跟人家跑了，撇下一个儿子。冬梅认为这男人肯定可靠，媳妇跑了说明男人本事不大，这样的男人也好，放在家里让人放心，这虽不是红媒，但小玲和冬梅外甥还是见了一面，去了县城逛了大街。那男人颜值不太高，但也不难看，脸上有满脸的青春痘，大坑小洞的。冬梅问小玲感觉咋样时，小玲慢慢走进了里屋，脸上也没有表情，没有说满意也没说不满意。

小玲娘说同意，但对冬梅说，得听听闺女的意见，闺女也大了。媒人问小玲，小玲说："看着办吧。"小玲的状态不太好，她的精神受到了很大的刺激，手指头变得粗糙，比破了皮的干树枝好不了多少。她要求去市里照婚纱照，男方同意了，二十四拜都拜了，谁还差这一最后哆嗦，不就是花钱买个面子吗？正当大家说小玲娘终于可以放下心来时，小玲娘接到电话，说小玲丢了。原来他和冬梅外甥刚到婚纱摄影店拍照，刚谈拢价钱，小玲说要去洗手间，一去就再没有回来。小玲娘就哭，怪男方欺负了小玲，男方委屈说："我啥都顺着她，手指头也没有动她一下。"

冬梅又与小玲娘解释，说着说着就吵起来了，冬梅到处摆理："早知道这样，我就不张罗这事了。"

秋奶奶安慰她："红鱼哪能说吃就能吃的？"

珍珍那晚回到住的集体宿舍时，正要开门，却看到门口坐着一个人，她像睡着了。珍珍到跟前了一看竟然是小玲。

"你来怎么也不说一声？"珍珍有点儿责怪她。

小玲的脸惨白，有气无力，不再坐在台阶上，她慢慢站起来，马上就要被风吹倒那样，头发也有些散乱，她用手当梳子，摆弄了几下头发。那一瞬间，珍珍看到小玲手上有伤口，不知道在哪儿碰的。

珍珍问："姐，你怎么到这里来了？快进来。"

小玲捂住肚子说："有吃的没有，饿了。"

珍珍非要带小玲到外面去吃饭，小玲坚持不同意："简单吃点儿就行了。"见小玲手上有伤口，珍珍找了块创可贴给她贴上。

珍珍屋子里有两张床，同屋的人请假回家了，衣服横七竖八地放在床边，瓜子皮子堆在桌子上，地上还有吃剩下的饼干。这屋子里没有啥好吃的，珍珍从玻璃柜子里取出了一桶方便面，又找来几根火腿肠，她准备倒暖水瓶里的水，一掂，空的，又赶紧接了一水壶水开始烧。小玲还没有等面泡开，就呼噜呼噜吃起来，她确实饿坏了。

"我先住一晚，明天我要去南方。"小玲没提逃婚的事，只说要去南方打工。

珍珍劝她说："南方也不好干，人生地不熟，这里离家近，要不留下来咱们一起干活儿吧。我在那个饭店也可以，正好店里缺人手，工资不高，但管吃管住，咱俩正好有个照应。"

小玲喃喃地说："我不信我就这命，离家近有啥好的？我以前那么多好东西，现在都成了人家的，我要再去南方看看，我不信人家能活，我就活不了？我不信这命。"她咬了一口火腿肠说："这几年我想明白一个道理，啥也不能等，啥也不能让，我就要拼。我死也死在南方，死在城里，我要再拼一把。"

珍珍劝她说："慢慢来，我听说有人给你说媒了，先成个家，日子一点点不就好了吗？你一个人，太不容易。"

"咱们那个地方有啥好的？就靠那一亩三分地，没啥大发展。"小玲突然间不说话了，瞪着眼睛问珍珍，"你说实话，你真想回家？"

"姐，你咋这样说？我当然想回家，家多好，我奶年纪都那么大了，我得照顾她。可是真回家又能怎样呢？可能也就那样结婚生孩子了。这几年我不想回去了，我想干自己想干的事，去想去的地方。"

"这不就得了，你也一样。以前我感觉啥事差不多就行了，现在我想啥事都得拼上一把。"小玲抖动着腿，手捧起方便面桶，吸溜吸溜吃，后来又抹了抹嘴上暗红色的方便面汤油。她接着说，"你说，咱就这样了？就这样我也不回去，我宁愿在外面漂着。"

楼道里传来了嗒嗒的声音，是女人的高跟鞋敲击着地板。

"你听，这声音比牛叫唤好听多了。"

珍珍听了，笑了。她递给小玲一截卫生纸，小玲接过纸擦了擦嘴："饱饱的了。死在城里，也能享受城里的阳光，活在村里，又算啥呢？"

小玲来到阳台，那道被铁栅栏封住的阳台。她们向远处望去，珍珍顺着小玲的眼光向远处看，远处的路灯昏暗，向远处延去。楼上的霓虹灯一闪一闪的，街道并不安静，车子一辆一辆来回行驶着，还有人正在大街上行走。半夜里，小玲用不成调子的声音唱起来，那歌声有些失落，但不失上进：

曾梦想仗剑走天涯

看一看世界的繁华

年少的心总有些轻狂

如今你四海为家
曾让你心疼的姑娘
如今已悄然无踪影
爱情总让你渴望又感到烦恼
曾让你遍体鳞伤
**Di li li li li di li li li da da**
…………


哼唱完，小玲说："你看外面多大的世界，夜里人都还在忙活。"小玲望着远方的夜空，夜空并不黑，反而有明亮的光透出来，星星安静地闪着亮光，天上的星星一颗接着一颗，她真想摘下一颗，可整个星空离她那么近，又那么远。

珍珍说："我不知有多久没有看夜空了，你看这儿原来有这么美！"

"我要是颗星星就好了，没愁也不受苦。现在我已经这样了，不可能像星星了，但我还得发亮发光。"小玲自言自语。

珍珍说："现在就好，就我们俩个，一闪一闪，在这个城市里。"

远处的星光浩瀚无边，洒下星光，路灯昏暗，但照亮了路，霓虹闪烁，高楼的外侧都有亮光，整个城市的夜空明亮起来。不知站了多久，已经有了凉风，吹拂着深夜里的未眠人，珍珍和小玲没有睡意，她们还抬头向高处望去，向夜空望去，不愿回去睡觉。

第二天珍珍起床时，发现小玲已经走了，她怎么这么着急呢？珍珍想着也没能让小玲吃了顿饱饭再走，心里感觉有点儿对不住她。她看到小玲给她留下了一封信，珍珍没想到小玲会以这种方式与自己告别，为什么不亲自说？那封信上面画了一个小女孩穿着时尚的服装，露出的胳膊上文着一只蝴蝶，字不多：

　　珍珍妹子，我走了。

　　不过，妹子，我还会回来的。

　　你要保重，我们女人都要有自己的事业。我知道，你也不容易，你也要坚强，为家人，为自己。妹子，常联系。保重。

小玲

# 十六　旅游

老鲜那天给麦子打电话说："王明康的小孩儿都会跑了。"

麦子一听有点儿惊讶，父亲的消息还挺快的，这事父亲怎么知道的？自从王明康结婚后，麦子基本上没再怎么联系王明康，别看都是年轻人，差不了两岁，但两个人业务没啥往来，交集很少。没想到父亲离家这么远，身在广州，他时刻还在关注村里人的情况，消息那么灵通。

麦子心里知道父亲想说啥，现在他不喜欢与父亲谈论结婚的事，他随口就找了个理由说："现在工作太忙，再说还都年轻，再过几年再说吧。"

老鲜好像早就知道麦子会这样说，他就对麦子说："你处着呢？人家等得了吗？你要赶紧结婚，你想想你们都不小了，都不是小孩子了。"

麦子笑着说："我才多大？还不到三十，现在的人结婚都比以前要晚。"

父亲不高兴了："你不结婚，你哥也得在这儿搁着，你这是成心气人。"

麦子把目前的工作情况说了说："我现在是项目部副经理，马上就能当经理，结婚的事等工作稳定了再说吧。再说，我现在两手空空，要车没车，要房子没房子，结了婚喝西北风去啊？"

老鲜听了这话，讽刺道："古人就说，成家立业，不成家你怎么立业？你现在这个样子，当啥经理？我和你娘也不图你大富大贵，平平安安就行了。"

麦子不想与父亲顶嘴："现在还年轻，过了这几年也不晚。我该怎么给你说呢，说了你们也不理解。"

"你看看，王明康一家，两口子都当老师，孩子也有了，现在又办了辅导班。你一个人家成不了，啥事业也办不成。得有个人给你捯饬着。"

麦子说："这能一样？"

父亲说："这咋不一样？"

父亲正说着说着，电话没了声音，就断了。麦子没有打过去，反正该说的也都说完了。

老鲜和老婆商量着，为孩子的事儿发愁。冬梅说："这弟兄俩算是中了邪了，你说都喜欢珍珍也不行，一个庄的，根本就不能结婚。我这当娘的是个啥命呀！"

老鲜说："谁知道这孩子咋回事？孩子也大了，也不说实话，问老大，老大说也快结婚了；问老二，老二也说快结婚了。我让你问问他们和谁结婚，你就是不听我的，不问。要我说，赶紧让他们处理好这关系，老藏着掖着也不是办法。"

幸福的种子

"你自己不会问？"冬梅说。

老鲜也不是没问过，河生那孩子老实，只是支吾着说再过两年看看，这结婚又不是他一个人的事。老鲜又问麦子，麦子自信说不用家里管，这都不是事，很快就要结婚了，家里准备好彩礼就中了。这事一耽误就是几年，现在孩子工作了，可是老两口如今在南方打工，鞭长莫及，想管也管不住了，这翅膀一硬都厉害了。老鲜想着在南方多挣几个钱，以前没有早出来见世面，外面机会还是多的，真饿不死人。打工比起种那几亩地，要轻松多了，不管咋说，现在一个月能轻松赚上几千块钱，不用一年到头在地里忙活了，播种、打药、薅草、施肥、收割，哪一样不累死人？老鲜虽然是五十多岁的人，在外没有大发展，但通过他老两口努力，也找到了自己的一片天地。他心里明白，如果再年轻几岁，一点儿不亚于那些年轻人。老鲜现在找了两份工作，一个班夜里看大门，又调了一个班白天在超市里搞搬运，基本不休息。冬梅在一家KTV张罗着打扫卫生，两个人加在一起一个月六七千块，两个人一年七八万块。老鲜忙着挣钱。

麦子其实不知道父母在外干着这么多工作，拼命挣钱，有时候他和父亲通电话时感到父亲忙，自己作为孩子也分担不了什么。他现在刚上班，没怎么站稳根基，攒不住工资。父亲说外面机会多，准备包个超市干，比一个年轻人还有想法。麦子感觉自己耽误了父亲，要是早出去几年，没准会闯出一番大事业来。

其实，每次与父亲通过电话后，麦子心里更加难受，目前他与田慧的关系说不清楚，有时近，有时远，他看不透田慧，她不着急结婚，他不知道她心里到底是怎么想的，但怎么说呢，田慧有时候看麦子满脸发愁，也很关心他。田慧爱玩，唱歌，看电影，出去旅游，后来又报个班非要学什么尤克里里，她没有闲着的事，好像全世界她都要玩上一遍。麦子感觉自己的心变老了，不敢尝试新事物，简直不像个年轻人。田慧工作平时不忙，爱玩也正常，过了"五一"，看到别人到处去旅游，麦子也想去旅行。近两年他们确实很少旅行了，麦子想趁旅行给感情升升温。当他把到《西游记》外景拍摄地旅游的计划说出来时，没想到，一听到了这话，田慧头一扭说："想得美，我才不去旅游呢，要去你自己去。"

"我已经报了团了，两日游，爬爬山，放松放松，你以前不是喜欢旅行吗？"

"那是以前，现在不去了。你有啥坏想法？老实说。"

麦子说："我有啥想法，就想和你一起四处走走，我的心在流泪，在滴血呀！"

田慧说："好吧，容我考虑一二。"

麦子是了解田慧的，他知道田慧嘴上就这样，越说不想去，其实心里却已经同意去了。田慧喜欢爬山，上大学时他们就一起爬过太行山，高兴得像疯子，在山上大喊大叫，不停地拍照留念。

一周后，田慧答应去了，麦子一蹦老高。

那天，顺着嵯岈山一路往上走，两个人拉着手，大声喊："啊！"他们那个地方到处是平原，轻易不见一个石头块子，更别说大山了。刚开始他们每到一个地方，还看景点上面的简介，信心满满地约定一定要到嵯岈山顶上，那里有《西游记》拍摄取景的点，更不能错过。往上走，一个比一个有劲儿，他们摆姿势拍照，先是你给我拍，后是我给你拍，有时还让路人给他们拍合影照片。一个小时过后，体力不支，田慧的脚步开始慢下来，她需要不断停下来休息，后来干脆就落在麦子后面了。麦子一直鼓励着她，他手里提溜着那兜子吃喝的东西，一会儿换左手，一会儿换右手，给田慧打气。

好不容易登到嵯岈山的半山腰，两人停了下来。山的高大慢慢让麦子的心变得豁达起来，头顶上一片宝石蓝，比蓝墨水还要蔚蓝，悠然地飘浮在山峰之上。阳光投射出金色，刺眼，万千的石头静静地耸立着，山路蜿蜒延伸，绿树葱茏，空气清新，让人忍不住多吸上几口。麦子看着别人从山上下来，就问："离山顶还有多远？"山路上的行人就说："快了，快了。"这个"快了"绝对能害死人，看山累死马，曲曲折折的，不知道到底有多远。田慧埋怨道："都是你害的，这儿有啥好的？都怨你，爬山真是找罪受。"

一出现问题田慧就爱怪人，麦子知道，没必要与她辩解什么是是非非，任由她说就是了。麦子听田慧牢骚完了，就顺口说："我背你吧。"

"去你的吧，我有脚。"田慧咬着牙一步一步往前挪。

不过，那天最终两人也没有到嵯岈山山顶。麦子说："留个遗憾，以后还可以再来一次，哪能啥事都一次性完成？留个念想，也挺好。"

那天晚上两人简直瘫在了床上，麦子也累，但表现得特别有精神，他还得对田慧百般照顾，像个小保姆一样，烧开水，买好饭打包带过来，还要耐心安慰田慧："让为夫给你捏捏脚。"田慧早就累坏了，一点儿也不客气："来，小麦子，让本宫享受一下。"

"你躺好，现在是享受模式。"

麦子用心去按，有时劲儿一阵大，田慧就猛地发出一阵叫，呻吟着，麦子就哈哈大笑。望着田慧白净的小脚，麦子的手先是捏捏按按，手慢慢就不老实了，一直顺着腿往上爬，又是捶又是打，后来用手掌贴着田慧的大腿。田慧只是腿往一侧移动，也没有说话，她已经睡着了，也可能没睡着。

　　"你魅力太大了！"麦子望着田慧疲惫的身子，更有了精神，他的手干脆不老实了，抓痒痒起来，田慧就扭动着身子，他的心也痒痒起来，像水一样荡漾。麦子试着把田慧抱在了怀里，没想到田慧脚一蹬，麦子往后一仰，差点儿倒在地上，他却没有生气，只是在咯咯笑。麦子说："原来你没有睡着。"他也不生气，更起劲儿了，他赶忙起身，一下子扑在了床上。

　　"我来了。"

　　"你滚一边去，不能这样便宜你……救命呀！"田慧的声音越来越小。

　　麦子的嘴早就堵住了田慧的嘴，田慧像蛇一样扭动身子，慢慢不动了。他一下子扔掉了所有的束缚，瞬间得到了解脱，全身自由飞奔，野马开始在内心奔腾起来。风，那夜的晚风格外温柔，大街上车辆的鸣笛声也小了许多。

　　第二天麦子起得早，本来还要继续逛，来旅行一趟不容易，但田慧不想起来，像只小羊羔一样蜷缩在床上，眼睛眯缝着，几绺头发耷拉在额头上，小嘴巴嚅动着。

　　麦子忍不住亲了一下："今天还有新景点，宝贝，赶紧起床。"

　　田慧眼睛没有睁开："太累了，让我再睡会儿。"

　　"八点多了，快起来。"

　　"不走了，打死也不走了。"

"走吧！"

"天亮了吗？"

"嗯。"

麦子坐在床边盯着田慧。

田慧只睁了一下眼，就用手拉被子蒙住了头，她接着说："你还傻愣着干啥？不想再来一次？"

旅游结束，再次回到熟悉的城市周川，麦子有了满足感，这次收获很大。田慧更加缠人，天天让麦子陪她，好像他一离开就像是世界末日一样。下了班，两个人就来到大街上逛，走路也是好的，田慧不烦，但麦子不太喜欢这样。路灯通明，车子一辆接着一辆向前蜗牛般移动，像黏稠的河水，只听见嘀嘀的喇叭声此起彼伏。行人悠闲地走着，有个小朋友跟着家长闹着要吃烧烤串，女人在哄孩子，男人马上就要发脾气打孩子了。有个年轻人把自行车骑得飞快，还是大撒把，手里玩着手机，耳朵上别着耳机。

田慧突然说："人家都有个家，我这是啥命呀？"

"看你说的，这是啥意思？"

"你说，咱们啥时候买房子呀？没有房子哪有家？"

"上次咱们不是看了吗？"

"看得多了，你买了几个呀？"田慧不想理他。

一提起房子的事麦子就发愁。他突然明白父亲和母亲为何要到南方打工了，父亲一定知道现在孩子结婚需要房子，买房子的钱要提前攒够。他们弟兄两个都还没有成家，父亲不拼，又有啥办法呢？还有一件事，他不知道现在怎么说起珍珍的事，心里堵得慌，也不知道接下来怎么办。

田慧很严肃地说："我已经怀孕了，你得当回事，知道不知道？"

"是吗？"麦子太高兴了，一下子差点儿蹦起来。

"废话！这个能开玩笑。你别再跟我嘻嘻哈哈，我肚子都大了，你脸上有光是不是？你赶紧买房子，咱们得结婚。"

麦子知道这事不能再拖了，再拖就显得自己没有良心了。他给父亲打电话，想把消息告诉父亲，先东拉西扯一阵子，最后简单说了对象发现怀孕了。父亲掩饰不住自己的惊喜："太好了，你小子不哼不哈事儿都办了。"

娘说："珍珍人不赖！"

"不是珍珍？"

"那是谁？"

麦子说了一下女孩子的情况，是大学同学，谈了几年了。娘沉默了，父亲接过电话说："好，这是好事呢。"

麦子说："我咋跟你说呢，得买房子。"

"那咱就赶紧买房子，没房子不行。"

老鲜开始准备钱，在市里要先买个房子，结婚得有结婚的装备。田慧挑中一个地方，他们付了首付，一个月再还2000来块钱月供，终于买了一所房子。老鲜早有准备，把首付的20万交了。麦子看着银行卡里的一串数字，心里光想着激动，没细想父亲借钱作的难。

麦子娘最后还在电话里安排说："你弟兄两个要相互照应着。"麦子嘴里都是说好，其实他们真的没有怎么见过面，就是电话也打得少，年龄越大，越没有小时候那样亲近了，都有各自的事在忙活。他想了想，还是决定要见见河生，他确实有很多话要对河生说。

麦子给河生打电话，电话里一串声音马上传过来："你所拨打的号码已停机。"麦子心里有种莫名的慌张，河生怎么停机了？换号也不给自己说一下。麦子收拾一下，赶紧到了河生干活儿的工地上，想看看咋回事。

工地上横七竖八地躺着几根燃气管子，有戴着安全帽的工人在忙活，有的上衣都扒掉了，露出黝黑的皮肤，脸上流着汗水，也顾不上擦。麦子看了几遍，没找到河生，其实这儿的队员早就换一批了。麦子就问工程施工队队长，河生到哪儿去了。队长说："你说的这个河生，他大半年前就没在这里干了。本来他干得好好的，说有了更好的发展，走了。"

麦子像泄了气的皮球，软在了那里，心里有点儿生闷气，又不知道向谁发脾气。这说啥也是兄弟，当哥的怎么能这样呢？麦子没有想到，河生竟然会悄悄离开，难道真遇到了啥事？

"当时我还让他当副队长呢，河生这家伙干得还真不错。他说，已经和你商量好了，有更好的地方。他走这件事，我以为你知道呢。"那施工队队长怕麦子怪罪他，赶紧解释。

麦子"嗯嗯"地支吾着，末了只是问一句："你知道他去哪里了吗？"

"这个我还真不知道！我帮你问下。"

一个年纪较大的人停下手里的活儿，抹抹脸上的汗水说："他说要上南方去，那里机会多。"麦子知道这不是一句真话，只是说："好，我知道了。他这段是不是遇到啥事了？"又有一个人说："也没有啥事，他平时不爱说话，就爱看个书，有一次他好像找谁去了，回来就不高兴了，也不说出来。"那师傅又说，"估计和谁闹矛盾了，一次喝酒喝多了，他只是说咋这样呢？他说，人家爱那女人我也爱那女人，这可咋办？我细问，他又不往下说了。"

麦子一听心沉了下来，只是轻轻地说："我知道了，麻烦你了。"麦子脸上带着笑和那队长说再见，他心里更难受了。回去的路上，麦子一直在想，这干得好好的，为什么连个招呼也不打就离开了呢？走了几步，他愣住了，麦子心里突然明白了什么。

## 十七　玉玲珑公司

　　要不是看电视报道，麦子还不知道小玲已经做出名堂了。

　　小玲现在已不是以前的小玲了，她开了个玉玲珑服装公司，在广州搞起了服装大品牌，珍珍记得好像还在淘宝买过玉玲珑服装公司生产的衣服，穿起来舒服，价格便宜，质地很好，没想到是小玲的公司生产的。刚开始麦子不相信，后来又仔细看了看，确实是她，小玲左侧眼睛小，她一点儿没有变化，还真是她，但她的名字却叫玉玲珑。这名字也怪好听，洋气，有点儿大家闺秀的意思，麦子知道小玲肯定找高人指点了。得知确切的消息后，麦子心里先是自惭形秽，后来想想还是把电话打了过去，同村的人还是亲，都是在外工作，不见面但感觉心里挺近。

　　"是你吧？小玲，我是麦子。"麦子打电话时有点儿不安，但还是忍不住问。对方一阵笑，一听声音麦子就知道是小玲，那声音怎么也变不了。一听到这声音，麦子心里踏实了。麦子带着羡慕的语气说："你真不错！我在电视上看到你了，这几年你大发了，真厉害！"

"我就挣口饭吃罢了，麦子哥，在外面没钱吃饭不行，得找点儿事干。你也不错啊，在市里工作离家近，还吃上商品粮了，大学生就是大学生。"小玲嘴变得会说话了，隔着电话也能听出来，她比以前能说。

麦子真不是谦虚，他说："吃啥商品粮，马马虎虎填饱肚子，你知道，咱们市里比起南方大城市机会少，挣钱也差了一大截子。"

两人一聊起来，有说不完的话。小玲这几年的生活也不容易，她在南方一个人干，钱也不是弯下腰就能捡起来的。小玲曾经做过服装，她心里憋着一股劲儿，男人能干的事女人不仅能干，还要干得更好，她不相信离了男人就过不下去了。她做自己熟悉的服装生产，还要拼命做出个样子来，要让那个负心的男人后悔。小玲说，她创立自己的公司后，那男人后悔了好长一段时间，尤其是男人破产后，还可怜兮兮地带着孩子来求复合，小玲很清楚，他那是相中了她手中的钱。麦子心里为小玲的变化而感叹，在外是不容易，但到底是成功了，从结果来看，一有钱啥都有了。

麦子问小玲："那后来呢？你现在，结婚了吧。"

"结个鬼，我不信男人了，不再找了，一辈子一个人过也挺好的，有吃的，有住的，想去哪儿就去哪儿。"小玲现在说起什么，好像一阵轻松，不刻意在意什么。

麦子竟然劝起小玲："你要想明白，还是有个家好，再多的钱不如有个人暖被窝。"

小玲咯咯笑起来说:"你一个没结婚的人还在这里瞎叽叽呢,先把你自己的事搞定再说吧。"电话里传过来小玲一阵爽朗的笑。

两人谈起了家乡的变化,说谁做生意发大财了,谁又结婚了,谁又添孩子了,谁家又买了车了。麦子也了解到,阿龙生意做得也大,在外面挣钱还是比在家里门路多。晓霞从城市回老家了,照护一个儿子,后来又生了一个,天天锅台边和地里瞎转悠,在农村能干啥呢?出去才有机会。王明康也不错,辅导班每年招百十人,挣钱不难,换了车不说,还在城里买了房子。在外打工时间长了,慢慢地也就成了半个城里人了,也不再想家,哪里都是家,哪里都能生活,在哪儿都一样。谁都知道,有奋斗才有生活,很多人明白了这一点。现在还分啥城里人农村人的,有钱即使在农村也能享受城里人的生活,没钱在城里不一样憋屈?生活要变好,闲着不行,得努力两把。

小玲接着说:"我现在在哪儿,哪儿就是家,不像以前,离了家就不能活,非得找个地方稳定住。我越来越发现,我在哪里哪里就是家,在北京是在家,在上海也是在家,跑到青海也是在家。我越来越看透了,他们当地人不接纳我,把我们当打工妹,但我心里得看得起自己,咱得争口气。我们帮他们建设了城市,仍然被区别对待,就是心里不得劲儿。话说回来,这里很难有村里人的那种亲切,还是希望有亲人在身边,但我也知道不可能了。我也回不去了,就是回到村里,心也不可能扎根了。"

麦子想想这几年自己也是这样过来的,当地人都排外,市里也是如此,但他也调整了心态,年纪轻轻啥事不能看得太明白,这样容易消极。

麦子听了小玲的一番道理后说："我没有想到你这样想，越来越有哲理了，成哲学家了。"

小玲说："你想不到的事情多了，王明康死了。"

"怎么会？我前段时间还见过他。"麦子说。

"这事我怎么敢瞎说。"

他们沉默了一会儿。

麦子说："他是咱小伙伴中死得最早的一个吧。"

"嗯，可惜了。"

"咋回事？"

"你不知道，王明康有钱后找了个小三，天天风流快活，这下完了。你也知道，以前他是多老实的一个人。"

"可不是，还真没有看出来，这事弄得，那咋死了呢？"

"家庭里逼的，女方家里不愿意，非要去单位闹，撕破了脸，把他和那女的照片撒得满大街都是。王明康嫌丢人，就在新装修的房子里死了，多好的一个人，就这样没了。那房子才装修好三月，还没有正式搬进去。大家找到王明康的时候，发现都死了好几天了，你说亏不亏？也不知道咋死的，听说是上吊。他爹现在好喝酒，一喝就醉，一醉就哭，一哭就往坟上跑，拉都拉不回来。"

麦子好久不说话，小玲突然神秘一笑说："听说，我只是听说，你快结婚了吧，要好好对人家。"

麦子嘴里忙说："那是肯定的了，你听谁说了？"

小铃一笑说："都这么长时间了，谁不知道这事，别再神秘了，到时候你别忘了请我喝喜酒。"

"那是肯定的了，跑不了你。"麦子也笑着应和道。

挂了电话，麦子突然明白，小玲知道自己要结婚的消息，小玲和珍珍关系那么好，珍珍会不知道吗？珍珍知道了，她会怎样想呢？

又是一个星期天，电影院里一对一对的恋人像蝴蝶一样缠绵，里面不时飘过爆米花的味道，环境很优雅，巨大的电影幕布加上音箱效果很有氛围，躺椅上很舒服，麦子的手挽着田慧的脖子，田慧顺从地与麦子依偎地一起。从电影院出来好长时间，田慧还沉浸在电影中，那是一部老爱情片——《泰坦尼克号》，她继续擦着眼角的泪水，为女主人公的悲惨命运而感叹，她没有从影片中走出来。麦子就笑她："电影里都是假的，你咋这么爱信？这都是多少年的老掉牙片子了。"田慧生气了，有种无名的火在心里："我就是轻信你才被你骗的，要不是这样，咋这么轻易上你的当？我可惨大了。"

麦子嘿嘿一笑："我也是纯情小男生，你爱上我你不亏。"

"才怪呢，就你这样！"田慧朝麦子一阵捶打，麦子连忙求饶。

田慧突然问："要是我们遇到那种险情怎么办？你会好好对我吗？都说男人爱变，你这小子可别这样，到时候要你好看。"

"你放心，我可不是那样的男人，我扔在大街上没有人捡的。"麦子嘴皮子耍得好。"我只在乎你，一辈子不会变，你看我的心都只为你跳。"

周川市的大街上卖小吃的不少，烧烤冒着热气，啤酒碰杯声，划拳的吆喝声，小孩子的哭声大人的训斥声，还有汽车喇叭的嘀嘀声，到处杂成一片。烟火气很浓，看着人家吃吃喝喝，田慧也感觉饿了，说要吃米粉，麦子不同意吃，这有啥吃头？最后他还是顺从了田慧。刚排到位坐下，一看手机都五个未接电话了，麦子在看电影时把手机调成了静音模式。电话又响了起来，父亲平时主动打电话给麦子的情况不多，父亲这样连续给麦子打几次电话，肯定有事。

"你怎么回事？这么晚才接电话。你哥哥出事了，你不知道吗？"麦子一听不知道怎么回答，就问父亲："咋了？到底怎么回事？"

"我怎么说你呢，你们弟兄两个咋这样，安排让你们互相照应着也不照应着。"父亲很生气，说话很快，但麦子大概还是听出了点儿意思，哥哥在工地出事了。麦子想解释哥哥不辞而别的事，但忍住没说出来，不知道怎么向父亲说，他只得听父亲的训斥和埋怨。

光生气也没啥用，不是解决问题的办法，父亲稳定了一下情绪说："好像是燃气施工时塌方了，新闻上都报道了，河生在井里。"

麦子一听急坏了，下井抢险时出问题那可不是小事，他又问："消息确切吗？"

父亲说："你看看新闻不就知道了，你赶紧过去看看，到底咋回事，该操点儿心记点儿事了。"

麦子一急，就没了方向，连站也站不住了，来回走动着。田慧劝麦子别急，安慰他："你这样有啥用？咱们一起想办法，先弄清咱哥在哪里。"麦子想想也是，根据父亲的描述弄了半天他才知道，事发地在邻市，麦子又托熟人了解情况，他就赶紧借了朋友一辆车，让朋友开车去，田慧也要去，麦子没让她去："我去就行了，你照顾好自己就行了。"

麦子在木城县人民医院找到了河生，河生闭着眼睛，安静地躺在床上，脸上没了血色，腊腊的白。他心里难受，喊出一声"哥"，泪水忍不住了。河生一直昏迷，麦子感觉特别对不住河生，都怪自己平时照顾不周到，要是以前多与河生联系，这不就没事了。

母亲专门从广州回来，一见河生躺在病床上，就大喊："河生，我的儿呀！"那声音瞬间让人心疼，娘的泪水哗哗流，娘的头发半白了，脸上泪水纵横，麦子想擦拭一下，但始终没有举起手来。母亲对麦子说："你爹就不回来了，先看看啥情况，他请不了假。"麦子心里明白，家里需要花钱的地方多，父亲还要挣钱。

河生静静地躺在床上，木城燃气公司的负责人没走开，一直在身边安慰他们，不住地做工作。那人说："有什么需要尽管提，公司不会不认账的。"麦子知道，这是一家南方的燃气上市公司，管理很规范，不会耍赖不管。他大概了解了一下情况，原来河生去抢险时，阀门井漏气了，他是那种认真的人，非要下井看看。他先用鼻子闻了闻，有股臭鸡蛋味儿，但感觉不太浓，等下了井，那缝隙又变大了，谁也没想到里面天然气浓度太高了。河生的较真儿确实害了他，他一下子晕了。娘埋怨说："这孩子，就是较真儿，干啥事都这样，你就不会偷个懒，这么危险非得下去吗？"

木城燃气公司的人一直没走，医药费都是先由他们垫，但河生一下子再也不能下地走了，医生说需要观察观察，麦子变得无助起来。望着娘苍老的表情，河生心里也难过，但在这种情况下他要坚强起来，如果他再倒下了，谁还能立住？娘就是一农村妇道人家，没见过大场面，早就吓坏了，就知道哭，麦子像突然长大了，就劝娘别哭。娘坐在床前就是流泪，不说话，坐在床边，不动，麦子吓坏了，他现在也很无助，河生要是走了，娘怎么办？他想着王明康就那样走了，他望望脸色惨白的河生，心里瞬间感到生命真不如一根草，太脆弱了。

让娘更伤心的是哥哥到现在还没有结婚，没能留个后，如果这样走了，她感觉对不住儿子。娘埋怨道："以前让你们结婚你们就是不听，这下好了。"麦子明白母亲此时心里的想法，其实他自己也说不清为何没有结婚，一直这样飘着。至于哥哥为何没结婚，他更说不清了。

冬梅说："不管怎么说，你赶紧结婚，你爹说了，我们俩就是砸锅卖铁也让你结婚。"

类似的话麦子听过一次，那是他考上大学那年，家里拿不出学费。麦子心里不是滋味，感觉自己就是给家庭添加负担的人。他以为考上大学可以减轻家里的负担，但谁想到会这样？

父亲打来电话，问河生的情况，娘说了半天没表达清楚。麦子接过电话对老鲜说："好点儿了，医生说没事。"麦子没有让父亲回来，他说这里有他呢，可以照护着。麦子说完，挂了电话，一个人在厕所里泪水瞬间就流下来，但他憋着，没有发出一点儿声音。他不想让母亲知道他在伤心，有一瞬间他发现自己长大了。难道长大必须就经历痛苦吗？这成长的代价太大了。

# 十八　不是那样美

　　等河生的身体慢慢恢复了，他坚持回到老家将军寺村住，医院住不起，一个字是贵，两个字是真贵，家里哪有那么多钱耗。娘在家陪着河生，老鲜依然还在南方，本来想回来看看啥情况，冬梅没让他回，家里用钱的地方多，都回来的话，以后要用钱咋办？

　　回到将军寺村里的那段时间，河生发现，现在村里外出的人多，家里留下的多是年龄大的，年轻人谁也不在家傻坐着。要是小孩到了上学年龄，现在都有了选择的余地，稍微有点儿门路的都让孩子去县城读书，也有带着孩子去打工地上学的。男劳力先去，老婆慢慢也跟着去，后来就在城里安了家。剩下的这些年龄大的人，种点儿地还是可以的，种麦收麦时年轻人从外地回来，忙完收麦那阵子再走，村子仿佛成了临时的聚集地。河生感到家里空空的，到处杂草丛生。院里用砖头铺着，草的生命力真强，硬是从砖缝中钻出来，院子里一片狼藉，枯枝子、干草到处都是。他一下子又回到了小时候，再次走着熟悉的路，让他一下子找到了熟悉的感觉，每一处都有回忆的影子。你混得再好，家可以接纳你；你就是混得再不好，家依旧接纳你。无论是风雨天还是晴天，无论是雨雪天还是黑夜里，将军寺村就站在那里等着，那是家。他还是喜欢家。

村里人来瞧河生，其实说是瞧河生也不准确，更准确地说，是来找冬梅说说话。村里人没啥大事，仿佛说话成了最大的事。有了人的存在，大家就有了话题，村里人问东说西，一直到找到共同的话题，一直说到要做饭时才走。对于河生的腿，村里人比关心自己的事问得还要细，秋奶奶就是这样，她说到动情处还忍不住搭上一抹眼泪，了解情况后就说："命在就行，还想啥呢？人只要没事，活着比啥都强。"这话老鲜老婆也听习惯了，装作很不在乎的样子："这得想得开，想不开能咋办呀？"

那段时间，河生家的院子里经常聚着一群人，有的还端着饭碗过来。将军寺村子里大事儿不多，河生受伤这事绝对是大事。河生刚开始感觉村里人还挺关心他，心想还是家乡人亲，但后来村里人问得越来越多，大家的话在河生的心里反而成了一种伤害，他像被谈论的一种景观，他心里感觉有点儿别扭。河生想出去透透气，不想被那些老年人问来问去。

河生拄着拐杖，已经能站起来走路，他每天都要在院子里走上几圈。娘很高兴，河生终于能站起来了，但她也不让他多走。珍珍奶奶也来看河生，说："身体关键，要注重着。"冬梅就笑，不让河生走太多，别走太猛了。熟悉的人来看望，冬梅是感激的，这事儿别人都来问了，她心里有点儿就不太乐意了，就后悔为什么回老家来，还不如在城里找个房子住着养伤。河生也说不如在外面待着，养个病还这么多事。

河生有时候想出去到村里走走，娘说："我跟着你，万一有啥事好照护着。"

"不用，我都这么大的人了，还怕跑丢了？我闭着眼睛都能回来。"

家乡还是那个样子，既不是那样美，也不是那么丑。水一少，河就快干涸了，河床上形成一个个水潭。河堰上的枯草贴着地皮，正长得有劲，无论有没有雨水都活得好。岸上有些地方断裂开来，几条车印子深深地碾在草上，土地上陷出了几条车辙，深深浅浅通向远方。河生拄着拐往前走，心里很敞亮，像找回了一种自由。远远地，他看见前面有个人，那人也看见了他，他的拐杖晃了一下，他站住，没有摔倒。

那人是珍珍，珍珍站在将军寺河的岸边。黄土地未被绿色点燃，黄色穿过田野，枯叶耷拉在树枝上。不知道什么原因，河生心里有点儿紧张。珍珍拂了拂头发，走了过来。河生正要犹豫怎么说话，珍珍说："我知道你会来这里。"河生脸上一阵发热，他今天就是想出来走走。风有点儿凉，一阵阵吹过，珍珍迎着河生走来。

"你——"两人同时说出了这个字。

河生不安起来，珍珍也不安起来。

两人又同时说了一句："你先说吧。"

两人沉默起来。四周无言，风吹着，树摇摆着树梢，一只老斑鸠斜着身子向天空穿过。

"好点了吧？"

"嗯，好点了。"

本来有很多话，河生发现不敢说了，那些话都跑哪里去了？珍珍的眼睛一直在躲河生的目光。长期以来，河生感觉自己心里有珍珍，珍珍的脸紧绷着，她心里藏着事儿。

"你最近怎么没有出去？"河生问。

珍珍说："我想在家待待，家里离不开人。"

再也没有像以前那样谈事的心情了，河生不知道怎么就弄丢了那些。他想谈起自己的事情，但没说出来，珍珍也有话说，也没有讲出来。有些东西过去了，难道真的不能再回来了？他想着以前一起闹着玩的场景……

珍珍说："奶奶病了，我想陪陪她。这些年，离家的时候多，这次我要在家里多住几天……"

河生也感觉到，自己现在都快三十岁的人了，奶奶年龄确实大了，七十三岁了。他突然感觉到，好像一直有什么东西在推着自己走。

河生低着头说："这是得多陪陪。"

河生现在不敢看珍珍。

"以前老麻烦你收庄稼。"

"这是哪里的话，你怎么这么见外？"

珍珍开始考虑自己的婚事。现在珍珍感觉自己也不小了，村里像她这么大的姑娘没有还不结婚的，有时候她走着走着，就莫名地有点儿伤心。奶奶的手不能再拿重东西，一直在发颤，抖，不管怎么控制就是没用。珍珍让她去检查检查，奶奶说："咱不花那钱，年龄大了都这样。"她对于看病从不上心，认为是白花钱。珍珍让她去医院，奶奶还是躺在床上，不去。后来，奶奶问珍珍："你，怎么了？"奶奶看穿了珍珍的心事。奶奶继续说："我知道你很难受，其实我也难受。"奶奶的眼睛空洞，无神，有很多话要说，但又不知道怎么说了。

珍珍问奶奶："我怎么办？"

"可怜的孩子，我们不哭。你要知道，你真想要什么，那你就要。你娘是这样，现在你也是这样。都是啥命呀！"奶奶的气息越来越弱，惨白的月光照在奶奶的脸上，她的脸上像铺了一层白霜。

如何选择呢？珍珍也不知道怎么选择了，她自己太脆弱，也没有什么主见，现在麦子的影子一直在他身边晃动，有时候河生的影子向她涌过来，她心里乱得厉害。她想对奶奶说说，想了想，说了又有什么用呢？不尽是给奶奶添堵吗？她望着奶奶，奶奶直愣愣躺在床上，盯着天花板，那几绺白头发让她心疼。珍珍不管别人笑不笑话，她感觉路是自己给自己走的，别的就什么也不管了，管你怎么说怎么笑呢。

奶奶老吵着要出去走走，不让珍珍陪。那天珍珍在将军寺河边走，突然三老太爷从对面走过来，珍珍还没有说话，三老太爷带着质问的口气："你怎么让你奶奶乱跑？"珍珍刚要辩解什么，三老太爷说："你奶奶去了你老鲜叔家，你还不赶紧去看看？"珍珍快步走着，没走几步，她又站住了，她不再往前走。奶奶去老鲜叔家干啥呢？珍珍心里突然明白了什么。那天奶奶一回来就躺在床上，奶奶的眼睛一直盯着珍珍，抓住她的手，不放。

奶奶还有什么要说，但没说完，她离开了人世间。奶奶以前老爱叨叨，现在什么都不说了。晚上奶奶的脸上像铺了一层纱，比月光还要白。珍珍就这样坐着，她想改变些什么，现在什么也做不了。

"老了，哪有不死的，你要……好好照顾……"这是奶奶留下的最后一句话。

珍珍听得很清楚，奶奶最担心的还是自己——永远长不大的孩子，在奶奶的心中。她突然感觉一阵冷，心里也一阵紧张，这以后咋办呢？谁还会听自己说话，有了事儿谁还会安慰她？珍珍明白了一些道理，保护自己的那个人没了，以后只能靠自己了。那个有风的夜晚，奶奶的头发零乱着，散在脸上。后来，奶奶就开始急喘气，呼吸困难，珍珍大声喊叫着："奶奶，我的奶奶呀，奶奶呀——"

奶奶留下的后人少，葬礼很简单，珍珍心里非常愧疚，她没有让奶奶风光地走。她穿着白色的孝衣，还有几个近门的人也穿着白色的孝服，跟在棺材后面走着，没哭，他们走着说着话。哀乐奏起来，村里的人跟在后面看，棺材徐徐向前移动，珍珍担心奶奶在另一个世界寂寞。珍珍心里一阵空荡荡的，她握住拳头想控制自己，但没成功，泪水先是流了下来，然后她擦一下，那泪泉水一样又涌出来，她大哭起来："奶奶，奶奶——"有人听见了就说："这孩子像是真哭，她姥对她不薄，她姥姥这也算值了。"也有人说："现在哭得再狠又有啥用，人都走了，还不如趁活着多端两碗饭哩。"想着娘那么早就走了，陪伴自己三十多年的奶奶也离开了自己，珍珍的泪水无法抑制，她恨自己没有成功，没一点儿本事，没能让奶奶享几天福。她哭得更大声了，整个将军寺村子都能听得见，她为自己，也为奶奶，更为未来而哭。那年奶奶正好七十三岁，她一生什么都不欠，心里是干净的。珍珍的泪停不住，她哭得像个泪人。有人去拉她，她哭得正难受，没有要停下的意思。

小玲娘说："闺女，人走了，让她放心走，咱还得活下去。"

秋奶奶也劝："孩子，该回去了，走吧。"

珍珍不站起来，几个人搀起她，珍珍跪得时间长了，刚站起来，又一头倒在地上，腿也伸不开了。

　　河生奶奶说："这孩子，你得好好的呀！"

　　远处，河生拄着拐杖跟着，他远远地看到珍珍在哭，心里有话但说不出，泪水流在心间。等大家都走了，珍珍还在奶奶坟前坐，她不想离开，她要陪奶奶说说话，整个村子只有这片坟头让她更值得记住了。

　　在奶奶的葬礼上，也有人开始谈论起麦子的婚礼，珍珍知道了麦子要结婚的消息，愣住了。这消息让她又一次进入了冰窟窿眼里，她忍住了，一定要忍住，但泪水是那么不争气，流了下来，一滴一滴的。

# 十九　结婚

到现在麦子才知道，田慧根本没有怀孕，只不过是她想让麦子买房子，但这消息也确实加快了麦子买房和结婚的进度。

消息很快传开，要请人受头，不少人都听说了这事，大家都说麦子娶得好。

老扁说："这是大麦不熟小麦熟呀！"

三老太爷听到老扁这样说，他对大家说："你懂个屁，啥也不知道就乱吵吵！"

其他人也不跟他辩解什么，认为这老头有病，仗着儿子有钱，乱发号施令。秋爷爷说："不就留在城里了吗？俺老表没上一天学，不也照样留在上海吗？挣钱也不少，卖菜，不少挣钱，去年还在家盖了两棚楼。"

不知道从什么时候起，大家衡量一个人成功不成功，挣钱是一个重要标准，哪管你做的是啥。村子里的人有钱了，谁也不比谁差多少，大多数过得去。大家不再像以前那样，处处喊着要向麦子学习。现在谁在乎你上的是啥大学，谁都能上大学，不管是本科还是大专，只要你想上都能上，不就是多花几个钱的事吗？

麦子想着结婚不在家办，但老鲜坚决不同意，他说："你在外面再好，家里没人看得到。"麦子说："我结婚不讲究这些的。"两人说着说着就吵起架来，都不让一步。麦子娘说："哪里都办，不就行了？吵啥吵？"在电话里，麦子和老鲜两人达成了一致意见，麦子说："我在城里也待客，家里该办还办。"老鲜很满意地说："早该这样了！"这样筹划好了之后，就开始请人来受头。母亲一直在家，早就想着抱孙子，其实也忙，但心里高兴。老鲜在麦子结婚前一周请假回来了，请了半个月的假，儿子结婚是大事，不回来不行。

总算到了结婚那一天，六月十六。一家子都在忙活，老鲜以前总是给别人帮忙张罗着结婚的事，村里一有啥事，别人都来征求他意见，看起来啥都懂得一样，现在轮到自己的事儿却慌了，心里没了底儿，总想着事儿没想好。好在，村里给他帮忙的人不少，该干啥干啥，没有人往一边躲的。王明康父亲平时认识人多，老鲜就向他征求意见，怎么定响器，怎么找车队。正好小玲她娘家侄子认识一些司机，还认识摄像的，老鲜掂着礼上小玲家打了个招呼，司机和摄像各便宜了两百块钱，定下来了。大部分事，老鲜不自己跑，他把事都分好，让村里爱管事的人分头行事，他们也乐意帮忙。

现在办婚礼比以前简单多了，你一个电话打过去，有人给你把需要的东西给准备得好好的。端盘子、洗碗、收拾桌子，你不用操啥心，都有承包宴席的人来做。后来，老鲜发现忘了买烟酒，人家包桌不包烟酒。老鲜问王明康父亲，他是内行，王明康父亲说："镇上就有，你要多少，我打电话人家就送过来，你知道不知道？"卖烟酒的是他外甥。也算给他个人情，老鲜自有他的考虑。

该通知的都通知到位了，现在请人来受头，大多不提前来，都忙，谁也不会图你那几口饭吃，多是结婚当天上午才来，也就是热闹一阵子。结婚前一天，响器班子要开始吹打，村里人不多，照样还是有人来听。三老太爷早就来了，只是不往前坐，老鲜怎么让他坐他也不往前去。秋奶奶坐在最前面，低着头和小玲娘说着什么。阿霞正好回娘家，她的三个小孩都会跑了。那大娃已上初中了，大娃一边看手机一边听着音乐。老扁没事就在那吸烟，一根接一根。响器吹打起来，电子音乐也播放起来，声音不小，耳朵震得咚咚响。小孩子在一旁跑着，有的不知道从哪里找来了鞭炮，点上一个，"砰"的一声响。还有几个小孩子不知道在哪里找到几个烟把子，学着大人的样子含在嘴里吸，有大人看见就一耳巴子打过来，小孩子疼得直咧嘴，趁大人不注意，却照吸不误。

田慧的家比较远，他们在县城定了一家宾馆，提前先过来住下，结婚时直接到宾馆接就行了。麦子半夜还在宾馆，不想回家，后来他让田慧休息，说早上四点半就来接她去化妆。到了四点，麦子找了辆车过来了，他们到了婚纱店，有几个新娘等着化妆。没有轮到他们，麦子又去买了几个包子和两杯豆浆，要吃点儿啥，不然一上午进不了食。

嫁妆没怎么买，以后房子在市里，一切都从简了。车队找了十辆车，上午十点半左右，车队进村了。秋奶奶拦住车，要喜钱，幸好田慧有准备，就扔下来了一些，秋奶奶可高兴了，她要捡去给孩子缝在帽子上，说可以给小孙子去灾。车开到了家门口，一个小孩打麻秸火，一个小孩子挑犁铧围着车转，嘴里还喊着："麻秸火一冒烟，仨儿俩大官。"再喊时，忘了词儿，一旁看热闹的人全笑了，说："以后考不上大学了就怨你。"有人端来了胭脂，早就有两个小媳妇过来搀亲，还往田慧脸上抹胭脂，吓得田慧连忙捂脸，怕脸上的妆容花了。王明康父亲大声说："开始了，开始了，你知道不知道？"他撒起了喜钱，天女散花一般。

孬皮老婆说："你看人家那媳妇，鼻子是鼻子，眼睛是眼睛的，跟个大明星一样。"

秋奶奶就接着说："那是，人家是大学生。"

小玲娘跟着笑："谁不是鼻子是鼻子呀？"

也有人站在墙跟边，听到别人笑，也跟着笑。

那天中午吃的桌不能算赖，双鸡双鱼、孜然羊肉、肘子等一应尽有。喝的酒六十多块钱一瓶，吸的烟也是二十块钱一盒的，人们吃饱饭喝足酒，走时手里还掂得满满的。村里没有像老鲜那样大方的，人家老鲜那是挣到大钱了。大家聊着天，比谁家的孩子工作远，比谁家的孩子有本事，比谁家盖的房子高，后来又说到应该多挣钱，多生几个孩子。

阿明说："准备要二胎了。"

"你不知道吗？养活一个孩子得花多少钱。"

"是呀！不像咱以前那么傻，啥也不管，就知道生孩子。"

"叫生也不生了。"

"听说政策快放开了，以后可以生二胎了。"

"是呀！你可以要个了。"

"我要个屁呀，都五十岁的人了。"

"不要了，不要了。"

有人打趣说："你家那么有钱，该要要。"

大家也聊到一个话题，就是现在村里的小伙子不好找对象，女孩现在少了，不少小伙子还打着光棍。

孬皮老婆对秋奶奶说："他婶子，你得操操心，娘家侄子该结婚了。"

秋奶奶说："啥条件？你家那屋檐高，一般人高攀不上。"

"没啥条件，下雨知道往屋里跑都行。"

"收麦了，光往屋里跑可不中。"

"都操着心哩。"

"我这红鱼都给你准备好了。"

其他人也跟着插话："秋奶奶这么热心，一定会帮忙的，这红鱼是吃定了。"

坐桌时大家都吃得饱饱的，但菜还是没重样，有二十多个菜，就七八个人吃。后来，西瓜端上来了一盘，大人们都哄小孩子："来，吃吃！"大人没有一个人吃，动筷子也是给小孩子搛着吃。后来，小孩们干脆直接下手抓，吃了几口不吃了，到处跑着玩。看见有好吃的，大人就喊孩子："来来来，你不是好吃这个吗？"

阳光不大不小，一只老黄狗在桌子下穿来穿去，它也不再怕人，耷拉着尾巴吃骨头。

老鲜也劝酒："他二爷，赶紧喝，不够再拿，这还有哩！"

"喝着哩，喝着哩！"

"你得多喝两杯，这是喜酒，不醉人！"

一吃完饭大家就走，不再一起说啥了，都喊着"回家有事，没事了，到俺家住两天"之类的话。

老鲜早在一旁等着让烟，问："你吃饱了没？"就有人回答："不应该做这么多菜。"人们满意地离开了。

王明康娘是最后走的，她一直不说话，别人问她半天也不接一句。大家都知道怎么回事，心里也都感到遗憾，但又能怎样呢？王明康应该是同龄人中最早走的一个，谁也没有想到。如今，王明康娘一定想到她儿子结婚的场景了，她心里不是滋味儿。

麦子结婚时河生没有回家参加婚礼。河生的伤好后就走了，还是到外面去打工，为这事儿麦子还专门给她哥打电话，麦子问河生咋不回来。河生说："我刚安顿下来，就不来回跑了。"

吃饭时村里一直有人问冬梅："你家里老大呢？"

冬梅就说："忙着上班呢，来回跑啥？"

村里有人就说："这当哥的咋当的，弟弟结婚，一辈子不就一次吗？挣钱都挣疯了。"

珍珍也没有参加麦子的婚礼，但那天看礼单时，珍珍随的礼没少，不知道她啥时候随的，一千块，这在村里不算少了。另外，小玲也随了礼，同样也是一千块。

# 二十　在外

那几年，是小玲风光的几年，村里人对小玲娘说："还是你家闺女有本事。"小玲娘嘿嘿一笑，不说话了，人家问得多了，不说点儿啥好像让人家没面子，小玲娘才回答："她就是混口饭吃，没啥本事。"

村里人说："有本事！该你享福呢！"

"想个锤子福呀，平平安安就是了。"

人，是个很奇怪的动物，一时一时的话，让你可以看清很多的东西。听着同样的人说的这话，你能感受到不一样的天地，瞬间让你明白很多的道理。小玲娘走开了，人们还在继续聊小玲。

"你不知道？小玲发了。"秋奶奶说。

"在哪儿呀？"

"还是在南方，广州，那闺女从小看着就中，有本事。"秋奶奶嘴里不停，还嚼着什么东西。

孬皮老婆说："就是就是，这小玲咋有这么多钱？"

阿霞说："你不知道，这女人挣钱还不容易？人不要脸，天下无敌。"

孬皮老婆说："你不能一篙子打死一船人，你不知道人家在外面吃了多少苦。哪有钱是一弯腰捡起来的？我听说，她还在走老路子，靠做服装，老本行。"

阿霞说："赚钱哪有她这么容易的？谁又不是没出去过。"

秋奶奶说："他二婶，你小时候还抱过她哩，吃了她不少东西吧？"

"谁也没见过她一分钱，也没有吃过她一个盐粒子，她穷富跟我有啥关系？"

"我家儿子亮亮去投奔她，她连理都不理，我没见过这样的人。"

听到这话，有人扭头，有人在笑，有人在认真听，有人装作没听见。不管怎么说，人家现在是有钱了，你再怎么损人家，人家还是那样。同一件事大家有不同的评价，这也算是正常的，毕竟嘴在人家身上长着，怎么说谁能管得了。

孬皮老婆说："都有为难的时候吧。"


三天后，田慧要回娘家。一大早，老鲜就准备好了东西，怕儿子被他岳父家瞧不起，他准备了四箱酒四条烟，还有六箱六个核桃、六箱八宝粥、六箱方便面，把小轿车后车厢塞得满满的。他们回来的时候向村里人打招呼，村里人都回应："回来了，还怪快哩！"麦子给别人散烟，有人接住，有人摇头说："戒了。"有人问田慧："你家是哪里的？"田慧不想回答，也装作很亲热的样子回答。大家看到王明康娘过来了，纷纷转过身子望着她。

王明康娘一个人走在路上，走路慢吞吞的。她现在应该还不到六十，但头发白了不少，腰也弯了，精神上迷迷糊糊的，尤其是那眼睛盯着什么东西看，一看就是半天，别人不喊她，她就站在那里不动了，也不知道走。

麦子跟王明康娘打招呼，她也知道回应，但很明显不再像以前那样说东道西，有着说不完的话。她说话慢吞吞的，走路的时候像快要倒了一般，风一吹就让人更要为她担心。突然，王明康娘眼光一直盯着田慧看，田慧躲在麦子的身后，拉着麦子的衣服让麦子赶紧走开。麦子没马上走开，继续与村里人说话，村里人也都过来和他打招呼。村里人很喜欢说话，他们对麦子说："你媳妇，人长得真排场。"在麦子介绍下，田慧喊这个"婶子"喊那个"奶奶"。

麦子回家告诉娘路上遇到的情况，娘说起来明康的事也掉了眼泪。本来的日子是多么幸福，但后来却是白发人送黑发人，王明康死后，他媳妇也走了，人家年轻，这不能阻拦人家，咋能让她守活寡？孩子算是留下了，给家里留下了一条根。王明康爸爸吃着商品粮，只有王明康一个孩子，现在儿子没了，两个老人就也没了依靠。有人替他们感到遗憾，当然也有看笑话的，马在难处别加鞭，但看笑话的也不少。

麦子娘说："还是应该多要几个孩子，一个是养，两个也是养。"说着就劝麦子早点儿要孩子。麦子想，这再好的家庭也要有香火，年纪大了没孩子不中，风雨来了，你再有本事也抵挡不住。他想着以后会多要几个孩子，但田慧不同意。田慧认为生孩子受罪："不如领养一个，很多同学都这样干。"

麦子一听:"你这是啥话? 咱们又不是不能生, 养人家的孩子, 真是有病。"

　　田慧一听, 不饶了, 她说:"你才有病, 你全家都有病。"

　　麦子最烦人家说他的家人, 说他可以, 捎带着他家人他有点儿不依了, 麦子生气了, 大骂一声:"你才有病!"他一气之下推了田慧一把, 田慧往后一仰, 差点儿没摔倒。这是两人的第一次争吵, 后来麦子想想这都是啥事, 怎么能和自己的女人吵架呢? 麦子娘听到他们在吵架, 也急了, 一巴掌打过去, 麦子也躲。麦子娘看到田慧哭了, 心里也不好受, 脱了鞋子打麦子, 麦子重重挨了几下。

　　当天晚上, 麦子主动认了错, 不该动手, 打女人到底不对, 田慧的心情慢慢缓过来, 不过还在抽泣。田慧眼里含着泪说:"你以后再打我, 我就走了。"麦子说:"不会了, 不会了。"麦子怎么也没想到自己会这样, 疼也疼不及田慧的, 这么好的一个女孩子跟了自己, 怎么就不知道珍惜呢? 家里没有安装空调, 一个吊扇在吱吱地转, 地上也洒了水, 屋里还是闷热, 他想, 过几年有了钱一定要安装空调。

　　窗外, 夜浓了, 那月光透过树叶洒下来, 地上有了亮光。风摇动着树叶, 月光随着风也飘摇起来。母鸡、大黄狗都不再出声音, 麦子累了, 他慢慢睡着了。

　　老鲜的假期到了, 他要回南方工作。麦子知道, 家里还需要钱, 以后有了孙子他们要照顾, 那就再也出不去了。

　　麦子和田慧回城里的第二天, 老鲜和冬梅又去了南方。麦子和田慧买的房子还没有交房, 延期了。站在工地前, 田慧说:"啥时候能住上咱们的房子呀?"

　　"这不快了吗?"麦子说。

"我要装修成中式的那种，不搞欧式的那一套。床一定要大的，躺着舒服。床头一定要有个化妆镜，也要很大的。"

"这没问题。"

晚上，麦子带田慧吃了她最爱的丸子汤，鱼丸多下了两块钱的，又要了两笼蒸饺，他也没想到田慧竟吃得那么满足。他希望有个姑娘这样陪着自己，不嫌弃自己的贫穷，等到年老时他也不嫌弃她的样貌，他们一辈子牵着手。他喜欢这样的生活。两人回到了家——他们租的一套两室一厅的房子，房子不大住着却很舒服。

麦子有点儿累了想早点儿睡，田慧躺在床上玩手机，她突然问麦子："珍珍是谁？"麦子一惊，发现田慧正拿着他的手机看，满脸惊讶。对于这个问题，麦子不知道怎么回答，不好回答的问题也得说点儿啥。他反过来问了一句："你问这个干什么？说了你也不知道。"

田慧说："她到底是谁？你说了我不就知道了。"

"一个朋友，"麦子想想不能这样说，"以前的一个朋友。"

"怎么没听你说过？"

"你不问我，我怎么给你说？"

"我不问你，你也得给我说，你不能隐瞒我。来，你说说，她漂亮吗？个子高吗？你们啥时间认识的？你们怎么有这么多短信？"

"不知道！"

麦子知道田慧看得仔细，全部的内容应该都看完了。田慧从来没有这么仔细过。

"你赶紧给我说！"田慧的话语中带着不可反驳，有一种生气，也有一种威严。

"你真想知道？"

"那不废话吗？我不想你有什么东西隐瞒我。"

"她是我们村的，长得不如你漂亮，中了吧？满意了吧？"

"你啥意思？"

田慧一把把手机扔在了地上，麦子一阵心疼，那手机才买不到一年，他想着能用上几年呢。吵架的代价就是损失钱，没钱吵不起架，他想到这儿，发现自己竟然是个哲学家，一个人竟然嘿嘿笑了起来。

田慧更生气了："你还笑？你这是啥意思？"说着就想摔桌上的电脑，举起了却又放下了，那是她自己的电脑，摔坏了不还得自己买？

麦子伸手想搂田慧的脖子，田慧说："你滚蛋，别碰我。"麦子声音温柔了一些说："我错了，放下吧，别跟电脑过不去，我现在全招，你愿不愿听吧？"

田慧说："早说不就没事了，赶紧过来，老实交代。"

麦子想了想："我怎么给你说呢，内容太多了。"

田慧说："你少废话，实话实说。"

"珍珍是我小时候的玩伴，她一直没娘，跟着她奶奶生活，可以说我们是一起长大的。"麦子一字一字地说。

田慧一听说："没想到，你还有讲故事的能力。你，接着说，赶紧的。"

"珍珍比我小，准确地说，她是八月，我五月，我比她大了三个月。我们将军寺村不大，你也知道，屁股大的地方，平时大家都串门。她家离我家近，我们爱和她玩——捉弄她。珍珍爱喂羊，我不爱喂羊，膻味太重，珍珍不嫌弃。她经常扎着个小辫子，我喜欢她那样子。咱哥河生，比我大，心里想得事儿也多，爱帮助她，爱往她家里跑。珍珍奶奶年纪大了，咱哥经常给她家提水收拾柴火，像做着自己家的事。那时候我们的小伙伴还有小玲，就是随礼一千块的那个，你想起来了吗？我们小时候听戏、下河摸鱼、上树捉蝉都一起玩儿，直到珍珍初中毕业辍学。"

"我上了高中，爹要我考大学吃商品粮，珍珍说不想上了，成绩不好，我知道那一定是因为她家里穷。记得那时爹也悄悄给过她钱，但她不要，又退了回来。我上高中那几年，珍珍就靠养那几只羊生活，也算过得去。咱哥成了她家的免费劳动力，有了活儿都当成自己家的来做，打面、浇地，没有一样不做的。有一年小偷把她家的羊偷走了，珍珍气得再也不养羊了。

"看到村里人都外出打工，珍珍也想去，但奶奶年龄大了，身边离不了人。奶奶终于把珍珍的身世告诉了她，她知道她娘是为情而死了，一个女人家想不开，投了将军寺河。她最初没有外出去打工，但看到村里人在外面都挣到了大钱，她也想去。刚开始投奔到她亲戚家，一个远房的老表，她去老表家当保姆。后来我才知道，珍珍当保姆的地方离我就读的大学不远，但她一次也没有主动找过我。"

田慧说："你们真是两小无猜呀，没想到还有这一段！"

麦子继续说："看你说的，才不是你想的那样哩，还有哩！"麦子说，"这是我后来听说的，娘给我说的，开始我也不相信。珍珍在的那家，男主人不太规矩，一次趁家里没人动了手，珍珍反抗得厉害，从此之后就走了。大学毕业后我四处换工作，后来咱们不是回到了市里嘛，有一次咱们吃饭你还记得不？我问一个女孩，怎么也在这里，我问的那就是珍珍。她也是被逼无奈，没办法，要吃饭呀，就找份在餐厅端菜的临时工作。我见了她后不仅没有帮到她，反而害了她，你也知道，后来就不见她了，一直到现在……消失的那几年，也不知道她到了哪里。我也试着联系了几次，但没有联系上，后来我准备问小玲，但心里有愧，也就没有敢开口问。我感觉我失去了要保护的人，我突然间有点儿恨自己。"

麦子说："我知道我一定有哪些地方伤了她的心，我有时候就想，我是一个坏男人，我怎么能这样呢？有一阵子我甚至恨我自己，并希望珍珍和咱哥走到一起，但我也不明白，他们两个为何这样老悬着？我也没法问，这感情的事咋开口啊？

"在大学里我遇到了你，你走入我的心里，我很珍惜，你是好姑娘。她也是，珍珍为何就不能拥有一份好感情呢？我直到现在也不知道，我到底应该怎么做，我感觉心里有很多对不起她的地方。你现在还取笑我，你就不知道我心里也有很多地方很不得劲。"

后来，麦子不说话了。

屋子里停电了，黑乎乎的，这个出租房经常停电，应该是因为电路老化。田慧刚开始在笑，有点儿嘲笑麦子的意思，但慢慢地她被这个故事感动了，现在她深沉地看着麦子："没想到你也怪重感情呢。以后帮助珍珍不仅有你，还有我呢，我们一起帮助她。"麦子怎么也没有想到，田慧是那么贤惠，这不禁让他心里一阵阵感动，黑夜里他把田慧搂得更紧了。

下

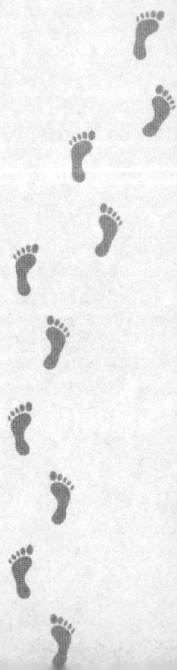

# 二十一　房子与车子

你应该明白，你得有住的，得有行的，得有吃的，你就算再清高，也挡不住物质的诱惑。人生在世，不都是这样吗？麦子是一个普通人，我们没有必要对他寄予过高的期望。你有点儿不高兴，你说，你是作者，你怎么能这样评价你作品中的人物？

只要工作不忙，麦子准会去看房子。现在楼已经封顶了，工地上横七竖八地遗留着铁桶、钢筋、铁丝、砖头和翻斗车，活动板房边还有几个工人，他们蹲在墙角吸烟。他每一次去，那栋楼都会有新变化，安装窗户了，开始做外墙漆了，有次进楼他发现工人正在拉电线。

田慧说："'五一'看样子开发商是交不了房了。"

麦子说："这正好能让我们有时间准备装修的钱。"

田慧说："我有个亲戚干装修公司的，交给他做咱们可以放心。"

麦子说："那咋不中，这样就省事了。"

交房比预想的要慢，本来开发商说"五一"交房，但一直没交成，业主便联合起来去告，八月底开发商交房了，这个楼盘还算不错，开发商免了业主三个月的物业费。

田慧吵着要装修房子，因为现在有了身孕，肚子已经大了，她想在自己的房子里坐月子。

麦子说："装房子这事急也不行，装好了也得空几个月，不然房子里有甲醛，住进去对身体不好。"

田慧说："你就不会快点儿装？"

"天太热，这也不是着急的事儿。反正也没有钱，先看人家怎么装。"

田慧听了也觉得有道理，就没有再坚持，他们没事的时候就去看别人家怎么装，想从里面学一些经验。

看到别人在门口设计了鞋柜，麦子悄悄记下；有的把厨房加大，他也做标记；有的把卫生间变成干湿分离的，他微微一笑心中有数了……房子的户型一样，但没有想到装修后每家的房子都不一样。田慧越看越糊涂了，这可怎么办？这装修里面的学问真不小。麦子确定了装修方案后，找来装修公司，即使是熟人，人家同样也是加这个要钱，加那个也要钱。最后一问，麦子才知道，按他的方案装修，装修公司要二十多万。

麦子说："哪有这么贵，这价格报得虚高了。你看看这水泥，每袋都要贵三块。还有这地板砖，哪用得了这么多钱？一块地板砖 120 元，这是骗人哩。"

田慧说："我问问！"

麦子说："问啥，谁家做生意不想赚钱？咱们还是自己想办法吧。"

麦子没事就去建材市场，想省钱就得有罪受，再热的天也骑上那个破自行车跑，晒得一身都是汗。田慧看得心疼，花了两千多买了一辆电动车。先改水电，水电师傅说，房子里原留来的都没用。麦子不信他那一套，大部分的插座、灯的开关留下，在必要的地方又新加了一些。

麦子发现没钱干不成事，他向父亲没法再张口了，毕竟他现在年龄也不小了。鼓起了勇气，他终于给他哥河生打了电话，先是问身体现在恢复得怎么样了，又问在外怎么样，问啥时候回家，说话绕了一圈子也没有说到正题。河生说话慢吞吞的，就说没事，话也不多，也没问麦子在这边的情况。

"哥，我要装修房子了。"田慧在一旁做手势让麦子说，麦子一咬牙，说了出来。

"这么快就交房了，那你得花不少钱吧？"

"装修公司要二十多万。我自装的，自己找装修师傅，初步预算也得十几万。"

河生说："装修我不懂，你要是需要钱的话，我给你寄点儿。"

麦子笑了说："还真需要点儿，哥。"

"我抽时候给你寄过去，"河生说，"我这儿也不多，先给你三万吧。"

"好，哥。你在外面照顾好自己，实在不行就回来，这边也不错。"麦子刚说完，正准备挂电话，突然又急着问，"哥，你有小玲的消息没有？她现在干什么呢？"

河生回答说："她生活不错，人家是个人物了，听说是大老板了。人比人，气死人。当初在村里还真没有发现她有这本事。"

麦子说："那人家真是闯出名堂了。"

河生说："都不容易，在外都不是一弯腰捡到钱的，心里的苦和累只有自己知道了。"

"哥，有珍珍的消息吗？"麦子本不想说，说了心里反而是一种解脱。

麦子侧着耳朵听，但等了一会儿电话没音了。他一看手机，电话断了，急忙打过去，发现河生的电话关机了，麦子一下子愣在那里。难道哥哥还在意这事？麦子真心希望他们能走到一起。现在他结婚了，但哥哥呢，不知道为何一直还漂着？他一定还在心里埋怨着什么，要不怎么突然关机呢？

相比于麦子，河生的生活不算好。河生回到邻县的那个工地，他想好好干，但那家公司不要他了。河生没地方去，但也不能回家，他就在当地找活儿干。他去一家养鸡场给人家养鸡，他小时候有养鸡的经验，这活儿对他来说不难。养鸡场老板平时挎个包到处跑着谈业务，河生把事儿当成了自家的事，啥事都上心。河生原本有劲儿，但腿落下了毛病，虽然看不出来，但干不了重活儿。好在养鸡场没啥重活儿，只有打饲料搬玉米时得用力，但他不做这方面的活儿，他给鸡看病打针，当兽医。

养鸡场在村东侧，有时候一刮风，整个村子都有鸡屎味。这个问题最难解决。鸡屎排到河里不行，别人有意见，怕把里面的鱼"烧"死。鸡屎如何变废为宝呢？河生对老板说："我来给鸡屎找找下家。"老板说："你要卖得掉，钱我分你一半。"这一带种菜的人多，河生就去找用大棚种菜的老板，给他们讲用粪种菜的好处。河生知道，用鸡粪种菜，尤其种番茄效果很好，他以前在家试过。

后来，河生找到一家专门出产有机蔬菜的大型蔬菜基地，果然人家懂用鸡屎种菜的好处，马上预订，但人家有一个要求，要送货上门。河生不怕，他说可以，他租了一辆车，自己动手装，自己卸。拿到第一笔钱，他哭了，他身上很脏，但钱是干净的。

村里有个光棍叫三孬，长着一张懒嘴，他有力气，但从来都是没吃没穿。河生请他吃了一顿饭，劝他说："你来帮我装东西，一天五十块。"那人手一摆，只是喝酒，他是二大爷赶集，懒散惯了。河生说："以后天天有酒喝。"三孬笑了："真的？"河生说："那还有假，要不你试试。"他们两个就一起干，干了一天，三孬想喝酒，河生说："走，喝酒去。"三孬说："好。"第二天，也是这样，第三天也是这样。到了第四天，河生再次请三孬喝酒时，三孬拒绝了，他说："我来吧，我请你。"河生笑了，说："明天吧，今天有点儿累。"又过了一天，河生还是说："明天吧，今天有点儿事。"就这样，他们一直坚持合作，那三孬也慢慢变得勤快起来。

河生又联系了好多家种菜的，鸡粪的需求量因此变大，有人嫌弃这事脏不愿意干，河生没有想到自己却从中发了家。他联系所有的养鸡场，他找人找车拉送鸡屎到蔬菜基地，一车赚两百多块。河生愿意干这活儿，他相信只要好好干，干啥都能成功。河生没有想到自己会成为老板，售鸡粪的老板。夜深人静他也孤独，想家，外地的月亮没有家乡的圆。

冬梅不能在南方打工挣钱了，田慧的肚子一天比一天大，六七个月的孕妇，需要有人照顾。麦子与爹商量后，让娘从南方回来了。那段时间，南方就剩下老鲜，他没有从南方回家，家里还要他挣钱，他说等到孩子出生时再回来办酒席。

麦子从市里回老家没车挺不方便，他总是先坐汽车，再让村里的亲戚到公路边去接。父亲就建议麦子买辆轿车，反正驾证早拿到手了，现在家里谁还没辆车。麦子缺钱，奶奶身体不好，田慧也快生了，用钱的地方多，麦子没有下定决心要买车。后来麦子办了张信用卡，急用钱了就刷卡，能解燃眉之急，也不用求人。

田慧生了，生了个闺女，一家人很是开心。他们张罗着在家里在待客，老鲜便从南方回来了，这是他们家大喜的日子。这次回家，麦子发现村里人比以前又少了不少，只有上了年纪的人还在老家，年轻人都外出打工了。秋奶奶和麦子奶奶坐下来聊天，她们说："说一句，少一句了。"

麦子奶奶说："再好也不如能有个好身体。"

秋奶奶说："没钱也不中呀！"

小玲娘说："想啥也没用，谁知道明天啥情况哩？"

麦子希望家家都炊烟四起，大家端着碗串门子说话。麦子知道这样的日子不太可能回来了。他明白，在家守着不太可能挣太多的钱。

孬皮说："咦，在家里守着咋挣钱，如果在家有发财门路，谁愿意在外面跑啊？"

三老太爷弯着腰，喘一口气咳嗽一下："家好，还是家好！骑马坐轿，不如早晨睡觉。"

王明康父亲头发不知道啥时候全变白了，他没了以前的气色："跑得再远，不还得回来，你知道不知道？"

麦子说："那是，家好！"

# 二十二　留下来

其实，我一直有个问题没有处理好，当然不是结尾的问题，结尾不一定合你的意，但我早就确定好了。小说中的人物河生、麦子、珍珍、小玲、阿霞应该代表一类人，他们都在为自己的幸福而奋斗。成长到三四十岁，他们反观自己的路，生活、工作、奋斗、生计、遗憾、眼泪、爱情、恨等都是有价值的，这也正是人生。你想想，我们的人生不都是如此吗？生活中总有突如其来的东西会让人有一种改变，生活可不管你愿不愿意接受这种改变。我们要做点儿有价值的事，否则人生还有什么意义呢？你问我，到底什么问题没处理好，我不能自己告诉你。你还是自己欣赏吧！

麦子所在公司的帮扶对象正好是将军寺村，麦子便主动申请回乡扶贫，他想为家乡做点儿事。对于这个决定，父亲老鲜并不支持，他认为回乡扶贫不如继续在城里发展；田慧也不理解，人往高处走，你回乡干吗？

麦子想到他去上大学的时候，他走出村子时脚步是有力的，不愿停留下来，前面是一个未知的世界，是那样让他着迷。读大学那几年，他的脚步很少在村里停留，寒暑假也只是暂住一会儿，他不愿意多待在老家。工作后，他简直恨死了这里，不想回这里，在想真正留在城市里，城里有梦想、有色彩、有新鲜的东西，有让他着迷的空气。结婚后他是想回村的，他的脚步变得坚定、变得执着，他在村里谈城里的变化，指点着村里人……如今，他意识到脚印写满了走过的路，有的深，有的浅，有的擦掉了，有的永远刻在骨子里了。这时故乡反而变得清晰起来，这是他的人生永远绕不开的地方。他想再沿着村里的路走走，找找一种久违的感觉，他要为家乡做点儿什么——这个养育他的村子变老了，他要给它注入新鲜的东西，让它重新焕发出活力。他发现，双脚踩在黄土地上很踏实。那黄土的宁静让他内心变得清澈，胸怀也开阔起来，那些乱麻一样的东西慢慢变成一条条的白丝线，清晰起来。

三老太爷静静坐着将军寺河边，吸着烟，烟雾很快被风吹散。他一直喜欢观察河水，就看水向前流。有些东西慢慢陨灭，有些东西开始生长。以前麦子没有意识到这些，现在感觉水比人可爱多了，那水哪里都水灵，对，就是水灵，不像有些人什么都丑。凝望着水，麦子好像进入了一个新世界，他想着，如果自己是一条鱼，生活在水中，该是多清静、多自由，不再有烦恼，没有忧愁，有的就是融入水的世界，和水融为一体。

三老太爷面前画着一张棋盘。

麦子问："您在干什么呢？"

"没事，我在等，就在这儿等。"三老太爷说。

"您等什么呢？"

"你说在等什么，就在等什么。"

老规矩，还是麦子先落子，不过他很快就输给了三老太爷。麦子说："要不是一颗棋走错了一步，我肯定能赢。"

三老太爷一边清棋盘一边说："你走错了一步，那再来一局试试。"

麦子汲取教训，一心想成州成联方，至少也要成个四斜三斜，要组建最好的棋局。麦子的脑海里有些东西在冒出来。那曾经是多么滚烫的生活，他热血沸腾地往前冲，一刻也不想停，也不知道自己多大的本事了，想把世界弄到手中。但麦子落子就后悔，定不了心，堵了三斜堵不了方，顾了州顾不了四斜，老是患得患失，不敢大气地下，这个想得到那个也想得到。三老太爷不急，看样子是送子，其实背后都有让对手首尾顾不到的深意。

麦子说："这步我不走了，我想退一步。"

三老太爷说："落子定江山，哪有随便改来改去的。"

这盘棋下完，麦子依然像以前一样，心里不服气。他嘴一咧说："要不是堵您的那棋没堵好，肯定能赢，这盘不算，再来。"

麦子就不信这个邪了，再来，他依然是输。麦子递给三老太爷一根烟，对他说："您再来一根。"

那盘棋子摆在那里，没有收，像麦子走过的人生之路，东倒西歪的。

三老太爷说："这棋就像人生，看透了，走出来；看不透，一直在里面打转。"

麦子本来想问，自己是属于看透的那种，还是看不透的那种，但没好意思张口。

三老太爷也没吭声。

麦子曾经偏执于欲望，到现在他好像明白了，有意义的东西对于生命才重要。麦子突然发现，在眼中有些东西慢慢随风而去了，心灵充满了安静，他现在感到存在就是一种幸福。人只有放下一些东西，才能得到一些东西。他这一路走来，离开将军寺村，想举起整个世界，将军寺村变得模糊起来。可现在呢？他觉得还是将军寺村好，还是家好。将军寺村慢慢远去的背影又变得清晰起来，脚下的黄土地让他变得充实起来。

"年轻人谁愿意放下呀？"麦子仰望着三老太爷。

三老太爷不看麦子，他望着河水："放到最低，慢慢就积得多了。水就是这样，你看看？"

麦子知道一下雨，水最深的地方一定是地势最低的地方。他见多了，但就是说不出来了。

打鱼的时候，谁知道哪里有鱼？你坚持下去，总会有鱼的。三老太爷说。

起风了。安详的黄叶一片片落下来，一阵水腥气随风到来，天慢慢阴凉起来。随后，雨从天空中一条线地落下来，地上很快就雾蒙蒙一片。麦子再回头，想看看那刚才与三老太爷下棋的地方，那地方早就被雨水冲刷过了，地上干干净净。

"我一定得留下，这里是我的家。"麦子在心中告诉自己。

## 二十三　回到将军寺

　　那个男人，三十来岁，竖着头发，开着一辆黑色的大众朗逸。车开得一会儿快，一会儿慢，在通往将军寺村的砖渣路上。道路的左侧不远处是一条河，河堰上长着矮草。河里生长着荷花和芦苇，有水扁嘴在游，伸着脖子嘎嘎地叫着。路的右侧，高粱穗子上有一只麻雀，嘴闲不住，那穗子一歪，麻雀担心掉下来就赶紧飞起来。高粱穗子像秋千一样荡起来，高粱穗停止晃动后，那麻雀又扑棱着翅膀到穗子上去啄食高粱。玉米长高了，一垄一垄的烟叶套着红薯，大片的落生地开着小黄花铺在一望无际的田野。院子旁边搭起了木架子，藤蔓顺着架子向上爬，开满了小黄花，上面耷拉着毛黄瓜，随风摆来摆去；有的花瓣撒落下来，飞入了地上的草丛里。七月份天正热，人们还是该干什么就干什么。车停在将军寺桥边，几个人从车里走下来，在村支书老豁的带领下，他们向村子里走去。

"欢迎回家。"老豁说。

"还是家好！"

两人手握在一起，镇上的领导说："家乡的发展就靠你了。"

"是我们！"那男人说。

麦子毕竟在将军寺村长大，对村里也算熟悉，但这几年回家次数少了，他发现将军寺村与别的村子拉开了距离。村里没有企业，大部分人种的还是小麦、大豆、芝麻、玉米和红薯，想赚大钱不容易。看到了那桥，他瞬间回到了童年，小时候他经常在这里玩耍。

麦子说："这座桥该修了。"他一边说，一边往本子上记着什么。

将军寺村村办公室在村东北角，靠近将军寺河，当初选定那地方因为那里是片空地，办公室建在那里环境好，靠近水，聚财，老豁相信这一套。现在村里人没事了，也经常到那里去玩，去运动健身，很热闹。那天老豁领着几个人一边走一边介绍着村里的情况，村里有几个人见生人来，围过来听他们在说些什么。

村支书老豁称麦子为张书记，麦子不高兴了："你喊我名字就行，就叫麦子，这听着得劲儿。"麦子上身穿白衬衫下身穿黑裤子，很精神，他们一行人指指点点，大概意思是说现在要好好发展经济，村里要有作为。麦子看见有群人在聊天晒太阳，就主动打招呼问好。秋奶奶一看，嘴一撇说："你怎么回来了？"麦子说："奶奶，我来扶贫来了。"

小玲娘说："以前来扶贫的那个男人细皮嫩肉，一看就不行，你看麦子怪有精神的。"她们说的那个男人是上一个驻村干部，一个大学生模样的人，戴着副金边眼睛，不像能吃苦的人，他在这里待了不到三个月就再不来了。

孬皮好像啥事都比别人知道得多，他说："你们不知道？麦子是来镀金的，说不定过一段时间就要走了，有了基层工作经历以后好提拔。"

"哪有在这儿时间长的扶贫干部？"秋爷爷一边抽烟一边说。

老扁说："这万一他要吃咱们的可咋办？村里的老公鸡可没多少了。"

一群人正在墙角边聊天，麦子走上前来："老乡，吃过饭了吧？"

这几个人刚才还一个比一个能说话，现在都变得有礼貌了，老扁本来拿着草帽子在扇，现在也一动不动了，盯着麦子看，像看陌生人一样。蝉声很乱也很躁，蝉唧唧地叫着。

孬皮也说："书记来了，歇会儿吧。"

麦子说："客气啥，我这是在自己家。"

麦子站住，老豁跟在后面，还有乡里的几个干部，他们几个经常跟着领导下来检查工作。

"你们聊，我就是看看，随便走走。"

小玲爹接过话说："咱们村好，你也知道，就是有点儿穷，出去打工的人多。"

"以后村里得有产业，村里没产业不行。"

麦子一行人走了。

老扁嘴一咧说："光看有个锤子用，上了大学还回来干啥？这麦子也不干点儿实在的！"

老豁听见了，朝老扁挤了挤眼睛小声说："老扁，你注意影响呀，不能老拖后腿，别背后捣叽事。"

老扁理直气壮地说："豁子哥，我啥事都积极着呢，觉悟高。"一转身，他到墙边又继续吸烟去了。

"我知道你的小心思，你要再给我叨叨，以后让你提着猪头找不到庙门。"

老扁的嘴动了动，哆嗦了几下，终究没再说什么。

那天之后，麦子天天来，还在村委会边生起了火。他住了下来，也不回家，更不回城。小玲娘和秋奶奶还专门去看了："看样子，麦子是真不走了，火都生好了。"村里传了个遍，这老鲜的儿子要搞什么名堂呢？孬皮说："精准扶贫，你这就不知道？"小玲爹摇头说："真能帮村里人发家致富？不一定吧。"

麦子没事就喜欢和村里人聊天。拉家常，也没有啥主题，问有几个孩子了，今后有啥想法了，反正他没闲着，问哪家穷，谁家有困难。村里人慢慢感觉到，这麦子到这里帮扶也怪不容易，他真想干点儿事哩，不是闹着玩儿的！

麦子还专门到过老扁家，问老扁家里有什么困难？老扁有点儿紧张，他说："有吃有喝的，没啥困难。"

麦子问："你现在还是一个人？"

"跟以前一样，我一个人，一人吃饱，全家不饿。"老扁笑得哈哈响。

"你家院墙怎么没垒起来？"

"一个大老头子，家里穷得叮当响，谁来偷？你又不是不知道。"

那天麦子在他家聊了很长时间，第二天人们就听老扁说："那麦子会做饭，做的真好吃。我烧的锅，他做的饭。"

"你们都说了些什么了？"

"他问我有啥困难？他说要给我们修路，还说要修学校，让

202

咱们致富。"

秋爷爷说:"谁都知道要修路,问题是钱谁出。"

孬皮出了歪点子:"下次他再问你,你就说,家里缺个天鹅蛋,你看看他给不给?"

孬皮老婆说:"就你能。"

孬皮一听老婆这样说,头一别,吸烟去了。

小玲娘说:"说不定是真的呢,有的村子已修了路,风水轮流转,咱们村该修路了呢。"

几天后,麦子换了一身运动服,再也不穿皮鞋、衬衣了,他带领一帮人来给村里打扫卫生。一群人到了秋奶奶家,秋奶奶就说:"你们不用打扫,我在这里住了一辈子,没有感觉脏。"

麦子也不停下,一边扫地一边说:"这习惯呀,得改变一下。"

麦子不闲着,也不停下来,他继续干活儿。麦子带来的那群人都累得满头大汗,衣服早被汗水湿透了,老豁和其他人都参与进来。最后,他们在每个胡同内都摆了新垃圾桶,指派了专门人员,定期把垃圾拉走倒掉。

有一天晚上,老扁到处溜回来得晚,他刚一进村,小玲爹便对他说:"老哥,你真有钱,竟修房子了。"

"修啥房子?"

"那是老天爷给你修的?"

"你瞎说啥?"

王明康父亲说:"你看,你家在修院墙呢,你看你屋里的桌子,都是新的! 你真舍得呀!"

"你说啥? 我哪有钱?"

老扁回到家,院子里真有一群人在忙活着,累得满头大汗,汗水顺着脖子流,一道道的。大部分人老扁不认识,他也不知道说啥了。老扁问里面一个人："你们这是干啥呢？"

一个五十来岁的光头过来说："给您修房子，您这房子太旧，不能住了。"

"你不是弯柳村的柳家老四吗？"

"是，大爷，张书记让我给您修房子呢。"

老豁也在里面，刚才他戴着帽子老扁没认出来。他说："老扁，麦子来你家后，看到这样子，有点儿担心，说万一砸着你了咋办。"

老扁很感动。他对那些干活儿的人说："别累着了，歇会儿吧！"他心里有个想法，要好好感谢麦子，这么多年了还真没有哪个人对他这么好过。

麦子有时也去田间地头，看到小玲娘在打药，就拉家常问她："您这庄稼长得不好呀，它是得了啥病？"

小玲娘说："也不是啥病，草太多了。"

"打的是除草剂吧？"

"是。"

有时候麦子也与小朋友说话，问问成绩怎么样，哪个题不会，他也给他们辅导功课。下雨的时候，雾蒙蒙的，将军寺村的路不好走，有泥，路上有积水，麦子没回家。村里人出去时都是小心翼翼的，怕滑倒。孬皮说风凉话："咦，天爷呀，可别把张书记摔坏了，路还没修呀？"其他人就笑他："你不说话没人会把你当哑巴。"这话后来也传了到麦子的耳朵里，麦子没说啥，只是笑了笑，他该干啥干啥。

过年，麦子去慰问老扁，老扁得到一袋米一桶油，还有一副对联。孬皮知道这个消息后，打趣道："咋没我的？我需要钱，咋办？"麦子有一次在大街上见到孬皮，说着就真掏出钱给他。孬皮红了脸，没接，他都是嘴上的劲儿，咋会真要人家的钱。

那年过年，秋奶奶把自家蒸的馒头给麦子送去了，那馒头揉得筋道，吃起来特别有嚼劲儿。那是秋奶奶自家种的的粮食，用筛子精挑细选出来的，打面机打的面，用细箩筛过。秋奶奶把泡好的酵子掺面一起发酵，过了一个晚上，盆里的面鼓起了一团。第二天秋奶奶取出放在案板上，她用手揉一遍，撒上一层面粉，再揉一遍，又撒一层面粉，面团子慢慢由软变硬，最后揉成了又圆又长的面团，秋奶奶开始用刀切，一刀切成一个馒头。蒸馍的地锅是用劈柴烧的，靠近铁锅的地方形成了一块锅贴，嚼在嘴里，脆蹦蹦的。这馒头很筋道，还有馍香味儿。秋奶奶给麦子送了半竹篮子，上面是秋奶奶炸的馓子，金灿灿的，还有两个特殊的馒头，里面用核桃仁儿、大红枣、葡萄干、瓜子仁和落生籽蒸的。秋奶奶说："这可好吃了，吃这个可保佑你不生病。"麦子拿在手里，差点儿没流出泪来。

自打麦子扎根将军寺村后，村里一切都不一样了，人们干劲儿更大了，村容村貌也干净了，谁家有困难马上就有人来帮助，麦子还亲自上门看望。小玲娘说："这麦子真是想做一番事情的，他真想在这里扎根了。"

老豁对大家说："麦子啥也不图，就想为家乡干点儿啥。咱们村修路了。"

"这路能修？真要修了路，我把头割给你。"孬皮说。

"这头就不要了，到时候你少给我捣点儿乱就中。"

孬皮在一旁一边抽烟一边说："我啥时候捣过乱，你可别败坏我名声。"

老豁说修路，但过了一周还没有动静，孬皮就得意了："老豁，你说的修路呢？你得把头割给我吧。"

老豁说："快了，快了，别急。"

"我看是黄了吧，你就是吃驴屎想脆骨。"

秋爷爷也凑过来说："这事没影呢，要修早修了。"

三老太爷不紧不慢："你急啥，该修还是要修的，不该修咋也修不了。"

那路还是没修，但麦子天天依旧在忙，老豁天天跟着跑，有时候麦子不让老豁跟着。麦子说："您该忙啥忙啥。"村里人见麦子，不主动提那路，开始敲边子说话，夯皮就说："这路可以给脚按摩了，张书记！"麦子笑了："叔，您还不知道吧？下周就要修了。"小铃爹说："我们等着呢。"他吐了一口烟，脸上写满了不屑。

后来，麦子又带领一群人来到将军寺河边，看着这条河问老豁说："咱们这儿还有养鱼的人吗？"

"以前养得多，咱们这里的鱼肉好吃，卖得可好了。大黄鱼，刺儿少，以前咱这盛产小鱼汤，名吃呢。现在没人养鱼了，谁还养，费工夫，也不挣钱。"

麦子想起了他爹，如果他爹继续养鱼，肯定能带领大家致富，但他爹在南方开了个超市，挣钱比家里多上好几倍。麦子给爹打电话，老鲜生气了，他说："当初就不让你回家，供你上大学，你怎么回家了？你还让我回去，我就不回去。"最后，老鲜说，"这鱼谁愿意养，能挣啥钱？别找我。"

麦子召开村两委会议，大家一致同意承包将军寺河，不出租金，村里提供技术，利润分成可以商量着来。老豁还专门给老鲜打电话："老大哥，你现在机会来了，村里要养鱼了。"老鲜电话里哈哈一笑："我不养了，这年头怎么也不能挣那个钱了。在外面随便一个月也能挣几千块，不用使那个笨劲儿。"老豁打了半天电话，电话费没少浪费，却没说动老鲜半点儿。后来，老豁编辑了一条信息发给了老鲜，表示这条件相当好了，不用花钱，赚钱有自己的一半，赔了算村里，但发了之后老鲜没回复。

麦子又给父亲老鲜打电话，做工作："爹，您可以参与进来，村里想办法给筹资金，您负责管理，赔了不让您管，赚了有您的钱。爹，您可以考虑一下。您现在在外也不容易，年龄都这么大了。"

老鲜嘴上说不同意，其实心里也是有点儿犹豫的。那几年他在南方的生意也好不到哪里，虽然挣几个钱不假，但大多是血汗钱，离家远不方便，家里老人年纪大了，也不好照顾，再说有人给河生提媒，家里也没有一个人主事，人家给谁提去，主事的都不在家。冬梅听说是麦子打来的电话，就说："都一把年纪了，在外挣一百块，不如在家挣五十块。就算为了儿子，也得回家。"老鲜听了，也觉得有点儿道理，但还是下定不了决心。电话里只是这样简单沟通了一下，老鲜还是要把事情了解透，他不信麦子能搞点儿事儿，自己的儿子他又不是不知道有多大能耐？他又给村里王明康父亲、秋爷爷和夯皮几个人打了几个电话，说是聊点儿其他事儿，其实是探探底儿。

王明康父亲说："你儿子厉害了，现在村里热闹了，马上要修路，还投资建一个光伏发电项目，你知道不知道？"

老鲜一听，问："这是啥项目？"

"上面发电，下面养鱼，反正到时候可以分钱。"

老鲜说："这是好事，这是好事。"

老鲜又打电话给三老太爷，老鲜问："身体咋样呀？"三老太爷听不太清，老鲜问半天他才说："就那样。"老鲜又问："您天天在家干啥呢？有时间来这里玩？"三老太爷说："村里变化还真不小，环境就比以前好多了。你有时间回村里好好看看，村里真不赖，有公园，也有锻炼身体的地方。"老鲜"嗯嗯"了两声，不过，对于是否回老家养鱼，经过认真考虑，老鲜认为风险太大，就没有同意，暂时没回去。

冬梅回家参加老三儿子的婚礼，老三本来在郑州，但儿子结婚还是在老家举办。老鲜非让冬梅从南方请假回去参加，说不回家就显得生分了，没有扛门头的不行。其实，这次回家还有一件重要的事，就是看村里到底发展得怎么样，是不是像大家说的那样。冬梅回到老家，发现村口停着挖土机、几辆商砼车，十来个工人在修水泥路，工人身上沾满了水泥渣子，也顾不上擦脸上的汗水，手不停地忙活着。村里铺水泥路了！以前村里想了那么多办法，都没有弄成，现在终于成了，她不能从路上直接走过去，路还湿着，她斜着身子从路边走过去，心里是高兴的。那车轰隆隆地开过去，又轰隆隆开过来，她想着这路离通不远了。

那天在亲戚的婚礼上，大家谈得最多的就是村里的这条水泥路，有人说："这不错，村里以后终于不用蹚水了。"

"这麦子还真有两下子。"

"老鲜培养的儿子不赖！"

"有能耐！"

大家说着说着又聊起了麦子，夸他有本事，他来这里扶贫绝不是面子工程，不只拍拍照片，也不是只按手印子签字，啥事都是实打实地干，真想让村里发展得更好。麦子干了别人干不成的事，啥事都是说到做到。冬梅一边吃饭，一边听别人聊。

小玲娘来了，她看见了冬梅问她："你见小玲了吗？"

冬梅乱了方寸，不知道怎么回答，只是支吾着说："这个……我……"

这时老豁走过来，对麦子说："人家都安装了天然气，咱村不知道啥时候能安装。"

"我在燃气公司工作过，我和那里熟。"麦子说。

"大家可都盼着哪！"

麦子说："咱们村里也要通天然气，每家每户都要用上天然气。天然气便宜还干净，有了它就再也不用烧柴火了。"

老豁说："天然气确实方便。"

"接下来咱们就要'气化乡村'。"麦子对大家说，"离咱们这里不远就有长输管线，到时候可以开口通气。"

老扁走过来："嘿，你别说，麦子真不赖，啥事都想着哩。"

村里人告诉冬梅："你儿子像个干事的人，这路是他跑成的项目。"冬梅心里听了一阵激动，不知道如何表达。她知道，老鲜也一直在张罗着修路，好多年，联合村子里几个比较有钱的主儿，但他们嘴上都说好，真正出钱修路时，没有一个掏钱的，没想到这修路的愿望竟然实现了。老豁接着说："我希望老鲜能回来，咱们这儿有养鱼的优势，村里以后会成为鱼仓，也可以旅游！我准备再建个扶贫车间，吸引一些企业入驻，租金尽量便宜。"

碍于面子，冬梅嘴里只好说了句："好。"

冬梅那天晚上给老鲜打电话，说："家里修路了，水泥路。"

"路修得怎么样？"

"宽着哩，三米多，两辆车并排走，一点儿也不耽误，一直修到咱们村里，听说胡同里也要修。"

"他爹，老豁问你回来不？他有个计划，开发旅游项目，做生态旅游，这里有水，弄得还真像回事。"

"真这样说了吗？"

"是，他谈了村里的发展计划。"

"还有计划？他能有啥想法？"

冬梅兴奋地说："当时老豁在场，我问了几遍呢。要我说，趁现在这个形势，咱们回来好好发展发展，没必要在外拼打了，毕竟年轻这么大了，不比年轻时了。"

电话没了声音，老鲜不说话了，他在思考着什么。这几个月来他也听说了，现在村里正在搞建设。老鲜想了想，在哪里不是挣钱，在外面挣再多的钱又有啥用，又见不到家，在家挣一个是一个。老鲜心里盘算着，到底回去呢，还是继续在南方待下去呢？

## 二十四　黄花菜

　　"来，老铁们，给个666！"将军寺河边经常有个女人在对着手机镜头扭来扭去，村里人都知道她没事干，她就天天搞这个赚个点赞什么的。

　　那女人叫阿霞，天天抱个手机，只要知道哪个村里有个什么稀奇古怪的事，她总要跟上去凑热闹，拍照，录视频。视频录好后，她再加个特效配上音乐就可以发在视频网站上了，她做的每条视频时间都不长，也就几十秒，最多几分钟。阿霞录视频选景有特色，镜头总是选河水、绿草、田野和树木，有时还拍河水中的水扁嘴，跑在路上的大黄狗，低着头啄食的老母鸡。往水里看也不见鱼，那河水向前流动而不见水动，两岸草丛横生，野草点缀。她的粉丝还真不少，天南海北的人都有，听说已经有上万了，她拍村里的东西，还真有人喜欢看。她喜欢那样，拍小视频记录大生活。秋奶奶看她不干正事儿，就劝她，不如出去挣几个菜叶子钱，那才是正事。阿霞不搭理她，阿霞知道没有必要向她解释什么，总有一些事别人不懂，也没必要让每个人都懂。

秋奶奶说："你怎么不在家照顾孩子，天天抱个手机到处乱跑，这有个锤子用？"

阿霞说："说了您也不懂，怎么会没用？"

"还不如去打工，一个月两千多块，有吃有喝，非要玩这个手机，你就不会干点儿正经事儿，怪不得你那口子不带你到城里去。"

"这怎么不正经了？我有粉丝打赏呢，也有钱。他不是不带我去城，是我不愿意去，好不好？"

"啥粉丝细丝的，有个屁用。你赶紧给我回家带孩子去，老大从镇上回来了，今天星期天，你婆子不在家，你不知道吗？孩子怎么进家门？"

阿霞说："知道了，知道了，我这就回去，天天就这几句，您烦不烦？"

秋奶奶说："我是你娘，其他人我才懒得搭理呢。"

阿霞的身后还跟着几个妇女，年纪不太大，她们喜欢拍抖音，穿得红红绿绿的。秋奶奶经常看见这群人在一个地方重复着跳舞，一遍又一遍。她也看不惯这群人，天天臭美有啥用，不干正事儿。

"又有人回复了，说我美！"

"确实挺美的。"

"还真是，我还真不想从手机里走出来了，这脸瘦得，一点儿褶皱也没有了。"

"谁不想年轻呀！"

那群人说说笑笑，学会了拍摄的技巧，一个一个都很满足。她们围着阿霞说："你讲讲，怎么把眼睛变大。"阿霞说："今天到这里吧，明天再聚。老张，你的镜头不能晃，拍东西时要保持着一个姿势；李姐，不要拍大场景，来点特写才有感觉。明天再说吧，我闺女放学回来了。"阿霞像极了一个老师，她在教这群人如何做网红，这些人也愿意听，喜欢跟她学。

"再见。"

"明天见。"

一回到家阿霞就去找闺女，她发现闺女没在门口等，以为闺女还没有回来。她打开门后发现闺女已经进家门了，一问说是翻墙头进来的。阿霞不高兴了："你怎么翻墙头过来了？一点儿也不像个女孩子。"

"妈，你不在家等着我，还说我，人家娘都做好饭等着，你都跑到哪里去玩儿了。"

"你学会顶嘴了？都怪你爹没管好你。考试了没？你考了多少分？"

"差不多吧。"

"啥差不多？差多少？你到底是多少分。"

"凶啥凶？妈，还没出分数，这不是刚考完吗？"

看到闺女玩手机，阿霞不高兴了，一把夺过手机："你就不会看会儿书，你看邻居家的小满，每次考试都是第一，你就不能争一次气？"

闺女气呼呼地说："你也不看看人家娘天天干啥呢？给他去送饭，买好吃的东西，你看看，你天天干啥呢？你到过学校一次没有？"

阿霞接着说："我这不是天天忙吗，我要直播挣钱。你不学习，像你爹一样没本事，以后也好不到哪里。"

"谁这样说自己的闺女，闺女没本事，不都是因为爹娘？"

"你还有理了！"

阿霞一边批评闺女，一边正在微信里聊天，有个叫"王人三"的加了她，正聊得火热。她记得很清楚，抖音下面经常有个人爱打赏，就叫"王人三"，阿霞不认识这人是谁，不过她可不管这些，只有有人打赏钱就行。

闺女说："你天天玩手机，就不让我玩直播，我要是直播比你强多了。"

"你不能玩直播，你得好好学习，我不需要你现在挣钱。你咋啥道理也不懂呢？"

闺女见说不过阿霞，就一转身走进自己的房间里，把门咣当一声关上了。阿霞想再跟她说些什么，推了几下门也推不开，叫她开门也叫不开，这闺女真是能上天了。阿霞也很恼，可又没办法，此时那王人三不止一次发私信问阿霞："你是不是那村里的人？"

阿霞得回，她不得罪每一个粉丝，和粉丝保持好关系对她有好处，她连忙回复说："怎么不是，几十年都在这里。"

王人三又要阿霞的电话号码，但阿霞没给他电话号码，对有些人她还是保持着一定的距离。这几年网络发展得快，阿霞学着别人的样子直播，没事发村子里的一些变化，拍村子里跳广场舞的情景，拍干农活儿流汗的场景，拍撅着屁股挖泥鳅的场景，还有那些老磨盘、农具、花轿、二八大杠自行车和架子车，有人拍有人发就有人看，她因此成为了一个网红。阿霞擅长选景，有一个点击率 10 万 + 的视频，选景就非常好。她站在将军寺河边说："将军寺河像母亲，水清，你不信，来看看。"她拍起了照片，又加上水鸟浅飞，清水碧树，青草微波，细风柔光，绿荷白花，效果还真不错。这网络的影响就是大，经常有人关注，动不动给她打赏，她也能挣些小钱。

"你给我好好看书！"阿霞走出了院子，她让闺女在家学习自己出来了。正好还有几个图片没有拍，阿霞正啪啪地在将军寺河边拍照片，她听见麦子和孬皮正在路口说话。

原来麦子到镇上去开会，发现孬皮正坐在路上抽烟，他老婆在不住地抹眼泪。麦子停下车，问怎么回事？孬皮不说话，只是吸烟。他老婆哭丧着脸说："我这一车黄花菜咋办？卖不掉，吃也吃不完。"

村里的黄花菜成熟了，东边露出了黄头儿，黄了一片；西面也露出了黄头儿，黄了一片。孬皮家收成不错，但那段时间没法卖。孬皮身体不好，躺在床上，他也没办法。等身体好一些后他们再去卖，却成了天天怎么拉到集上，就又怎么样拉回来，他这一大家人正发愁呢。

麦子看到孬皮车上拉了满满的黄花菜，花萼托着黄花菜，又细又长，弯弯的。他抚摸着这些，心里也不好受，阳光下他的眼睛被刺痛了。远处，几户人家在地里忙活着，孬皮在一旁不住叹息。

阿霞说："黄花菜是不错，就是卖不了好价钱。"

麦子说："阿霞，听说你的直播做得不错呀！"

阿霞说："我是瞎忙。"

回到村子，麦子就问老豁："咱们村这么多黄花菜，以前都往哪里卖？"

"还能往哪里卖？自己吃，逢年过节到镇上卖几个闲钱。"

"没有收购的吗？"

"收购价不高，价格压得也低，赚不了几个钱。村里人宁愿过年时碰运气卖高价，也不转给那些商贩。"

麦子说："靠咱们自己能吃多少，每户一年吃上一斤就不错了，还是要外销。"

老豁嘴一咧说："以前也往外卖过，可是……"

麦子说："看样子得找个方法宣传一下，让别人了解一下，好东西不能被埋没了。"

晚上麦子看阿霞在跳广场舞，她跳得起劲儿。她一边跳一边做直播，每隔一会儿就与粉丝互动。阿霞和麦子打招呼："麦子，你也来跳呀！"

麦子一笑说："我还有事，改天吧。"

秋奶奶就说："哪跟你这样天天闲呀，麦子还有事哩。"

老豁也说："明天有一个村居环境检查，我们得准备迎接检查组。"

麦子说着笑着，正准备走，突然他问阿霞："你在玩直播吗？有多少粉丝？"

"还不少哩，一两万吧！"

麦子想了想说："我和你商量个事儿呗，你能不能帮村子里的黄花菜做个直播？"

"我这就是闲玩，哪能做这事？万一把牌子砸了，可咋办？"

"你就试试嘛！这个检查后咱们就开始直播黄花菜，不会让你白忙活。"

这话一说，阿霞也不好意思了，阿霞只好说："那我试试吧。"

经过策划，村两委进行了研究，决定先进行黄花菜宣传。麦子找来几个长得水灵的姑娘，让她们穿着蓝格子衣服，梳着小辫子，背个小背篓，在黄花菜地采摘。阿霞将手机对准小背篓里的黄花菜，又对准采摘的手，最后又对准她们的笑脸，不停切换着镜头。阿霞开始开播："老铁们，这是我们将军寺村的黄花菜，你们看看，纯手工采摘。现在打胡辣汤、咸稀饭和做菜，黄花菜都必不可少，真出鲜味儿，脆生生的，好吃。我们这里的黄花菜与其他地方的不同，吃起来更脆生。"刚开始，屏幕上没有太大的动静，静悄悄的。

老豁说："完了，净耽误事，搞什么直播，不中的。"

村里有人盯着屏幕边看边摇头，突然，阿霞说："快看，有人要了一斤！"

小玲娘笑了，说："张罗了半天卖了一斤！"

有人说："快看，又有一个人要一斤！"

"又一个，来二斤。"

"快看呀，这个要三斤！"

…………

七十斤了，阿霞没想到一会儿有这么多人买，麦子也不敢相信。孬皮老婆更是差点儿惊掉了下巴，嘴里不住地说："太感谢了！"没有想到一会儿工夫就能卖掉这么多黄花菜，孬皮不住地给周围的人让烟："抽一根，再来一根。"直播快结束时，一共卖了125斤，这在以前想都不敢想。大家都在庆祝时，突然又蹦出一个大订单，要订五十斤，没想到快结束了又来了一笔大单。阿霞把这消息告诉大家时，大家兴奋极了。

"再确认一下，看看是不是真的？"孬皮有点儿不相信。

阿霞说："麦子，这个没问题的，我已经问过了，确定是五十斤。"

大家都夸阿霞的平台好，阿霞把功劳归于麦子，她说："还是麦子想的方法好。"

小玲娘说："过年时，我要给阿霞发个大红花。"

秋奶奶就说："光有精神鼓励不行，还要有物质奖励。"

麦子说："到时一定评出特殊贡献者，大奖励。"

对黄花菜网上直播销售总结经验时，麦子让老豁和村两委的同志粗略算了算，村里至少有一万斤黄花菜。麦子说："这样种不如组织合作社，形成自己的品牌。孬皮家种得多，也有种植技术，让孬皮当致富带头人，这不更好吗？"老豁主动承担起责任说："这个包在我身上，我去找孬皮谈。"孬皮对这事没有丝毫犹豫，很快答应了，他说："没问题，包在我身上，我种了一辈子黄花菜，肯定没问题。你们有销路，我有技术，咱们形成规模，肯定会成功。"

麦子说："等明年，咱们统一销售，还要注册商标，到时候可以直接往外卖，不赚钱都不行，既脱贫又致富。"

黄花菜直播销售取得了不错的效果，当地的主流媒体也宣传，几百里外的人都来他们村考察。孬皮想不明白，这手机竟有这作用，真是没想到。孬皮想，自己这是跟不上时代了，现在他是真服这麦子了。

三老太爷说："这也不一定是好事，没有以前有人情味了。"三老太爷以前经常做中间人，掂个秤在集市上一坐，马上就有人找他。不管买东西还是卖东西的人找他，他准能帮别人把生意谈成，而且他还有不少的居间好处费可拿。

阿霞说："有人又要黄花菜五十斤。"

麦子说："既然人家要，继续给人家寄，挑质量好的。"

阿霞说："我感觉这里面有问题。这个叫王人三的家伙没事就购买，就他一个人这样，是不是有啥动机？"

麦子说："人家骗你了吗？付钱了吗？"

"那倒没骗我，都是准时付钱。"

"那就好。"

阿霞一直想知道这个王人三是谁，但还是搞不清楚他是谁。他的地址在南方，她那边没有什么朋友。她想知道他是谁，便打电话过去，电话一通，对方只是喂了一下，是个男人，操着蹩脚的普通话。

"你好，你是王人三吗？"

"你好，我不是。不，我是。对了，那是我的网名，你是谁？"那男人说。

"我是卖黄花菜的，谢谢你买了那么多。"

"不用谢，我也是那个地方的，我要支持村里的建设。"

"你是谁呀？"

"我就不告诉你了。"对方很快挂了电话。

这事阿霞给村里人一说，小玲娘便问阿霞是什么样的声音，阿霞怎么也描绘不出来，小玲娘说："不会是那个王新吧？王八蛋一个。"麦子听到这个消息后也非常重视，他专门打了电话，但电话没人接，他给王人三发了条短信：

"你好，我是将军寺村的第一书记张麦子，感谢您对我村扶贫事业的支持，也欢迎您来参观我们的黄花菜基地，希望您有时间到这里来共同参与建设，共同见证收获。"

短信发了出去，但像石头沉到了大海，没了信息。麦子一想起来这事就打电话，一直没人接，但阿霞那边每周都会有几十斤的黄花菜订单。麦子让阿霞留意着，有了消息马上告诉他。麦子坚信，这个一直购买黄花菜的人，有着对将军寺村的爱，对黄花菜的爱，对扶贫事业的爱。

孬皮老婆在村里再见到麦子，她就总想拉着他去家里吃饭。麦子总是拒绝，他说："不用，不用，这是我应该做的。"

# 二十五　那个冢子

秋爷爷记得很清楚，那天他下地干活儿，天晴得很好，阳光照射在将军寺村里。他看见一辆黑色小轿车在村南面停下，村支书老豁在前面带路，第一书记麦子陪着客人，他们后面跟着几个人，这几个人一路走一路拍，指指点点。一行人最后全来到村头的那个冢子旁。那里用警戒线围出了一个圆圈，工作人员搬进来许多仪器。麦子陪的那位客人是位专家，村里人便来围观专家。秋爷爷、孬皮、三老太爷、老扁围过来了，看这群人拍照、测量、挖坑，这些人个个戴着眼镜，一看就是搞研究的。专家对麦子说："这里被盗过不止一次，这里得保护起来。"

秋爷爷走上前问："你们这是准备干什么？"

麦子说："秋爷爷，我们要把这古冢开发成旅游景点。"

老豁本来爱吸烟，这会儿也不吸烟了，他激动地说："咱村可是守着宝贝疙瘩哩，这里面都是古董，值钱着哩。"

"乖乖，这是真的吗？"秋奶奶说，"你的意思是说，这里开发好了，人家以后会来这里旅游？"

秋爷爷不相信，他说："靠这个土堆子，不行吧？"

老扁说："你知道个屁，开发好了肯定能赚钱，我看麦子能干好。"

孬皮说："这个得慎重考虑吧，不是小事。"

麦子说："这个已经想好了，咱们开发特色旅游业，我会完成这个项目。"

三老太爷远远地看着，不说话。

那群人围着冢子找什么东西，冢子上面的树长得高高低低，都不是特别粗。冢子上有一条小道，通向顶部。那群人在冢子下扒出了埋在地里的断碑，有一个戴眼镜的老人用小刷子小心翼翼地擦上面的尘土。断碑上的字迹不是很清楚，他一遍又一遍地擦拭，总算看清楚了上面几个字：


□□王刘□之墓


其他的一些小字认不出来，戴眼镜的老人说："先拍照片再拿回去鉴定。"麦子让他们在这里扎营，多住下几天，搞清楚再说。这个考古队没有深度开挖，说等以后有条件了再挖掘。据他们推测，这冢子有一千多年的历史。这冢子在秋爷爷家的地里，他嫌弃它，现在秋爷爷跑到前面说："这是我家的，老祖宗和我们有缘，以后再来我们这边拍照，得给钱。"

孬皮说："这是国家的，你想得美。"

三老太爷年纪大，他说："咱们村为何叫将军寺？这就是原因，有上千年的历史。"

王明康父亲也说："我专门查过县志，里面有记录，说汉王墓在'县城西二十里，临河'，应该就是这里，你们知道不知道？"

秋奶奶说："这和将军寺有啥关系？"

三老太爷说："我记得我小时候就听上一代人讲过，一个将军为了保护刘秀，很不幸地死在了这里，汉王刘秀为纪念那将军，这里就叫将军寺了。"

秋爷爷一听，笑了，说："我听说将军王莽撵刘秀，刘秀骑着驴逃命，但那驴快生了。刘秀就说，你不能降驹。那驴就不降驹了。为了纪念那驴，后来这里就成了降驹寺，念着念着，就成了将军寺了。"

大家不管谁说得对，也不管谁说得错，都为这里将成为大家的摇钱树而高兴。整个将军寺村都沉浸在一片欢声笑语中，周围几个村的人也都过来看，纷纷在这里拍照合影。在村民群里，阿霞早就发了一组照片，吸引了大家的注意，她还拍了抖音，很多人点赞围观。

在将军寺村民群里，大家看到村里的冢子被关注，都纷纷点赞，大家都期待着这个地方能创收挣钱。老鲜在南方也看到了这个消息，说到时候搞开发他要捐五百元。支书在群里回复说："有觉悟！"天南海北的村民，纷纷表示要捐款。麦子看到这个消息时，心里也一阵开心，他也爱家乡，还给他的作家朋友打电话，让他们没事了到将军寺来采风，写点文字为这里造造势。

一个投资者来到将军寺村，说是看中了这个项目，想投资。麦子和他商量，村里得占一部分股份，因为村民都想投资这个项目。那投资者梳着大背头，很有钱的样子，大家觉得他投资后项目很有保障，几个建档立卡贫困户成为了第一批村内投资者，村里几户有钱的人家也投了资金进项目，有人统计，村内人的投资差不多有三十万。那段时间村里经常有一些陌生人过来，看看又走了，而项目也迟迟没有进展。村支书有点儿急了，他问麦子："该不会没戏了吧？"

"怎么会呢？项目正在审批中，没问题。"

没想到被骗了，收了第一批钱后那大背头老板就不见了人影。麦子和他联系，电话无法接通。再联系，也是。换个手机打，一样。他们上当了。有了好事大家高兴，这遇到了骗子，大家都埋怨麦子。麦子让大家不要急，说已经报了警，即使这样大家也找麦子闹，纷纷吵着要退钱。

村两委开会时麦子向大家保证："我一定会给大家一个说法，一定会把钱追过来，我跑不了，家就在这里，到最后如果钱追不回来，我把自家的房子卖了赔给大家，也不让乡亲们吃亏。"

村两委决定，一方面报警追踪这批钱，另一方面项目还要继续往前推动，不能停下开发项目的脚步。

一段时间后，将军寺村的这个冢子被列为了市级文物保护单位。村支书老豁给大家宣读文件道：

### 关于公布第四批市级文物保护单位的通知

×政〔2022〕6号

各县（市、区）人民政府，经济开发区，市人民政府各部门：

根据《中华人民共和国文物保护法》《河南省实施〈中华人民共和国文物保护法〉办法》相关规定及党中央、国务院，省委、省政府关于加强文物保护有关要求，经市政府第 88 次常务会议研究，同意将军寺汉王墓遗址等十六处不可移动文物核定为第五批市级文物保护单位，现予公布。

各级各有关部门要按照有关法律法规，认真贯彻"保护为主、抢救第一、合理利用、加强管理"的工作方针，加大依法保护力度，建立健全保护机制，切实做好文物保护、管理和利用工作。

附件：第五批市级文物保护单位名单

2022 年 7 月 20 日

# 二十六　老家

　　我这部小说的一个主人公老鲜，年轻时在外参军，回到家在将军寺村大干特干，也算是个人物。年纪大了，他不能再逃避了，他要参与乡村的建设，他要回家，他也不能在新农村建设中缺席。人越是年纪大，对故乡的人越亲近，会希望同认识的人在一起。人都有这种心理，古人如此，现代人也是如此。

　　后来，抵不过家的诱惑，老鲜还是从南方回来了。老鲜逢人就说："得回来，不回来咋办？总不能老死外面吧。"

　　将军寺村与以前不一样了，将军寺河开发了，河道疏通后，水现在变清了。河堰上还种了垂柳，一排一排的。靠近将军寺桥还建了码头，可以在这里坐船，畅游将军寺河。村里的房子现在盖得越来越高，装修得也越来越气派。

　　阿霞经常发抖音，好多人点赞关注，她不断推荐着家乡的美景、特色物品。老鲜闲不住，他有养鱼的本领，麦子专门划出一片区域给他养鱼，老豁也支持他，说会让他重新找到曾经的水上幸福。老鲜把鱼鹰重新养起来，他天天驾驶着小船在河上游弋。有时候还真有外地人来旅游，他们非要坐老鲜的渔船，还要和他合影。老鲜穿着蓑衣，戴着斗笠，阿霞早把他宣传为了一位"隐逸老者"。老鲜摆出姿势，拍照一次十块，左边是鱼鹰，右边是他夸张的动作，大家真没想到这还能赚到钱。

老鲜从南方回来后，老母亲就在他家住，老房子不缺地方住。现在将军寺村里条件好了，路修好了，不用踩泥，路的两侧也种了绿化树，环境也比以前干净，没隔多远摆放着垃圾桶，垃圾不再到处乱扔，地上还有人专门打扫。

老鲜回到将军寺后，他们弟兄几个轮流照顾着河生奶奶，一轮一个月，不过河生奶奶大多数情况下还是住在老鲜家。老鲜都是亲自下手照护，他觉得照顾娘是他的本分。田慧忙，但没事了总会回到老家看奶奶，每次手不空，总会买点儿啥给奶奶。奶奶脸上的笑容舒展开来，看得出她很开心，拉着田慧的手不放，年纪大的人见了年轻人显得亲。小孩子爱闹腾，河生奶奶喜欢逗小孩玩，两手一拍发出声响，然后对着小孩子喊"来来来"，小家伙咯咯笑着向太奶奶怀里钻去。

有一次，河生奶奶腿摔着了，在床上躺了两个月。稍微好了一点儿，奶奶非要坚持站起来，没想到旧伤复发，又摔倒了。奶奶再也站不起来了。

老豁还专门过来看河生奶奶，手里提着两箱营养品。河生奶奶在床上躺着，屋子里有点儿暗，一间房子不大，但干净整洁。阳光透过窗户照进来，落在河生奶奶床边的一张桌子上。桌子上有一盘子苹果，洗好的，还有一盘菜——香椿辣椒。

"大娘，身体好点儿了吗？"

"年纪大了，就这样。"

"这是您做的菜吗？"

"是呀，香椿辣椒，来尝尝。"

老豁也不客气，掰了一小块馒头，蘸了几下："嗯，香，好吃。大娘，您这是怎么做的？"

"春上，也就在清明前后吧，将香椿的嫩芽子采摘下，不能太老，老了曞起来太糙；太嫩了也不行，吃起来没有味儿。摘叶子时要用手，最好不用棍子打，摘下来后要洗干净，先用开水烫一会儿，那紫红色的梗子慢慢变软、变得碧绿，再捞出来，撒些细盐，一点点变冷，再切成碎末。然后，再找来辣椒，红色的尖椒，切成丝丝，掺在一起，最后用筷子滴几滴香油，搅拌均匀。"

"大娘，到明年，这方法你得教教大家，现在大家都忘了！"

"中，这有啥教的？"

老豁又对奶奶说："您要照顾好身体，以后坐着船旅游，坐上咱们河里的游船可以通到外面。"

奶奶说："都这个岁数了，我还有啥不满足的。"

老豁微微一笑说："大娘，麦子想把这里变得更美更富，您培养了一个好孙子！"

老鲜在一边也说："美不美，家乡水。这是真好，我在这儿一辈子，太了解这里了。"

老豁说："咱们村的硬件好了，以后旅游业也会慢慢好起来。我有一个规划，已经与县旅游局沟通了，我想把这里建成生态旅游村。"

老豁走的时候，老鲜非要把他带的营养品退回去，老豁怎么也不拿走。老豁对老鲜说："留下，这是给大娘的，又不是给你的，你别跟我客气。"

老豁走出了门，奶奶忙喊来老鲜说："我做的香椿辣椒，你给老豁装上一瓶。"那香椿是奶奶在初春用嫩芽叶做的，颜色已变紫红，用一个玻璃坛子保存着。

望着老豁远去的背影，河生奶奶说："这人不赖，一直想为村里干点儿事，他啥也不图，咱也不能落后。你给麦子说说，要对得起咱老张家。"老鲜听了，点了点头，他下定决心要好好养鱼，积极为村里做点儿事。在他的带领下，村里以前的老渔民都纷纷养鱼了，这里便成了远近闻名的卖鱼村，这里的鱼肉比其他地方的都要鲜嫩。

那年的冬天，铅灰色的天空低垂，大地仿佛都冻裂开了。雪是什么时候开始下起来的呢？人们只记得风肆意地吹着叫着，雪下得很紧，大地连同杂草都被埋在雪里面。自来水管都冻住了，房檐上的冰挂有一尺多长，有时落下来一根，冰挂像锥子一样扎入大地中。风吹着，像一匹野狼夹着受伤的尾巴，凄厉地在深夜中嗥叫。老鲜出了一趟门，回来时帽檐子上铺了一层雪，他脸颊冻得通红。他担心娘的身体，天太冷了，让人不住地打激灵。一天早上，冬梅喊娘吃饭："娘，娘，醒醒，吃饭了！"娘没有回应冬梅。冬梅知道坏了，就大声喊："他爹，你快来，咱娘不中了。"老鲜发疯似的跑过来，到床前他发现娘已走了。没了娘，他大声哭起来。

河生奶奶下葬那天的早晨，白事店的人把扎的纸人、纸楼、纸车和纸电视机都送过来了，放进了灵棚。哀乐奏起来，亲戚朋友也都来了。大家一见面，表情凝重。行过礼后又轻松了，他们像完成了一件大事，开始说说笑笑了。那天十点多，豁子送来一个花圈，上写："曾老太太千古。"镇上的扶贫干部也来了，老鲜迎过来，正要行跪礼，人家早扶住他。镇上的扶贫干部说："大娘是我在村里认识的好大娘，好人不长命呀。"老豁指着脚上穿着的软布鞋说："这鞋是大娘给我做的，我记着大娘的好。"说着，老豁眼睛湿润了。

老鲜看着全身朴素的镇上的扶贫干部，他想，在城里多好，但这些干部偏偏都留了下来，喜欢上了这里。他突然佩服这些人，这个世界总有一些伟大的人，对，伟大的人，他们做的事让人感动，让人敬仰。

老鲜对这群扶贫干部很佩服，他私下问过村里人，这路是不是他们弄的？小玲爹说："那当然了，除了他们，谁还能干成？"

孬皮说："你儿子不简单。"

秋奶奶说："路总算修了，要不是他，我们还得多踩几年泥。"

其实，这水泥路修得很艰难，麦子求东求西，立光项就花费了不少工夫。后来项目跑过成了，又在施工上经历了许多波折，麦子操碎了心。"

那几天，河生闲不住，麦子也帮忙找东找西，他们都不是小孩了，都成了爹的帮手。三三两两的人来吊孝，只是行礼那一会儿神情庄重，过了那会儿都说笑开了。村里人都来吃饭，也一起喝酒。孬皮抿着一小口酒，说："这是好酒。"老扁就说："你还没舔到就知道啥味了？"秋爷爷和王明康父亲碰杯，好像一个桌就坐着他们两个人。王明康父亲一喝就醉，一醉就往儿子的坟头上跑，他连续跑了有十二年了。安葬奶奶后，麦子本来想和河生多说说话，但河生好像在躲着麦子。

村里也有人问河生："现在在哪儿发财呀？"

河生说："发啥财，不过是吃得饱了。"

王明康父亲说："村里发展得不错，现在倒像个小镇了，你可以在家大发展，你知道不知道？"

老豁说："出去能挣钱，在家也一样。"

河生接过话："咱村里能挣啥钱？"

小玲娘说："村子有厂了，那边建有一大片扶贫车间。"

河生往远处望去，那边正在搞建设，一群人正热闹地干活儿，工地上插着的彩旗飘扬着，还有几辆挖掘机正在挖土。

也有亲戚问麦子说："田慧怎么没回来？"

麦子连忙说："她上班忙，请不了假。"

麦子姑就走过来问："咋这么忙？"

冬梅就说："又没有拴住她，不能回来？我看是不想回来，你奶以前老说这孙子媳妇好，她算看花了眼。"

这话麦子说得心虚，他感觉得到此时脸都发烫。如果现在奶奶在世的话，奶奶一定会说麦子，你怎么不带孙媳妇回家？你得好好对人家。奶奶总是这样一遍遍安排麦子好好对媳妇。其实，田慧现在正和麦子闹离婚。田慧太忙了，家里一大摊子事麦子从来不搭手，一个女人怎么也忙不过来。麦子感觉愧对田慧，有人提起田慧，他连忙去找人少的地方，他怕别人问这儿问那儿，他没法回答。他需要静一静，这段时间他心里乱得跟乱麻差不多，这扶贫太忙了，他哪有时间管家里事？

麦子希望田慧慢慢会懂他。

# 二十七　得操心

此刻，窗外正下着雨，天空中闪电的影子迅速向前游动。只一瞬间后，闪电就消失了。河生回想起了离开省城的时候，一个女人的眼神是那么让他心痛，对，是心痛，这种痛不能对谁说。无数个夜里，河生总是因此在深夜里翻来覆去睡不着觉。就是后来回到周川市，他同样想着过往的种种。

河生直到现在还没结婚，家里人也急，村里人也急。这件事仿佛成了村里人的一件大事，大家都开始焦灼，纷纷给他介绍对象，但不管别人怎么帮忙，河生的婚事就是成不了。

后来，老鲜专门与在邻县做生意的河生通过电话，他想让河生回来，天天在外面，怎么帮他操心人生大事？这几年家里是不缺钱了，但缺烟火气。

父亲经常劝他回家，家里养鱼，天天打鱼、装鱼，再开车到镇上去卖，忙活不过来。老鲜打电话让他回来，他一直不愿

幸福的种子

意回来。

冬梅打电话给河生，说："现在家里发展得不错，路修好了，现在还有了黄花菜、红薯种植基地，搞起了合作社。"河生说："嗯。"冬梅继续说："你爹掉河里了，幸好有人救他上来了。"河生想：爹年纪大了，河里捞鱼的人落水竟要人救了。

河生回来了。村子比以前顺气了，路干净整洁，人们的脸上洋溢着笑容，庄稼生长得旺盛，路两边长满了绿化树，还剪成了十二生肖的造型。河生帮父亲在河里喂鱼，划船去捕鱼，老鲜省了很多劲儿，他现在轻松多了，气色也好了，人们经常听见老鲜唱渔歌的声音：

> 河里的清水哟
> 清清的天
> 远行的人哟
> 你我终又相见
> 你来了
> 我也要来
> 你走了
> 我也要走
> …………

那天老扁来买鱼说："有红鱼没？一个娘家侄子要结婚了。"

老鲜说："咋没有？多少都有。我给你提前准备好，啥时候用？"

"三月十六。"

"我记着了。"

老扁刚走没多远，又折回来，他着急地说："再来条鱼，张书记要的，刚才我忘了。"

一听是麦子要，老鲜马上亲自去逮。他撒下那网，一条大红鱼翻动着鱼肚白被他拉上岸。

"算算多少钱。"

"不要钱了，让他好好改善下生活。这要啥钱？"

老扁说："我就一跑腿的，麦子提前预想到了，让我一定给你，你不收钱，我怎么交差。再说这不是他吃的，是用来招待别人的。"

"好吧。你说是招待谁呢？"

"来了一个人，看着有点儿面熟，以前好像在哪里见过。"

"哦，这样呀！"

"这红鱼肉紧，要多炖上一会儿。"

老扁说："知道了。麦子正找你呢，他打你电话，打不通。"

老鲜一看手机，早没了电，关机了。他跟着老扁去村委会办公室，先是看见院子里停着一辆小车，随后他远远看见屋子里有一人坐着，正与麦子聊天。老豁和村两委的人也在一边坐着。那人个儿不高，头发白了，但很精神。他穿着白衬衫，这么热的天还打着领带。那背影看着像谁，老鲜想了想，又想不起来是谁。老鲜敲门进去，说："咋了？你找我？"

"来来来。"老豁说。

老鲜坐下，麦子说："爹，您认识他吗？他给咱们村捐了很多钱，经常买很多黄花菜的就是他。他打听点儿事，你把知道的说出来就行。"那人连忙站了起来，掏出烟给老鲜，很有礼貌的样子。老鲜接过烟，夹在了耳朵上，没吸。

那人说："老大哥，以前我在你家吃过饭。"

"是吗？你是，我想不起来了。我这记性不好。"老鲜说。

"放电影的，还喝过你的药酒，泡蛇的那种。"

老鲜望着那瘦削的脸，隆起的颧骨让他的眼窝显得很深，老鲜还是没有想起来他是谁。

"我以前放电影，就在村那边。"那人指着窗外不远处的一片空地，说，"当时连续放了三天电影呢，我就住在你家，差不多是有二十多年前了。"

"哦，我想起来了，你是那个放电影的，你最爱吃饺子，那时候还说'饺子就酒，越喝越有'，是你吧？"

老豁在一旁听，就是不说话。这放映员回村的消息早传遍了将军寺村，大家纷纷跑过来看。

小玲娘骂道："就是那个负心人，他还有脸回来？"

秋奶奶就说："他害人不浅呢！"

那电影员耷拉着头，不也看大家："我那时错了，我来承认错误了。"

麦子说："老乡们，别激动，咱们慢慢说。他给咱们村里捐了钱哩！"

"你还有脸回来，回来干啥？"小玲娘说。

大家想把他轰出门外，麦子急了："你们干什么？"

"就是他害了桃红一家。"

"我就是来向她赎罪的。"

"你是来看笑话的吧！"

"我真是来道歉的。"

小玲娘说："这还有什么用，人都没了。"

"什么？！我就是来向她当面说对不起的。"那电影放映员说。

"人都没了，多好的闺女呀！"秋奶奶气呼呼地抹了一把眼泪说。

老豁说："你不知道，桃红是跳河自杀的，就在你走后。"

"什么？！咋会这样？"老放映员浑身不自在，突然哭了起来，满脸的泪水往下流。

"她给你生了个闺女，你却跑了，你把人家害惨了。"

"闺女在哪里？我要找到我的孩子。"那放映员说。

"她跟着她姥姥长大，日子过得不容易。"

"那闺女叫珍珍，不见了，她姥姥死后，她一个人外出几年了。"

河生听说那放映员回来，也来看。河生望着放映员，放映员孤零零的样子，让河生心里一阵难过。

河生现在非常想珍珍。珍珍，你在哪里呢？你现在过得好吗？他在心里一遍一遍地喊叫着。忽然，透过那风中的云朵，他仿佛看见珍珍正在河堰上放羊。河生闭上眼睛，定了定神，眼前到处是珍珍的影子。

河生在心中大声喊着："珍珍，你在哪里？珍珍，你在哪里？"

# 二十八  红薯

　　这部小说到了该结束的时候，我该考虑小说的结尾了。长篇和中短篇的结尾，写法不一样，长篇的结尾不是一个突转就能结束的。其实我一直想早点儿完成这部作品的结尾，但我无法下笔，好像还有很多东西需要我去表达。或许我已经留下了许多表达方面的遗憾，你可以看一下，第一章节就有。外在切入式的追述与人物意识内在聚合的穿插进行，也要充分照顾人物当下的实际处境，作简括式的切换、跌宕，否则会气韵流散。到了小说的结尾部分，任何"日常化"的处境、细节的把持不为单独服务于"故事"层面的简便的交代，否则损害了"话语"，叙事的张力就丢掉了。哪有作者这样随意跳出来讲话的呢？

　　那电影放映员再次回到将军寺村，他感慨万千，天天没事就找村里的老年人叙感情，一说起来就是那句话："那时候我放电影，还在你家吃过饭哩，你忘了吗？”有人亲眼看见他去了一趟将军寺河，一个人在河边发呆，他从河边回来，心事重重的样子。老豁不看好那电影放映员，对他在村里转来转去总叮嘱人家要对他提高警惕，老豁感觉那放映员多少年没有回来了，这一回来不会有啥好事干。

也不知道电影放映员从哪里打听到了珍珍奶奶的坟地，他竟然去那里烧纸送纸钱去了，听说还磕了三个响头。他在坟前嘤嘤地哭了起来，后来还啰啰唆唆说了半天话。村里有人看笑话，这人现在知道回来了？这是做给谁看的吧。坟前燃起的纸钱烟雾缭绕的，鞭炮噼里啪啦响起来，一群麻雀吓得向远处飞去。那时天一下子黑了下来，风呼啦啦，放映员一边哭一边说：“我对不起你，你不要过来，我就是来偿还的。”直到半下午，那天才变晴，放映员吓得差点儿没了魂儿。

老豁知道这件事后，对他的态度慢慢有了改变。老豁想着，这次放映员能回来，说明他是在发自内心地忏悔。

那电影放映员经常在村委会吃饭，他说喜欢喝红薯稀饭。稀饭端上桌后，放映员双手捧住，手被烫了，他不住地甩着手。他吸溜着喝了一小口稀饭后，对麦子说：“还是那个味儿，几十年了，好吃，以前我就爱吃。”喝完一碗他让人又盛了一碗，也不客气。

“咱这村真是好地方。就说这里的红薯吧，好吃不说，产量还高，咱们村的红薯粉条，质量也不错，就是没有形成品牌优势。”麦子说。

放映员嘴闲不住，想吃变蛋，但太滑溜，没有搛住。他放下筷子说：“我想做个投资，让这里的红薯种植形成规模，我想让它形成一些优势，让它成为一个品牌。”

老豁把那一盘变蛋往放映员面前挪了挪，放映员说："够得到，不用客气，大家都吃，都吃。"

麦子说："那当然好了，这里的土质特别适合种植红薯，要是形成了品牌优势，老乡们种红薯也可以致富。"

那电影放映员说："我认识一个朋友，就是做粉条加工的，他可以提供设备，你们加工的粉条质量高，他还可以进行回收。"

"这是好事，条件我们可以谈。"麦子说。

老豁说："村里人嫌红薯价格低，种了挣不了钱，有了这个点子，种红薯肯定能挣钱。"

老扁擅长种红薯，喜欢种红薯，红薯价格低的时候他也坚持种。

放映员联系粉条加工厂，粉条加工厂的经理是他同学。经理说种植面积不能太少，要大面积推广红薯种植。但是，经理不同意向村里提供制作粉条的机器，他只同意收淀粉。把红薯制成高质量的淀粉，需要一套设备，电影放映员说："我可以投资买这套设备，需要多少钱？"

麦子说："谢谢你对我们脱贫工作的支持，估计要三五十万元。"

"那这样，我先投五十万元，你们先上设备，现在什么都需要产业化了。"

麦子问老豁："我们要大规模种植红薯，要不要请一位种植管理专家呢？"

老豁说："老扁最在行。"

打茭机、铲车、脱皮机、烘烘干机等设备到了之后，大家张罗着开始安装。地里收的红薯，大家都交到了村合作社里，进了淀粉加工车间。

放映员帮了村里人，他希望村里人也帮帮他，他经常说："如果谁知道了珍珍的消息，一定要第一时间告诉我，我现在就这一个女儿了。"

村里人都说好，但没有一个人知道珍珍的下落。

这放映员没事的时候就到河边看将军寺河的水，然后发呆，他大概想多陪陪珍珍娘。年轻的时候做的事儿现在他后悔了。有一天，放映员看见了一只小羊羔跟在母羊的屁股后面跑，他自言自语："我忙忙碌碌一辈子，还不如一只羊羔子。"放映员非常支持美丽乡村建设，尤其是发展旅行业，他到处说："村里有冢子，还有将军寺河，都是旅行的景点。"

麦子说："上次开发汉王墓，我们的钱被骗了。"

"这次交给我，我来想办法。"放映员回答很爽快。

老豁问："您要投资？"

放映员说："我可以给你找我的朋友，我们以前合作过拍电影，我们也可以搞电影……"

老豁说："你想得美，你骗我们吧，我们才不信呢。"

"我以前认识几个制片人，他们真可以投资的。在这里建一个拍摄基地，到时候这里可以拍摄电影，村民也可以在这里挣几个小钱。"

麦子说："这得好好考虑一下，这可不是小事。"

孬皮从玉米地里跑出来，他一定听到了什么，吃蜜带糖瓜一样笑。他跑得急，鞋子都跑掉了，他又折回来，捡起鞋子，也没穿，拿着鞋就走了。

麦子对放映员："这得好好考虑一下。"

村委开会，有人刚说同意建影视基地，有人就开始反对。

麦子说："大家对这有不同意见，这也正常。这样吧，咱们不急，慢慢来，再考虑考虑！"

众人不欢而散。


老扁无事喜欢在村里溜达，那天他看见老鲜正往外跑，急匆匆的。老扁就喊他："你咋啦？这是准备去哪里？"

"有点儿事。"老鲜急匆匆说。

"没啥事吧？"

"没事。"

老扁又往家走，听见秋奶奶正和别人在闲扯着什么。他听得很清楚："麦子这家伙要离婚了，孩子都两三岁了，怎么说离就离呢？"

孬皮老婆吸溜着嘴说："就是呀，这孩子平时看着不哼不哈的，这事做起来还挺绝的。"

"人心会变。"王明康娘说。

小玲娘说："你说这孩子，以前多好！"

老鲜、冬梅转眼不见了，大家都说："这不是去处理问题了吗？孩子不争气，苦了老子。"

麦子的丈母娘板着脸不理老鲜，老鲜很惭愧，冬梅在一旁不住地劝："都是我没教育好孩子！我也骂他了，这孩子不能再这样。"

"我女儿嫁到你们家你们也不知道金贵她，不知道好歹。真过不下去了，就离婚。"丈母娘翻着白眼珠说。

冬梅说："亲家母，咋这样说？田慧是个好闺女，我们会好好对她。"

丈母娘说："不要认为离了你麦子，不能过，我们照样过得好。"

田慧眼里含着泪，一句话也不说。

丈母娘说："其实你的工作我也理解，但你心里也要有家。我支持你，年轻人要有事业心，不管怎么说，你也要照顾一下家庭。"

麦子一个劲儿地赔礼道歉，冲丈母娘说尽了好话。其实，说心里话，田慧这些年真不容易，一个好姑娘跟着自己没一点儿抱怨，给自己生了孩子，养了孩子，自己还有什么不满足的？麦子感觉对不住田慧，尤其是这几年，他确实忽视了家庭，为了扶贫事业，基本上没有照顾过家庭，他也知道亏欠田慧太多。他以为时间长了田慧会理解，他心中的田慧是个通情达理的人。田慧也不理麦子，麦子心里不住地骂自己是个王八蛋，心里有愧，他想着以后要好好犒劳田慧，她才是大功臣。

秋奶奶来劝，小玲娘也来了，后来孬皮老婆和王明康娘也来了，大家都来劝田慧："麦子都是为了村子，你看看，村里变得可美了。"

田慧低头不说话，田慧娘的语气慢慢地软了下来。

那天，秋奶奶和几个人一起陪着田慧在将军寺村好好地转了几圈，让她看村里的变化，一边走还一边介绍。田慧发现，现在村里发展得越来越好了。阿龙现在也回来投资了，他给村里每条巷子里安装了路灯，一到晚上村子里亮堂堂的。更令人没有想到的是，小玲准备在家乡投资建服装加工厂，村里的劳力都可以进厂工作，年轻人再也不用外出找工作了，在家门口就可以挣钱。河生想让父亲歇上几年，他打算成立一家养鱼公司，名字都想好了，就叫"河生渔业有限公司"，他想一定能做好"河生"这个品牌。

河生在不远处的将军寺河里划着船，他刚刚喂完了鱼，还没有上岸。

麦子在前，田慧在后，两人都看见了河生。麦子想着要不要喊哥哥河生时，河生已经划着船走远了。

每个人都有一个突然成长的节点，田慧感觉也就是在那一瞬间，她明白了奋斗、价值的概念，也懂得了舍与得，更知道了河流的平静和河中的波澜。

# 二十九　家

　　将军寺河的流水时而向前，时而转弯，随着河道穿梭于田间，这水要流多久，要流多远，谁也说不楚。在将军寺村文化广场，礼炮和锣鼓队咚咚锵响，彩旗在风中飘扬着，呼啦啦响。一弯鼓囊囊的彩虹桥立起来，氢气球拖着条幅摇摆着，红地毯一直铺到主席台，地毯两侧摆满了花篮。将军寺村服装厂要开业了。村里人都知道，这是一个爱心人士投资建设的，一期投资有一百五十万，听说还会有第二期投资。

　　镇上的领导和村两委的干部都来了，田慧还专门回到了村里，全村人像过年一样。那放映员也来了，麦子提前告诉了他一个好消息，今天有他找的人要来。这个开业仪式架势不小，市日报社的记者来了，县电视台的记者也来报道了。阿霞的直播开着，她对着手机向大家播报着内容："我们将军寺村的服装厂开业了……老铁们，你们看，那是谁？我的天哪，我没有看错吧，那是企业家玉玲珑！真是啊，是玉玲珑！"

顺着阿霞手指的方向，有一个时尚的女孩正迈步向前，在麦子和老豁的引导下，她向大家微笑。那女人穿着一身风衣，碧绿色的。她扎了个马尾，脚步走得不快，却很有力，一边走还一边不时地向村民挥手。她身边还有一个熟悉的身影，那人是珍珍。珍珍穿着蓝色的裤子，红色的高跟鞋。乡亲们的掌声响起来了，有几个小伙子还吹起了口哨，没有想到这服装厂是小玲和珍珍投资建的。大家见到了小玲和珍珍，对她们在村里投资建服装厂很佩服。

秋奶奶说："这俩闺女就是有本事！"

孬皮说："咱们将军寺村的人都爱家，走得再远，不忘回家的路。"

王明康娘说："小玲这闺女瘦了！"

小玲娘不住地抹眼泪："闺女，闺女，你终于回家了！娘想死你了。"

小玲爹说："老婆子，闺女回来了，你哭啥哭？"

"你哪只眼看见我哭了，那是风吹的。"小玲娘擦了擦眼睛说。

早就有人告诉老放映员，后面那个穿蓝裤子的就是珍珍，老放映员生怕别人不知道，逢人就说："那是我的亲闺女，我是她亲爹！"

老扁就附合说："知道了，知道了，你是她亲爹。"

放映员想走向前去，孬皮说："你别动了，快听，张书记要讲话了。"放映员远远地望着珍珍，想着一会儿如何和珍珍说话。

此时只见麦子走向了发言席，他拍了拍话筒，开始讲话，他的声音很响，饱含深情：

"乡亲们，在我们将军寺村，我找到了幸福的种子；在和大家一起奋斗追梦的路上，我找到了幸福的种子！

"说心里话，当初考大学时，我是想脱离这里的。但后来我真的喜欢上了这里，这里是我的家，这里有我的根——这里的黄土地是那么厚重。这里的乡亲们是这么可亲，有着对幸福的渴望，有着对希望的追求，我被你们感染着，我不能离开这里。

"现在我依然记得，秋奶奶给我缝的那双布鞋，她叮嘱我注意保护脚，这里的路不平，每天要走那么多路；我记得孬皮叔为了让路早日通畅，含着泪迁坟；我记得父亲从南方毅然回来，带领大家养鱼；我记得老放映员时隔三十年重新返回村里，投资办企业；还有在我们开发冢子和将军寺桥被骗时，老豁支持我，没有一点儿怨言……我感谢你们，一千多个日日夜夜，我流了那么多的汗，我无怨无悔。我想对乡亲们说，这里就是我成长的地方，更是我向幸福出发的地方。

"我想说，感谢我的妻子田慧，是她给予了我动力；感谢我的父母，是她们让我勇敢向前；感谢我的父老乡亲，是你们的支持让我在这里有了更大的平台。"

阳光照射着将军寺村，河水闪着碎金的光泽，那金光软乎乎的，滑滑的。有水鸟咕噜噜在叫，斜着身子飞过，贴着蒲苇，忽闪闪地飞走，慢慢看不见了。舞台下面响起了热烈的掌声，乡亲们使劲地拍着手，将军寺村的人们发自内心地感谢麦子。

麦子看到田慧转过头去，偷偷地抹了一把眼泪。麦子继续说：

"乡亲们，我们幸福的种子就是我们的奋斗，就是我们不懈的努力，就是我们对家乡无尽的爱。我们的黄土地可以为我们带来财富，我们的黄土地可以为我们带来幸福，我们要热爱脚下的黄土地。乡亲们，通过我们的奋斗，我们不仅要脱贫致富，还要振兴乡村。撸起袖子加油干，我们奋斗不停止，我们的日子也会越来越好！"

…………

太阳升起来，光芒四射。将军寺河边的白杨与天边的白云在柔风中共诉欢喜。青草也舒展了身子，有了精神，争着探出头。一只喜鹊在树枝上蹦跳着叫着，喳喳喳，它起翅飞走了，待过的那根树枝弹奏了几下才停下来。

河生一动不动盯着主席台，盯着麦子，盯着珍珍。河生出汗了，汗水浸在衣服上，衣服与后背贴在一起。珍珍一定也看见了河生，她向台下盯着，珍珍看见了那熟悉了身影，她朝河生笑起来。

"这是我的家，这是我的。"珍珍把思绪又捋了捋，心里一遍遍地默念。

——仿佛这一切才开始打捞，刚刚重新裁剪和拼接。

# 后　记

　　这部小说的写作准备期大约是一年多，写完它我用了将近四年。

　　《幸福的日子》出版后，胡平老师建议我进行长篇创作，我接受了这项建议。每次我回老家，走过那个叫"将军寺沟"的地方——我已经发了一些关于将军寺的小说，一到夜里总会有些东西跑进我的脑海中，让我感到亲切。一个个夜里，星光之下，这些可爱的人物从我"手"里跳了出来，形成了这部长篇小说。

　　大约在我六岁的时候，父亲在家里贴过一张地图，那是我们县的地图，父亲指着一个地方对我说，这是咱庄，这是咱庄前的南河。我当时认字不多，父亲告诉我村前的那条南河是"将军寺沟"。我感到很神奇，不明白弯曲的小河与地图上一条曲线的关系。村前的河竟然有这样一个好听的名字？它还能出现在地图上？那岂不是很多人都知道这个地方？这个疑问一直刻在我的脑海里。后来我上了大学，读了研究生，参加了工作，才慢慢了解到，这个地方基本上无人知晓。我费心费力气介绍这个地方，别人为了不让我尴尬，才配合我说一声哦。

每个人都怀有对家乡持久的热爱。童年成长时期的经历，怎么也抹不掉：石磙静静地躺在墙角的泥土里，雨后小路的泥巴裹满你的鞋子，麦田里飘来一阵阵麦香，朝阳与一团团炊烟相互诉说情愫……我在写作时总在回望家乡，小说中的"将军寺村"因而在我心中越来越清晰。我想写一些东西，借助这些文字构建，铭记曾经的日子。那童年里的点滴记忆总是让我难以忘记，这就有了关于"将军寺村"的一系列作品。

"将军寺村"是豫东南的一个缩影。珍珍、小玲、麦子和河生是这片土地上的年轻人，我书写了他们的奋斗、欢喜和悲伤。他们都非常坚强，他们坚守着内心的初衷，有着对幸福日子的不尽追求，他们真实存在着。我想，他们会一直在我身边，陪伴我在人生的河流里蹚。麦子、河生、王明康、珍珍、小玲、阿霞、三老太爷、老鲜、老豁、冬梅……他们都是这片厚重的黄土地所养育的孩子。

写作，就是记住、留住和铭记。

感谢父母和妻子对我的支持和理解，感谢各位文学前辈和文友的鼓励！

那一个个不眠的写作之夜，终将成为最璀璨的记忆，永远。

2022 年 9 月 28 日夜于陈州